A PROMESSA
das Terras Altas

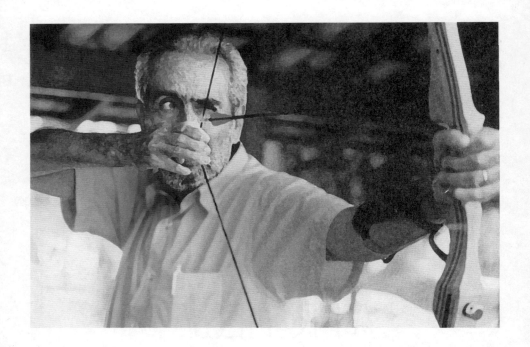

O Arqueiro

GERALDO JORDÃO PEREIRA (1938-2008) começou sua carreira aos 17 anos, quando foi trabalhar com seu pai, o célebre editor José Olympio, publicando obras marcantes como *O menino do dedo verde*, de Maurice Druon, e *Minha vida*, de Charles Chaplin.

Em 1976, fundou a Editora Salamandra com o propósito de formar uma nova geração de leitores e acabou criando um dos catálogos infantis mais premiados do Brasil. Em 1992, fugindo de sua linha editorial, lançou *Muitas vidas, muitos mestres*, de Brian Weiss, livro que deu origem à Editora Sextante.

Fã de histórias de suspense, Geraldo descobriu *O Código Da Vinci* antes mesmo de ele ser lançado nos Estados Unidos. A aposta em ficção, que não era o foco da Sextante, foi certeira: o título se transformou em um dos maiores fenômenos editoriais de todos os tempos.

Mas não foi só aos livros que se dedicou. Com seu desejo de ajudar o próximo, Geraldo desenvolveu diversos projetos sociais que se tornaram sua grande paixão.

Com a missão de publicar histórias empolgantes, tornar os livros cada vez mais acessíveis e despertar o amor pela leitura, a Editora Arqueiro é uma homenagem a esta figura extraordinária, capaz de enxergar mais além, mirar nas coisas verdadeiramente importantes e não perder o idealismo e a esperança diante dos desafios e contratempos da vida.

HANNAH HOWELL

OS MURRAYS • 3

A PROMESSA
das Terras Altas

Título original: *Highland Promise*

Copyright © 1999 por Hannah Howell
Copyright da tradução © 2021 por Editora Arqueiro Ltda.
Publicado em acordo com a Bookcase Literary Agency e Kensington Publishing

Todos os direitos reservados. Nenhuma parte deste livro pode ser utilizada ou reproduzida sob quaisquer meios existentes sem autorização por escrito dos editores. Os direitos morais da autora estão assegurados.

tradução: Mariana Serpa e Thaís Paiva
preparo de originais: Marina Góes
revisão: Milena Vargas e Tereza da Rocha
diagramação: Valéria Teixeira
capa: Renata Vidal
imagem de capa: © Sandra Cunningham / Trevillion Images
impressão e acabamento: Bartira Gráfica

CIP-BRASIL. CATALOGAÇÃO NA PUBLICAÇÃO
SINDICATO NACIONAL DOS EDITORES DE LIVROS, RJ

H845p

Howell, Hannah
    A promessa das terras altas / Hannah Howell ; [tradução Mariana Serpa, Thaís Paiva]. - 1. ed. - São Paulo : Arqueiro, 2021.
    256 p. ; 23 cm.   (Os Murrays ; 3)

Tradução de : Highland promise
Sequência de: A honra das terras altas
ISBN 978-65-5565-098-3

    1. Romance americano. I. Serpa, Mariana. II. Paiva, Thaís. III. Título. IV. Série.

20-68274   CDD: 813
                              CDU: 82-31(73)

Leandra Felix da Cruz Candido - Bibliotecária - CRB-7/6135

Todos os direitos reservados, no Brasil, por
Editora Arqueiro Ltda.
Rua Funchal, 538 – conjuntos 52 e 54 – Vila Olímpia
04551-060 – São Paulo – SP
Tel.: (11) 3868-4492 – Fax: (11) 3862-5818
E-mail: atendimento@editoraarqueiro.com.br
www.editoraarqueiro.com.br

CAPÍTULO UM

Escócia, 1444

Abraçada com força ao sobrinho pequeno, Bethia Drummond observava os dois homens suados cobrirem o corpo de sua irmã com terra pedregosa. James, que por causa da ganância de seus compatriotas tinha acabado de ficar órfão antes mesmo de seu primeiro aniversário, precisaria de muito amor e, o mais importante, de muita proteção. Bethia engoliu as lágrimas e atirou alguns ramos de urze branca na cova da irmã. O coração dela se recusava a crer que sua gêmea, Sorcha, tinha partido para sempre, mas a mente sabia muito bem que ela estava no seio da terra, unida para sempre ao homem que amava, o marido, Robert. Enterrados, pensou com uma fúria crescente, pela avareza da família de Robert.

Por cima da cova que aos poucos ia se enchendo, ela encarou o tio de Robert, William, e seus dois filhos, Iain e Angus. Eram Drummonds só de nome, não de sangue, pois William adotara para si o nome da família ao se casar com Mary, tia de Robert. Estéril, Mary aceitara criar os filhos pequenos de William como se fossem seus, mas suas carapaças duras e per-versas não se deixaram amolecer por todo o amor e toda a bondade que Mary lhes dedicara. Logo ficara claro que ela havia entrado em um covil de cobras, e acabou pagando um preço altíssimo por sua caridade. Sua morte lenta e agonizante – e muito, muito suspeita – acontecera cerca de um ano antes. Depois disso, William já tinha conseguido eliminar mais dois dos obstáculos que o impediam de tomar para si todas as terras e a riqueza de Dunncraig – e, naquele momento, Bethia segurava nos braços o último deles. William e seus filhos malditos nunca colocariam as mãos em James. Bethia jurou diante do túmulo da irmã que faria com que os três homens pagassem por seus crimes, e que os mataria, um a um, antes de deixar que levassem James.

Quando William e seus filhos se aproximaram, Bethia se retesou. Re-sistiu ao impulso de se virar e sair correndo com o sobrinho risonho para longe daqueles três homens perversos. Mas seria perigoso e tolo mostrar que suspeitava deles.

– Não precisa se preocupar com o menino – falou William, com sua voz rouca, fazendo um cafuné meio brusco nos cachos de um ruivo intenso de James. – Nós cuidaremos dele.

Bethia quis arrancar a mão do sujeito da cabeça do sobrinho, mas forçou um sorriso e disse:

– Minha irmã me pediu que cuidasse dele. Foi por isso que eu vim.

– A senhorita é uma mocinha muito jovem, com certeza não vai querer jogar a vida fora cuidando do filho de outra mulher. Devia pensar em ter a própria prole.

– Criar o bebê da minha irmã gêmea não é jogar minha vida fora, senhor.

– Talvez este não seja um bom momento para esta conversa. – William tentou fingir empatia ao forçar um sorriso nos lábios finos e tocou o ombro dela. – A senhorita ainda está muito abalada pela dor de perder sua pobre irmã. Conversaremos melhor depois.

– Como queira.

Foi difícil não se retrair diante do toque gélido das mãos de William, mas Bethia deu outro sorriso amarelo. Então se virou e começou a caminhar de volta à bastilha com uma calma reunida a duras penas. Queria gritar para todo o mundo ouvir as coisas de que suspeitava, queria sacar sua adaga e cravá-la bem fundo no coração maligno de William, mas sabia muito bem que isso só lhe traria o gosto doce, porém efêmero, da vingança. Os filhos do sujeito vingariam a morte do pai, tirando tanto a vida dela quanto a de James. Na verdade, ela provavelmente não conseguiria sequer matar William, e a tentativa só lhes daria um motivo concreto para assassinar o menino.

Para derrotar William e seus filhos, para fazer com que pagassem por seus crimes, ela teria que planejar tudo com muito cuidado. Teria que engolir as emoções que se reviravam em suas entranhas. Também precisaria de ajuda, e sabia que não poderia contar com os moradores subjugados de Dunncraig. William regia com punho de ferro todos os que viviam no castelo e nas terras da família, e Robert não fizera nada para contê-lo – talvez porque nem se dera conta, talvez por viver ocupado demais na corte ou lutando na França para fazer algo a respeito. A distração ou a negligência de Robert custara-lhe a vida, e também a de Sorcha. Bethia não tinha a menor intenção de permitir que James também fosse parar na cova gelada dos pais.

Ao entrar no quarto pequeno e mal iluminado que vinha dividindo com o bebê, Bethia disse a ele:

– Seu pai foi um homem corajoso e muito honrado, mas devia ter sido mais cuidadoso em relação ao que acontecia no próprio quintal.

Deixou o sobrinho sonolento no berço e, sentando-se na beirada da cama pequena e dura, ficou observando o menino. O rostinho doce fora abençoado com os olhos verdes intensos de Sorcha, e os cabelos eram só um pouquinho mais claros que os da mãe. A inveja que Bethia às vezes sentia da celebrada beleza da irmã agora parecia deprimente e mesquinha. Tinha cabelos de um tom castanho sem graça e um olho verde e outro azul, além de uma silhueta muito menos feminina que a da irmã, mas ainda estava viva. A beleza e a graça de Sorcha, sempre louvadas por todos como uma bênção, não tinham sido capazes de salvar a vida dela.

Além do mais, de vigília ao lado do sobrinho adormecido, Bethia constatou que ela era a mais forte das duas. Sorcha fora como uma vela, admirada por sua luz e seu calor, pela beleza das cores intensas em sua chama, porém apagava-se com a maior facilidade. Bethia sempre fora mais ressabiada que Sorcha, sempre enxergara o mal nas pessoas. Tinha ficado surpresa ao receber o pedido da irmã para que fosse ajudá-la com James, pois em Dunncraig não faltavam mulheres dispostas e capazes de cuidar do filho do chefe e herdeiro das terras, mas agora começava a se perguntar se esse não teria sido um indício de que a suspeita também crescera no coração ingênuo e generoso da irmã.

Suspirando, ela enxugou uma lágrima. Se fosse o caso, a suspeita tinha vindo tarde demais, mas isso explicaria a curiosa escolha de palavras na carta de Sorcha. Ela pedira a Bethia que viesse cuidar de James. Não que viesse visitá-lo, brincar com ele ou ajudar, mas *cuidar* dele. E era exatamente isso que Bethia pretendia fazer.

A cada respiração, cada farfalhar da própria saia no chão, Bethia sentia um aperto no coração enquanto se esgueirava pelos corredores escuros de Dunncraig. Sabia ser silenciosa, mas a habilidade estava falhando miseravelmente. Contudo, não houve nenhum grito de alerta enquanto ela atravessava a bastilha e chegava ao pátio interno. Levara três dias torturantes para elaborar um plano para sair de Dunncraig sem ser vista, e parecia que estava levando os mesmos três dias para executá-lo. A cada passo, morria de medo de que James, alheio ao perigo que corria, fizesse algum barulhinho que os denunciasse.

A cada minuto daqueles três dias de planejamento, ela oscilara entre duvidar das próprias suspeitas e seguir em busca de uma forma de fugir sem ser vista. As dúvidas foram brutalmente varridas com a morte do cachorrinho de James. No dia seguinte ao funeral, ela comera e bebera de bom grado tudo o que fora levado para ela e para James, mas, sabe-se lá por quê, no segundo dia sentiu a necessidade de testar a comida. Quando o filhotinho morreu depois de comer, Bethia chorou de culpa por ter usado o pobre animalzinho indefeso, e também por uma mistura estranha de medo e fúria por suas suspeitas mais sinistras terem sido confirmadas de forma tão cruel. Sua raiva só se agravou por não ter podido dar ao bichinho um enterro digno de seu sacrifício. Agora ela sabia que a morte lenta e dolorosa de Sorcha e Robert fora causada por envenenamento, não por alguma doença desconhecida, como alegavam.

Bethia finalmente chegou ao lugar que procurava: uma pequena fresta na muralha atrás dos estábulos fedorentos. Além de se manter alheio aos inimigos que viviam em suas terras, Robert parecia também ignorar o mau estado da fortaleza. Se tivesse percebido a petição de miséria em que o lugar se encontrava, jamais teria deixado William continuar controlando as finanças. Bethia não sabia em que William e os filhos vinham gastando o dinheiro dos arrendatários e das terras, mas certamente não era na manutenção da fortaleza que desejavam a ponto de matar quem ficasse em seu caminho.

Segurando James, Bethia passou pela fresta na muralha. Pedacinhos de alvenaria se soltaram e caíram no chão. Ela ficou imóvel e prendeu a respiração, esperando o alerta que decerto viria. Para sua surpresa, nada aconteceu. Um barulho como aquele deveria ter feito com que os soldados ao menos olhassem na direção dela. Mas, ao sair para a noite e, com muito cuidado, começar a correr em direção à floresta, para além dos campos que cercavam a fortaleza, Bethia teve mais esperança de conseguir fugir. Estava claro que a guarda de Dunncraig andava tão relapsa quanto a manutenção.

Ela só se permitiu um suspiro de alívio quando finalmente adentrou as sombras da floresta, assustadoras, mas muito bem-vindas. Sabia que William não tardaria a ir atrás dela, mas dera o primeiro passo em direção à liberdade e à segurança, e por isso deixou um leve fio de esperança tocar seu coração. Um cavalo seria de grande valia, mas ela não se atrevera a roubar um animal – nem sequer tentara reaver a égua mansinha em que chegara a Dunncraig. Jamais teria conseguido fazê-la passar pela frestinha na muralha. Bethia prometeu a si mesma que tiraria a égua daquele estábulo caindo aos pedaços na primeira oportunidade. Sem cavalo, no entanto, precisaria andar muito se quisesse se distanciar de seus inimigos.

Enrolado na faixa presa ao corpo de Bethia, James se remexeu e ela acariciou suas costas e se pôs a caminhar.

– Quietinho, meu bebezinho lindo. – Deu uma última olhada em Dunncraig, lamentando não ter podido se despedir de Sorcha, mas prometendo voltar em breve. – Eu prometo que logo, logo os porcos que engordam às custas do seu pai sufocarão na própria lavagem. E que a fúria de Deus castigue todos os homens que tentarem encher os bolsos com a riqueza alheia – murmurou ela, marchando floresta adentro.

– Tem certeza de que quer ir lá encarar aquelas pessoas? – perguntou Balfour Murray ao irmão de criação, Eric.

Balfour assumiu seu lugar à cabeceira da mesa no salão principal de Donncoill e começou a encher o prato de comida. Eric sorriu para o irmão e piscou para a cunhada, Maldie, que apenas revirou os olhos e começou a comer.

– Já tentamos todas as outras maneiras de reaver o que é meu por direito, mas tudo o que fazemos é contestado ou ignorado. Venho jogando esse jogo há treze longos anos. Já estou cansado de tudo isso.

– Continuo sem entender como confrontar aqueles palermas mudaria alguma coisa.

– Talvez não mude, mas é a única coisa que não tentei.

– Ainda podemos recorrer ao rei.

– Também já tentamos, embora eu admita que poderíamos ter sido mais veementes. Ainda assim, aposto que ele preferiria não escolher um lado. Por mais que fossem, e ainda sejam, uns desgraçados, os Beatons nunca contrariaram nem ofenderam o rei. Os MacMillans, o clã da minha mãe, também mantêm boas relações com a coroa e são considerados guerreiros leais e habilidosos. Talvez eu seja a prova irrefutável disso. Carrego a marca dos Beatons nas costas, e muitos dizem que sou a cara da minha mãe e de seu clã. Talvez já esteja na hora de os Beatons e MacMillans verem a prova com os próprios olhos.

–Você acha que os Beatons vão admitir a verdade, mesmo que você tire a roupa e os force a ver sua marca de nascença? – perguntou Maldie.

– Talvez não, mas não custa tentar – respondeu Eric. – Nunca ouvi nada de ruim a respeito dos MacMillans. Infelizmente, nunca conheci nenhum deles nas ocasiões em que estive na corte. Imagino que tenham acreditado nas mentiras contadas pelos Beatons. Talvez eu possa levá-los a enxergar a verdade depois de todos esses anos.

– Certo, mas você tem que levar alguém – insistiu Balfour. – Pena que o Nigel foi para a França.

– A Gisele já deu à luz três bebês. Já passa da hora de serem apresentados aos parentes na França.

– Sim, é verdade. Bem, se você puder esperar, irei com você assim que terminar o meu trabalho, ou quem sabe o Nigel volta?

– A luta é minha, Balfour, de mais ninguém.

Eric levou o resto da noite e boa parte do dia seguinte para convencer Balfour de que aquele era um assunto que precisava resolver sozinho. Nenhum dos dois pensava que correria risco real de ser atacado pelos Beatons ou MacMillans, já que os desentendimentos entre as famílias eram do conhecimento do rei. Se Eric sofresse um único arranhão enquanto estivesse nas terras de qualquer uma das famílias, a reprimenda viria a galope, e tanto Beatons quanto MacMillans sabiam muito bem disso. Contudo, viajar sozinho implicava outros perigos, e Balfour fez questão de mencionar todos eles, com todos os detalhes pavorosos.

Ainda estava listando os perigos da viagem três dias depois, quando Eric, enfim, conduzia a montaria carregada para fora do estábulo.

– Não seria nada mau ter um soldado para cuidar da sua retaguarda – falou Balfour.

Eric apenas sorriu e montou em seu cavalo preto, Connor.

– De fato – concordou, parando para prender os espessos cabelos louro-
-avermelhados com uma tira grossa de couro enegrecido. – Mas um soldado forte faria ainda mais falta para você aqui. Eu sei me cuidar, Balfour. Não estou indo para a guerra, e acho que consigo dar conta de um ou dois

ladrões pelo caminho... ou, na pior das hipóteses, fugir deles. Você está parecendo minha mãe – acrescentou ele, com afeto.

Balfour sorriu.

– Siga seu caminho então, mas, se deparar com alguma dificuldade, pare em uma estalagem e mande buscar um ou dois homens aqui. Ou então volte direto para cá e, assim que terminar o trabalho na lavoura, reuniremos uma força maior para você.

– Combinado. Mandarei notícias.

– Eu acho bom, porque, se passar algum tempo sem sinal de você, eu mesmo vou sair à sua caça. – E então, enquanto o irmão atravessava os portões, Balfour acrescentou: – Vá com Deus.

Eric acenou e tomou o seu rumo. Estava muito dividido a respeito da decisão de partir. Não ia em busca de nada além do que era seu por direito, mas sentia vergonha de ter que implorar. Balfour o presenteara com uma pequena casa-torre e um pedaço de terra a oeste de Donncoill. Às vezes, ele se sentia muito tentado a parar de perseguir o que não lhe era oferecido de bom grado e tocar a vida na pequena propriedade. Mas então o senso de justiça voltava a crescer dentro do seu peito e mais uma vez ele se punha a lutar pelo que era seu.

Também havia o fato, muitas vezes ignorado, de ele não ser um Murray de sangue. O elo com os irmãos, que já era forte, ficara ainda mais firme com o casamento de Balfour e Maldie, meia-irmã de Eric. Legalmente, no entanto, os Murrays não deviam absolutamente nada a ele. Ainda assim, o protegiam. Chamavam-no de irmão com toda a sinceridade do mundo. O que só o deixava ainda mais furioso com a recusa dos Beatons e dos MacMillans em aceitá-lo. Eric tinha direito a tudo o que fora de seus pais. Sabia, no fundo do coração, que jamais poderia ser outra coisa a não ser um Murray, mas estava determinado a reaver tudo o que fora tirado dele pelas mentiras dos Beatons. Mesmo que isso significasse ter que lutar com seus parentes de sangue. Já fazia treze anos que tinham descoberto a verdade sobre o nascimento dele, e os treze anos foram de abordagens delicadas e diplomáticas. A hora do confronto se aproximava.

Eric levou apenas algumas horas para chegar aos portões da fortaleza dos Beatons. Quando se recusaram a deixá-lo entrar e nem sequer se dignaram a recebê-lo, não ficou surpreso, mas desapontado. Poucos dias após a morte do pai, o primo dele se aboletara naquelas terras e não parecia nada disposto a sair. Sir Graham Beaton era tão cruel e arguto quanto seu pai fora, e Eric adoraria vê-lo escorraçado das terras que tinha roubado, nem que fosse pelo bem das pobres pessoas que moravam nelas e já sofriam havia tanto tempo, mas estava claro que isso não aconteceria pacificamente.

Eric deu as costas e foi embora, esforçando-se para ignorar os insultos que gritavam para ele das muralhas. Decidiu visitar os MacMillans. Se conseguisse conquistar algum reconhecimento lá, teria mais homens, mais poder e mais dinheiro para lutar contra o Beaton usurpador. Eric suspeitava de que sir Graham sabia a verdade, mas esperava continuar de posse de suas riquezas e por isso se recusava a receber o herdeiro por direito e ignorava seus pedidos para devolver a terra. Uma aliança de sangue com os MacMillans, que tinham muito mais recursos, quem sabe forçasse o sujeito a admitir aquilo que escondia e deturpava havia tantos anos. Eric ficou ainda mais determinado a convencer os parentes maternos. O que estava em jogo era mais do que vencer uma batalha legal pela herança: podia ser o fim de uma longa linhagem Beaton de suseranos desprezíveis.

– Mamã?

Bethia engoliu as lágrimas prestes a rolar e levou à boca de James o *quaich* de prata, para que o menino bebesse água. Aquele havia sido o copo cerimonial do casamento de sua irmã, uma bela peça ornada, pequena e rasa, com delicadas e antigas padronagens celtas nos dois cabos. O pai delas gastara um bom dinheiro naquele *quaich* e tinha passado um longo tempo procurando o melhor artesão para produzi-lo. Ouvir o filho de Sorcha chamar pela mãe enquanto bebia naquela relíquia de família tão querida fez o coração de Bethia se condoer por um pesar que ainda não tivera tempo de assimilar.

– Ah, bebê... Infelizmente, acho que agora eu vou ser a sua mamãe – sussurrou ela, acariciando os cachinhos sedosos e dando um pedacinho de pão a James. – Sei que não sou tão boa quanto a mamãe que aqueles desgraçados tiraram de você, mas prometo fazer o melhor que puder.

Uma vozinha interior sussurrou que, com ela, James ao menos continuaria vivo, algo em que a mãe dele praticamente falhara; contudo, Bethia logo se repreendeu por ter um pensamento tão desleal. Nos dois dias que passara escondida na floresta, indo com todo o cuidado na direção de casa, notou que tinha muitos pensamentos nada generosos em relação à irmã e ao cunhado. Amaldiçoou a fraqueza deles, escarneceu deles por serem tão cegos e ficou se perguntando como era possível que um bebê tão doce tivesse vindo para um pai e uma mãe tão tolos. E, a cada pensamento, sentia-se mais culpada.

– Preciso de tempo para refletir e examinar o que há em meu coração – disse ela ao menino, e começou a comer um pedaço de pão. – Estou com muita raiva, e é estranho que na maior parte das vezes essa raiva seja dos seus pais. Eles não fizeram nada de errado, simplesmente foram assassinados, e isso não foi culpa deles. É claro que podiam ter sido mais atentos, mais cuidadosos, e teria sido bom se tivessem passado mais tempo prestando atenção às coisas ao redor do que um no outro, mas também não posso culpá-los por isso.

– Mamã?

– Não, meu amor, não é a mamã. – Bethia beijou a testa do sobrinho. – Ela se foi. Agora somos só eu e você. Talvez seja por isso que eu esteja com tanta raiva. Sorcha não devia ter morrido. Era jovem e saudável, não era hora. Mas é que não me sai da cabeça o que ela e o marido podiam ter feito para salvar as próprias vidas, e aí eu fico com raiva porque nenhum dos dois pensou nessas coisas. Mas na verdade eu devia estar amaldiçoando uma única pessoa: William. Sim, ele e seus filhos horrendos. É para eles que eu deveria direcionar toda a minha raiva, não é?

– Ba-ba.

– Ba-ba? O que é ba-ba? – Ela sorriu, e então suspirou. – Nós não nos conhecemos muito bem, não é, James? Mas acho que os homens que querem matar você não vão nos dar tempo para isso. Talvez, quando chegarmos à nossa casa, em Dunnbea, possamos aprender mais um sobre o outro, e sua vovó vai adorar ajudar. É, e seu vovô também. Você não estará sozinho, meu doce James, mas nenhum de nós vai poder substituir o que eles roubaram de você. Daremos todo o amor e carinho, e talvez isso ajude a aliviar a perda que você sofreu. É uma bênção que você seja ainda tão novinho, assim talvez a dor da perda não seja tão profunda.

Em uma coisa ela sabia que tinha sorte. James era um bebê muito tranquilo, que quase não chorava ou reclamava. Tinha o bom humor da mãe – a felicidade natural com a vida que sempre fluía de Sorcha para todos. Por ora, enquanto fugiam, era uma característica boa, mas Bethia estava determinada a fazer com que o sobrinho aprendesse a importância de um pouco de desconfiança e cautela.

Ela se preparava para arrumar as coisas e continuar a longa caminhada de volta para casa quando ouviu um barulho baixinho. Repreendendo-se por não ter sido mais cautelosa, sacou a adaga e se colocou na frente do bebê. Dois homens saíram das sombras das árvores. Bethia franziu a testa, notando que não pareciam homens de William.

– Vocês não vão levar o bebê – falou ela, com firmeza.

– A gente não quer o bebê – respondeu o mais alto dos dois, olhando a adaga e avaliando o copo de prata que ainda estava nas mãozinhas de James.

– Vocês não passam de reles ladrões.

– Bem, parece que não somos o que você estava esperando, mas reles ladrões nós também não somos. Somos *ótimos* ladrões, e parece que a sorte sorriu pra gente.

Bethia sabia que era melhor simplesmente deixar que levassem o que quisessem, porque lutar com aqueles homens seria um risco para ela e James. Poderiam ser mortos. Mas o que os ladrões queriam levar era a única coisa que ela ainda tinha da irmã. A mente dela dizia para pegar o bebê e correr, mas o coração, ainda em carne viva por conta do luto, estava determinado a não permitir que tocassem nas coisas de Sorcha.

– Não vou deixar os senhores levarem o que é meu sem lutar – afirmou ela com frieza, rezando para que fossem dois covardes.

– Ora, ora, garota, será que essas poucas coisas que você tem aí valem a sua vida e a do bebê?

– Não. Mas a pergunta que você devia estar se fazendo é: será que valem a vida de vocês?

CAPÍTULO DOIS

*E*ric foi despertado de seus pensamentos pelo vozerio. Retesou-se na sela, apurou os ouvidos e conseguiu, enfim, descobrir de onde vinha o barulho. Tinha decidido pegar um caminho mais deserto até as terras da família da mãe a fim de evitar confusão, mas ainda assim parecia prestes a encontrar problemas.

Com cuidado, guiou o cavalo na direção das vozes. Chegou a cogitar desmontar e se aproximar a pé, mas não o fez. Se a confusão fosse grande demais para que ele lidasse com ela sozinho, era melhor poder se afastar o mais rápido possível.

Quando viu as pessoas entre as árvores, ficou tão incrédulo que quase esfregou os olhos. Uma mulher pequena e esbelta de cabelos castanho-avermelhados, portando apenas uma pequena adaga ornada, enfrentava dois homens armados com espadas. Eric teve que olhar duas vezes para o bebê atrás dela para acreditar que era mesmo um bebê.

– Ora, ora, garota, será que essas poucas coisas que você tem aí valem a sua vida e a do bebê? – Eric ouviu o homem mais alto dizer.

E a jovem baixinha retrucou:

– Não. Mas a pergunta que você devia estar se fazendo é: será que valem a vida de vocês?

"Corajosa", pensou Eric. "Insensata, porém corajosa." A pergunta foi o suficiente para fazer os dois ladrões hesitarem, e Eric decidiu que a indecisão fornecia a oportunidade perfeita para ajudá-la. Os dois ladrões estavam se preparando para brigar quando Eric adentrou a pequena clareira de uma só vez. Não conseguiu conter um sorriso ao ver o modo como os três o encararam, como se ele fosse uma aparição materializada na névoa da floresta.

– Parece que a senhorita não pretende se desfazer de seus pertences, senhores – afirmou Eric, desembainhando a espada. – Se não querem perder a cabeça agora mesmo, acho bom darem meia-volta e correrem bem rápido para longe daqui. *Agora*.

Os homens hesitaram meio segundo, e então voltaram correndo para o meio do mato. Eric os acompanhou com o olhar até perdê-los de vista, e então se virou para a mulher. Ela continuava encarando Eric, boquiaberta como se visse um fantasma, então ele aproveitou a oportunidade para avaliá-la com mais cuidado.

As esposas dos irmãos eram mulheres pequenas e delicadas, mas talvez aquela moça fosse ainda menor. Os cabelos espessos eram muito longos e chegavam ao quadril (estreito, porém curvilíneo) em delicadas ondas castanhas. Os fios tinham um quê de acobreado, e os raios de sol que penetravam a copa das árvores os adornavam com reflexos vermelhos. Tinha o rosto miúdo em formato de coração e o queixo um tanto proeminente. O nariz era pequeno e reto, e seus lábios eram carnudos e convidativos.

Contudo, o que mais chamou a atenção de Eric foram os olhos – grandes, com cílios grossos, sobrancelhas delicadamente arqueadas, e as íris de cores diferentes. O esquerdo era de um tom claro e vivo de verde, e o direito, azul intenso.

Após examinar o físico dela, da cintura fina até os seios pequenos e tentadores, olhou para o bebê. O menino tinha olhos verdes e cachos de um ruivo muito vivo. De repente, Eric ficou muito curioso para saber se o filho era dela, e onde estava o pai. Voltou a olhar para a mulher, que começava a despertar do choque, e sorriu.

Bethia ficara estupefata quando surgiu o cavaleiro alto e esbelto que botou os ladrões para correr. Levou um bom tempo para conseguir voltar a si. Sabia que ele a analisava, e então, com cautela, resolveu fazer o mesmo.

Era um homem belo, pensou ela, sabendo que não havia outra palavra para descrevê-lo. Seus cabelos longos, louro-avermelhados, passavam bastante dos ombros largos, e eram tão volumosos que o rabo de cavalo não dava conta de contê-los. Era um dos rostos mais perfeitos que ela já vira, a testa alta e lisa, malares proeminentes, um lindo nariz comprido e reto, maxilar forte e uma boca que até mesmo ela, no auge de sua inocência, sabia ser perigosamente sensual. Para completar, os olhos de um azul intenso eram emoldurados por longos cílios castanhos e sobrancelhas louro--escuras levemente arqueadas.

E não era só o rosto dele que era lindo. Seu corpo, vestido com uma camisa impecável de linho branco e um tartã cujo padrão ela não reconhecia, era alto e musculoso, porém esguio. Ombros largos, cintura e quadris estreitos, pernas longas e bem torneadas: um conjunto que faria o coração de qualquer mulher bater mais rápido. Não era de surpreender que ela o tivesse confundido com uma aparição. Homens assim não surgiam do nada para salvar a vida de moças indefesas.

Isso fez com que Bethia começasse a se perguntar o que ele estaria fazendo ali, naquele lugar e naquela hora oportuna. Ainda mais desconfiada, continuou com a adaga em riste. Ele podia ser um deleite para os olhos, mas não necessariamente era um bom homem. Podia estar a serviço de William. Talvez ela não tivesse sido salva, no fim das contas – talvez tivesse apenas trocado um perigo por outro.

– Quem é o senhor? – indagou ela. – Não reconheço seu tartã nem a insígnia de seu clã.

– Mas que agradecimento mais doce pela minha ajuda – murmurou ele.

Bethia recusou-se a se deixar constranger pela leve reprimenda. Havia muito em jogo para se preocupar com bons modos.

– Ainda não sei se fui salva ou não – respondeu ela.

Eric fez uma leve mesura em sua sela.

– Sir Eric Murray, de Donncoill.

– Não reconheço o nome nem o lugar, portanto o senhor deve estar mesmo muito longe de casa.

– Estou indo visitar a família de minha mãe. E o que a senhorita está fazendo aqui, no meio da floresta, só com uma adaga e um bebê?

– Uma pergunta justa, suponho.

– Muito justa.

Ela relaxou só um pouco a postura atenta, tentando não deixar que a voz grave e atraente do cavaleiro abrandasse suas suspeitas.

– Estou levando meu sobrinho para a família dele.

A palavra "sobrinho" deixou Eric inesperadamente mais contente.

– Sem ninguém para protegê-la? – perguntou.

Bethia voltou a se retesar quando ele embainhou a espada e desmontou. Não havia nada de ameaçador em seus movimentos, mas ela não podia se atrever a confiar em ninguém. A vida de James estava em jogo e era valiosa demais para arriscar.

– Não confio em ninguém para guardar a vida dele – disse ela, e então recuou, postando-se entre James e Eric quando ele deu um passo à frente. – Imagino que possa compreender que, no momento, isso também inclui o senhor.

– Ora, senhorita, vejo que não reconheceu o meu nome nem o do meu clã. Custo a crer que não saiba exatamente quem são seus inimigos e que, portanto, eu não figuro entre eles.

– Ainda.

Eric deu um sorrisinho.

– Eu já disse quem sou, mas a senhorita ainda não retribuiu a gentileza.

Bethia só queria que o homem parasse de sorrir para ela. Estava com medo de perder a razão por causa dele, de que afastasse suas suspeitas e a levasse a acreditar que ele era mesmo seu salvador. A voz grave era quase uma carícia, e Bethia se sentia imperdoavelmente rude por não confiar nele de primeira. Talvez não fosse um dos homens de William, mas podia ser perigoso de muitas outras maneiras, ela começava a suspeitar.

– Sou Bethia Drummond e este é meu sobrinho, James Drummond, herdeiro de Dunncraig.

– Dunncraig?

– Conhece?

– Só sei que é um dos muitos lugares pelos quais eu preciso passar para chegar aonde vou.

– Dependendo de para onde o senhor está indo, já pode ter passado.

– Estou indo ver os MacMillans, de Bealachan.

Bethia conhecia bem a família, mas isso só a deixou um pouco menos desconfiada. Talvez ele não estivesse indo como amigo.

– Por que está indo para lá?

– Minha mãe era parente deles.

– Mas o senhor fala como se fosse a primeira vez que vai visitá-los.

– E é, mas é uma longa história, às vezes cruel, que eu não me sinto muito inclinado a contar com uma adaga apontada para o meu pescoço.

No instante em que o fez, Bethia soube que tinha cometido um erro, mas por impulso baixou os olhos para ver para onde a adaga apontava. Ficou irritada, até mesmo assustada, mas não surpresa ao sentir os longos dedos dele envolvendo o seu pulso, desarmando-a com facilidade. Tensa, aguardou o próximo movimento e franziu a testa quando ele apenas a soltou e foi olhar o pequeno James, que ria alegremente.

– Tão sereno e despreocupado... Ah, as bênçãos de ser um bebê. – Eric olhou para ela, que logo se aproximou e se pôs ao lado do menino. – As crianças confiam com tanta facilidade.

– Ainda são inocentes diante dos males do mundo.

Ligeira, Bethia tomou James nos braços e olhou para Eric.

Eric se retesou e deu um passo na direção dela, satisfeito ao ver que ela não recuou. Sinal de que, apesar de parecer estar com raiva e ressabiada, talvez viesse a baixar a guarda em algum momento. O comentário sobre não confiar a vida do bebê a mais ninguém mostrava que corria perigo, ou acreditava piamente correr. Eric estava determinado a ajudá-la, embora suspeitasse de que toda essa vontade tinha muito a ver com aqueles lindos olhos de duas cores e aqueles lábios carnudos que ele já queria tanto provar.

– E é por isso que precisam ter quem olhe por eles – sussurrou.

– É exatamente o que estou fazendo – disse ela, ríspida.

– E não acha que precisa de ajuda com isso, moça?

O homem estava tão perto que a cabeça dela girava. Bethia tinha total consciência de que, naquele momento, só o que a separava daquele sujeito era o corpinho de James. Sua visão estava totalmente preenchida com a beleza dele. Para piorar, ele baixara a voz para um sussurro sedutor que fazia o coração dela bater mais rápido e mais alto. Bethia mal conseguia se concentrar nos próprios pensamentos. O sujeito parecia causar nela o mesmo efeito que um jarro imenso de vinho.

– Um pouco, talvez – admitiu ela, a contragosto –, mas não necessariamente da sua.

– Ah, permita-me discordar. – Acariciando os cabelos do bebê, Eric sentiu certa felicidade quando seus dedos roçaram o queixinho teimoso de Bethia e ela afastou o rosto, como se o toque dele ardesse. – Para onde está indo?

– Para Dunnbea – respondeu ela, sem hesitar, e então amaldiçoou a própria falta de força de vontade.

– Mais um dos lugares pelos quais terei que passar a caminho dos meus parentes.

– Isso.

– Os MacMillans de Bealachan não têm nenhuma contenda com os Drummonds de Dunnbea, têm?

– Não. São aliados de longa data.

– Então estamos seguindo para as mesmas bandas.

– Mas seguirei por um caminho bem tortuoso e afastado. Só iria atrasá-lo.

– Veja bem, eu também estou seguindo por um caminho tortuoso e afastado. Como vê, estou viajando sozinho e quero evitar problemas.

Ela quase sorriu, e então falou:

– Então acho bom ficar bem distante de mim, caro senhor, pois uma boa dose de problemas me persegue.

Bethia não sabia bem por que estava sendo tão reticente, tão relutante em aceitar a ajuda de Eric. Era verdade que nunca tinha ouvido falar dos Murrays de Donncoill, mas suspeitava de que era justamente por não haver muito a conhecer, nada de mau, ao menos. Histórias sobre a maldade dos homens corriam a galope, mas, quando as pessoas se comportavam bem, só ganhavam notoriedade por feitos muito heroicos. Os MacMillans eram parentes dele, e aliados muito próximos dos Drummonds. Sem dúvida, aquele homem parecia um MacMillan. Estava indo na mesma direção que ela. Tinha acabado de salvá-la de um confronto que poderia ter sido mortal, e embora tivesse tomado a adaga de suas mãos, ainda não tinha demonstrado a menor hostilidade em relação a ela ou James. O bom senso ditava que ela deveria ficar sob a proteção dele.

– Vamos, garota, deixe esse orgulho de lado e aceite uma oferta sincera de ajuda – falou Eric.

– Não é só o orgulho que me faz hesitar, senhor – respondeu ela.

– Acaso não acabei de mostrar que não desejo mal algum à senhorita?

– É, mas para cada decisão que eu tomo, preciso pensar em James.

– Eu nunca faria mal a um bebê.

Ouvindo a seriedade na linda voz dele, Bethia quase sorriu. Tinha insultado Eric. Curiosamente, isso apaziguou boa parte da suspeita e da dúvida. Ela começou a pensar que sua hesitação, ainda presente, não era por não confiar nas boas intenções dele, mas por achá-lo perigosamente atraente. Nunca ficara tão desnorteada diante de um homem. Mas precisava pensar em James em primeiro lugar, de modo que teria que lutar contra aquele perigo sozinha – ou sucumbir a ele.

– Assim sendo, senhor cavaleiro, peço que, por sua honra, o senhor nos escolte até Dunnbea em segurança – falou ela, enfim.

Quando ele sorriu em resposta, Bethia sentiu uma alegria que quase a assustou.

– Uma promessa que faço com gosto, milady.

– Por mais que seja fácil de fazer, talvez não seja uma promessa tão fácil assim de cumprir.

– Não me falta habilidade com a espada que carrego.

– Imagino, mas saiba que pode haver muitos homens tentando me impedir de levar este menino até minha família. O senhor está se metendo em uma fuga mortal. De um lado, neste momento, somos apenas eu e este bebezinho... e agora, o senhor. Do outro há um homem sem coração chamado William, e seus filhos horríveis, Iain e Angus, além de todos os outros homens que eles podem ter contratado para virem atrás de nós.

– Por quê?

– Porque William quer roubar o que é do meu sobrinho por direito. Ele já mandou a própria esposa para a cova, depois assassinou minha irmã e o marido dela. E no dia anterior à minha fuga, tentou envenenar a mim e o menino, seu jeito preferido de matar. William está usando casamentos e mortes para tomar Dunncraig para si, uma terra que nunca foi dele.

Eric mantinha a expressão calma, mas se amaldiçoava silenciosamente por dentro. Ele não se identificava com o homem que Bethia descrevia, mas seus instintos diziam que ela não aprovaria o motivo que o levava aos MacMillans. Decidiu deixar a verdade em suspenso por ora. Ela mal confiava nele, e ele queria conquistar um pouco mais de respeito antes de contar algo que poderia apagar de vez aquela pequena centelha de confiança.

– Pois a senhorita topou com um homem que não é estranho a esse tipo de situação. Meu irmão e a esposa, que hoje estão na França, tiveram que fugir de homens que queriam enforcá-la por um assassinato que ela não cometeu. Talvez eu possa finalmente fazer algum uso de todas as histórias que ele me contou.

– Por que seu irmão não está indo com o senhor conhecer os parentes de sua mãe?

– Porque somos filhos de mães diferentes. – Ele teve que se segurar para não rir quando Bethia franziu a testa, torcendo o rosto bonito e assumindo um semblante de enorme curiosidade. – É uma longa história. Melhor deixar para outra hora. Temos um longo caminho pela frente.

– Sim, é melhor começar logo.

Bethia hesitou quando Eric estendeu a mão, pedindo para segurar o bebê; então, com o coração batendo forte, deixou James nos braços dele. Desde a morte de Sorcha, era a primeira vez que ela o entregava a outra pessoa, e teve que reprimir o impulso de pegá-lo de volta imediatamente. Se era para deixar a vida de ambos nas mãos daquele homem, teria que confiar nele o suficiente para que segurasse James.

Eric ficou observando enquanto ela recolhia seus pertences, detendo-se para alisar o copinho de prata antes de guardá-lo.

– Sabe, moça, acho que a pergunta daquele sujeito tinha fundamento – disse ele, em voz baixa. – Será que esses pertences valeriam a sua vida e a do bebê?

– Não – respondeu ela ao se levantar. – Pelo menos foi isso o que minha mente gritou naquela hora, mas infelizmente meu coração gritou ainda mais alto. Esse é o copo cerimonial do casamento da minha irmã. Irmã gêmea, e não faz nem uma semana que ela morreu. Não consegui deixar que aqueles homens desprezíveis levassem o copo e os parcos pertences que consegui recolher na fuga de Dunncraig. Eu fui inconsequente, sei muito bem.

– É verdade, mas é compreensível. – Conduzindo-a pelo braço, ele a levou até o cavalo. – Seu luto ainda é muito recente.

– Não acho que o tempo vá fazer muita diferença – sussurrou Bethia.

– Não há elo mais forte do que compartilhar o ventre materno com alguém. Mas a vida dá um jeito de cegar a lâmina de uma perda como essa. Você nunca vai esquecer, mas vai aprender a conviver com isso. – Eric devolveu James a ela e prendeu a bolsinha de Bethia na sela do cavalo enquanto ela acomodava o menino no carregador de pano. – E ela deixou com você todas as boas lembranças que tem dela.

– Verdade – concordou Bethia, penteando com os dedos os cachos de James, e então franziu a testa ao olhar a montaria dele. – Então o plano é nós três irmos a cavalo?

– Isso – respondeu Eric, erguendo-a para a sela.

– Acho que o peso de um homem grande e duas outras pessoas deve ser demasiado para o pobre animal.

Eric deu uma risada e montou atrás dela. Bethia piscou, sem entender.

– Qual é a graça? – perguntou ela.

– A senhorita, dizendo que sou um homem grande.

– Ora, mas é mesmo.

– Talvez para uma jovem miúda como você, mas pode acreditar, garota, não sou um homem grande.

– E eu não sou tão miúda assim – resmungou ela, fazendo uma careta ao ouvir a risadinha dele.

– A segunda a nascer, certo? – perguntou ele, fazendo o cavalo avançar.

– Certo. E sim, eu era muito pequena e raquítica, mas depois cresci e fiquei mais forte.

– Ah, sim, e hoje a senhorita é uma montanha de mulher.

– O senhor está caçoando de mim.

– Talvez, mas não por mal. Acredite, pequena Bethia, quando me vir ao lado de outro homem, vai entender exatamente como eu me sinto. Não é fácil ser mirrado.

– Eu não sou mirrada – vociferou ela, e então fechou a cara quando ele apenas deu uma risadinha.

Bethia sabia muito bem que era, contudo não gostava de ouvir isso. Além do mais, também não acreditava que sir Eric se sentisse tão pequeno assim. Com certeza não parecia pequeno naquele momento, com os dois longos braços ao redor dela para pegar as rédeas. Bethia sentiu-se completamente envolta naquele abraço – na verdade, sentiu-se menor e mais insegura do que nunca.

Aos poucos, foi se dando conta de que ele inalava o perfume dos cabelos dela. Ela se retesou e tentou se afastar do corpo longilíneo, mas os braços de Eric não deixavam muito espaço livre. Embora já não temesse mais por sua vida e a de James, não se sentia a salvo.

– O que o senhor está fazendo? – indagou ela, estremecendo ao perceber a instabilidade na própria voz.

– Sentindo o cheiro dos seus cabelos.

Ela arregalou os olhos, pois não esperava uma resposta tão sincera.

– Bem, pode ir parando com isso agora mesmo.

– Eu até poderia parar, mas não sei se quero.

Eric sabia que não estava se comportando bem, mas morria de vontade de ver até onde conseguiria levá-la. Ele a desejava com uma intensidade e uma ferocidade que nunca sentira por outra mulher, e estava curioso para ver se conseguiria evocar alguma resposta, por menor que fosse. Bethia o fascinava, deixava-o faminto, e ele queria que ela se sentisse da mesma forma.

– Bem, sugiro que o senhor se esforce.

– Se for mesmo necessário...

– É mesmo necessário.

– Só estou sendo lisonjeiro, moça.

– E eu tenho coisas mais importantes com que me preocupar do que as lisonjas vindas de um desconhecido. Quero que me faça mais uma promessa.

– Que promessa seria essa?

– Que o senhor vai me tratar com o respeito devido a uma moça da minha estirpe.

– Ah, com certeza, isso eu posso fazer.

Bethia tentou se virar para encará-lo, mas não conseguiu ver direito sua expressão. Devia ter dito aquilo com mais veemência; sentiu que ele não tinha prometido o que ela queria. Olhou para a frente e tentou não sentir nada, mesmo envolta nos braços de Eric.

Mas logo se deu conta de que seria difícil ignorar a atração que sentia por ele. Algo em suas entranhas reagia com desejo e urgência ao toque, ao sorriso, até mesmo à voz dele, e ela suspeitava de que seria bastante difícil ignorar tudo isso. Sir Eric Murray podia ter chegado a tempo de salvar a vida dela e poderia muito bem cumprir a promessa de conduzi-la com segurança a Dunnbea, mas Bethia começava a achar que ele não manteria nenhuma outra promessa feita. Olhando para James, que cochilava, Bethia pensou que não podia mais mudar de ideia, mas começou a desconfiar de que apenas havia trocado um perigo mortal por outro mais sutil.

CAPÍTULO TRÊS

–Sente-se aí, moça – falou Eric, com a voz suave, gesticulando na direção da fogueira que acabara de acender. – Cuide do menino e eu faço o resto.

– Eu deveria ajudar – murmurou ela, sentando-se mesmo assim.

– Desse modo você já ajuda. Sou perfeitamente capaz de cuidar do cavalo, arrumar o acampamento e preparar uma refeição simples, mas nutritiva. O que eu não sei fazer é cuidar de um bebê.

Ela fez que sim, aceitando a bolsa que ele lhe entregava. Estendeu diante do fogo as fraldas de pano que tinha lavado mais cedo na esperança de que acabassem de secar e sentiu a exaustão desacelerando seus movimentos. Não entendia por que estava tão cansada... Quando sir Eric a encontrara, não tinha passado tanto tempo assim caminhando – duas noites e quase dois dias, talvez, e depois o resto da tarde cavalgando –, mas a sensação era de que passara semanas sem dormir direito. Depois de trocar James e fazer uma caminha para ele, Bethia tentou espantar o cansaço, ao menos o suficiente para estar desperta durante a refeição. Queria fazer algumas perguntas complicadas a sir Eric Murray.

O que mais a preocupava era sentir que tinha relaxado no instante em que aceitara a ajuda dele. A exaustão começou a se alastrar logo depois que subiu na montaria, mitigando um pouco a rígida prudência que mantivera desde sua chegada a Dunncraig. Bastara sir Eric envolvê-la com seus braços fortes para que ela parasse de lutar. Como não conhecia aquele homem, Bethia sentia que isso era muito perigoso. A beleza e a voz rouca dele davam um nó em sua garganta, mas ela não podia permitir que aquela sensação prazerosa e inconsequente fizesse evaporar seu bom senso e sua cautela. Se fosse apenas a vida dela em jogo, sabia que acabaria se deixando seduzir pela beleza e aparente bondade de sir Eric, mas Bethia não podia esquecer que tudo o que fazia também era por James.

Diante do fogo, enquanto preparava um mingau, Eric notou que Bethia lhe lançou olhares aqui e ali, e suspirou. Tinha passado um longo tempo quieta, e o cansaço a deixara menos desconfiada, mas estava claro que já deixara parte daquela exaustão de lado. E então viriam as perguntas, que ele teria que responder com muito cuidado. Sabia que tinha todo o direito de reivindicar sua herança, mas sabia também que ela desaprovaria a empreitada. Era injusto, mas compreensível. Eric decidiu que não se ofenderia e creditaria qualquer insulto às preocupações de Bethia. Torcia para que tivesse a mesma facilidade para desviar de qualquer pergunta mais perigosa.

Precisava conquistar a confiança dela antes de contar a verdade. Salvá-la daqueles ladrões não fora o suficiente. Tinha que descobrir algum modo de fazê-la acreditar que ele não era, e jamais seria, um inimigo. E mesmo depois disso, sabia que contar a verdade talvez o prejudicasse, mas, se ela descobrisse tudo agora, Eric talvez tivesse que fazê-la prisioneira só para impedir que ela seguisse sozinha.

Na esperança de distraí-la e evitar um pouco mais as perguntas que ele já pressentia prestes a saírem de seus lábios, Eric perguntou:

– Tem certeza de que esse tal de William é mesmo um assassino?

Serviu um pouco de mingau grosso para ela em uma tigela de madeira rústica e Bethia aceitou, franzindo a testa ao dizer:

– Tenho certeza, sir Eric. – Bethia pegou um bocadinho de mingau, assoprou e deu na boca de James. – Está achando o quê, que eu sou uma mocinha impressionável que enxerga o mal em todo mundo?

– Não, mas assassinato é uma acusação grave. Pode até levar a pessoa à forca.

– Eu sei. Sir William e suas crias desprezíveis merecem ser enforcados na árvore mais alta.

– Se eles fizeram o que a senhorita alega, eu concordo.

– Não é incomum um homem matar para enriquecer.

– De fato. A ganância é uma motivação criminosa tão comum quanto a vingança ou a paixão. Mas a senhorita não disse nada sobre gargantas cortadas na calada da noite ou uma adaga cravada nas costelas. Nesses casos, fica bem fácil comprovar um assassinato e fazer acusações. – Eric suspirou, balançando a cabeça. – A senhorita falou de veneno, uma arma sutil e sombria, de uso muito difícil de provar. São pouquíssimos os venenos que deixam rastros, são logo vistos e bem conhecidos. Alguns agem de forma que poderia facilmente ser confundida com alguma espécie de doença.

Relutante, Bethia concordou.

– É por isso que estou correndo para a casa da minha família, para pedir proteção e ajuda. Por isso e porque as pessoas de Dunncraig têm medo demais de William para me ajudar. Mesmo se ele matasse nós dois bem diante dos olhos de todos.

– Pelo que entendi, sua irmã e o marido morreram recentemente, mas o castelo já está sob o jugo de William?

– Exatamente. – Bethia bebeu um longo gole de vinho do odre e então passou-o para ele. – Infelizmente, minha irmã, Sorcha, e Robert não eram... bem, não tinham muita malícia. Talvez por serem recém-casados, e depois estarem absortos demais na alegria de ter um filho. – Bethia deu de ombros. – O que quer que tenha sido, algo os impediu de ver que as terras estavam sendo exploradas, que o castelo estava caindo aos pedaços e que a lealdade do povo vinha sendo roubada. As pessoas em Dunncraig vivem com medo, e todos acham que Robert e Sorcha eram fracos demais para libertá-los das mãos de um William cada vez mais cruel. Não cheguei a conhecer Robert muito bem. Talvez ele também tenha se acovardado diante de William, assim como todos os outros.

– São palavras muito duras.

– De fato – concordou ela em um sussurro, sentindo a tristeza pesar em suas palavras. – Às vezes, odeio os dois por terem sido tão ingênuos e fracos a ponto de terem sido mortos, por não terem me deixado uma história de martírio e honra com a qual me consolar.

Eric chegou mais perto e passou o braço pelos ombros estreitos dela. Ficou contente ao notar que a rigidez inicial logo se desfez. Parte da desconfiança já estava começando a se dissipar. Ela precisava de ajuda e era esperta o suficiente para reconhecer isso, o que contava a favor dele.

– Teria sido melhor, de fato – concordou ele. – Contudo, para cada morte gloriosa há muitas outras que não são. A senhorita precisa perdoar a cegueira e a fraqueza deles. Além do mais, no fim eles agiram, não agiram? Pediram que a senhorita fosse ajudar James.

– Pediram, é verdade. A princípio, eu não tinha entendido. Foi só diante do túmulo que me dei conta de que a mensagem de Sorcha era um aviso.

Ela me pediu que fosse cuidar do filho dela. Uma escolha curiosa de palavras da qual só me dei conta quando entendi a situação de Dunncraig. Lamento que ela não tenha vivido o suficiente para me contar o que provocou suas suspeitas. Talvez isso levasse a alguma prova da culpa de William.

– Mais ninguém se opôs a ele e aos filhos?

– Não. Como eu disse, todos se acovardaram, temendo pelas próprias vidas.

– E quem pode culpá-los, sabendo que William matou o senhor de Dunncraig e a esposa? Se ele conseguiu se safar de assassinar as pessoas mais poderosas do castelo, imagine o que faria com as mais humildes!

– É, seu raciocínio traz uma triste verdade. – Ela suspirou. – Além do mais, todos sabiam que o único que poderia ocupar o título de senhor do castelo é um bebezinho que mal foi desmamado, e ninguém imaginaria que eu seria capaz de reunir forças para fazer frente ao desgraçado.

– E você é?

– Sou. Meus parentes vão me dar razão, decerto agirão com rapidez para proteger o pequeno. Sorcha era muito querida por todos. Muitos ficarão revoltados com o assassinato dela. E tenho quase certeza de que nossos aliados vão nos apoiar.

– Aliados como os MacMillans?

– Isso. – Ela tentou abafar um bocejo. – Muita gente ficará ansiosa para defender os direitos de Sorcha. – Bethia terminou de comer e deu a James um pouquinho do que ainda restava do suprimento de leite de cabra. – Quando ela foi apresentada na corte, ficou claro na mesma hora que poderia ter conseguido um casamento que aliasse nosso clã a um dos mais poderosos da Escócia, mas ela só queria saber de Robert, um primo distante nosso. Ainda assim, ela fez muitos amigos e, com sua beleza e doçura, também ajudou meus pais a conquistarem novos amigos e aliados. Não consigo imaginar quantas pessoas estariam dispostas a nos ajudar a vingar a morte dela. Sorcha conquistou muitos corações. – Ela acariciou as costas de James, que, encolhido em sua pequena manta, chupava o dedo e começava a cair no sono.

– A senhorita também deve ter conquistado muitos corações...

Eric não conseguiu resistir à tentação de mergulhar os dedos no cabelo dela. Ela o usava solto, deixando-o cair até os quadris estreitos em cachos tentadores.

– Ah, eu não fui apresentada na corte.

– Não? Estava doente?

Bethia enrolou James, que já dormia profundamente, no cobertor.

– Não – disse. – Decidiram investir todos os recursos em Sorcha, para aumentar suas chances de brilhar na corte, embora dissessem que ela brilharia mesmo se estivesse vestida com farrapos. Sorcha conseguia conquistar as pessoas com um único sorriso. – Ela deu um leve sorriso tímido para Eric. – Já eu tenho a língua afiada demais, não consigo controlar meu gênio e não confio nos outros com a mesma facilidade com que ela confiava. Minha irmã só via o melhor nas pessoas.

Eric não gostou nada do retrato que Bethia descrevia. Estava claro que Sorcha tinha sido a filha preferida, considerada a melhor entre as duas. A própria Bethia falava da irmã como se ela estivesse a um passo da santidade. Era óbvio que aquela jovem tinha vivido à sombra da outra, lugar de onde nunca saíra. Eric imaginava que, além de batalhar para sobreviver por ter nascido tão fraca, Bethia tinha passado a vida toda em uma luta constante para ser notada.

– É incrível que uma pessoa consiga manter um coração tão puro, um olhar tão desprovido de desconfiança... No entanto, viver nesse estado de graça não salvou a vida da sua irmã, não é mesmo? – comentou ele, com um leve traço de irritação e sarcasmo na voz.

Bethia franziu a testa.

– Não, não salvou. Robert era muito parecido com Sorcha. Bonito, ingênuo e encantador. É uma pena que essas coisas nunca durem muito no mundo cruel em que vivemos.

– É verdade, uma pitada de desconfiança é o que faz a pessoa sobreviver. Para levar a vida sendo bela, ingênua e encantadora, a pessoa precisa ter a seu lado um homem forte, desconfiado e durão para vigiar a retaguarda.

Ela deu um leve sorriso.

– Sim. Um de nós devia ter pensado nisso. – A tristeza logo voltou à voz de Bethia. – Mandamos duas criaturas adoráveis direto para o covil da fera sem ninguém para protegê-los. – Ela tocou de leve os cachos do bebê adormecido. – James vai ter quem o proteja. Também vai aprender a cuidar de si mesmo. Ele tem a natureza meiga dos pais, e longe de mim querer destruí-la, mas com certeza vou ensinar a ele uma boa dose de cautela.

– Você? Imaginei que seus pais é que iriam criá-lo.

– Ah, sei que meus pais vão amar muito o neto, ele é parte de Sorcha, mas... – O semblante de Bethia se fechou e ela sentiu culpa pelo que estava prestes a dizer: – Mas foram eles que criaram Sorcha, não é? Eles se deixam encantar muito fácil por toda essa candura e beleza, acham que todo mundo é assim. Nunca ensinaram o valor da cautela, de ser precavido, de tentar ver além dos sorrisos. Foi assim que criaram Sorcha e é assim que criariam James. Então, não, eu é que terei o trabalho infeliz de dizer a este bebezinho que às vezes um sorriso esconde uma mentira, ou, pior, uma adaga destinada ao seu coração. Talvez Bowen ajude.

Bethia sentiu que os dedos de Eric hesitaram em seus cabelos e olhou para ele, curiosa. Talvez fosse um bom momento para mandar Eric parar de fazer aquilo, mas as palavras não vieram. Por mais estranho que fosse, o jeito como aqueles dedos longos se enredavam em seus cachos, acariciando, brincando, até mesmo levando-os ao rosto dele para que pudesse cheirá-los ou beijá-los, era reconfortante e delicioso. Mesmo a contragosto, ela teve de admitir que não queria que ele parasse. Sabia que estava agindo de maneira um tanto leviana ao deixar que um homem que acabara de conhecer a tocasse daquela forma íntima, quase sedutora, mas ele era tão lindo... Era só não deixar que a coisa avançasse mais. Que mal poderia haver?

– Quem é Bowen? – perguntou Eric.

Esforçou-se para soar vagamente interessado e não deixar transparecer o jorro assustador de ciúmes que sentiu. Não conseguia entender por que estava tão incomodado só de ouvi-la manifestar o menor sinal de afeto à menção de outro homem.

– Um dos soldados de Dunnbea. Cerca de dez anos atrás, houve uma época em que sofremos vários ataques dos ingleses e de um velho inimigo, e meu pai contratou Bowen e Peter como mercenários. Quando o pior passou, eles ficaram conosco, pois provaram diversas vezes seu valor. Os dois sempre foram muito pacientes comigo, e olha que eu vivia correndo atrás deles feito um cachorrinho. Eu e meu primo Wallace, filho bastardo do meu tio, que é uns dois anos mais velho que eu. Bowen e Peter nos ensinaram muitas coisas. Nós quatro éramos muito próximos, e quando meu pai percebeu que não teria mais filhos, reconheceu Wallace como herdeiro. A partir daí, eu quase não o via mais. Ele estava sempre ocupado treinando para ser cavaleiro e suserano.

– Como a senhorita estava sendo treinada para ser uma dama, imagino que tenha sido melhor assim.

Sonolenta, Bethia franziu a testa de leve, percebendo que estava cada vez mais confortável ali, encostada em sir Eric, e então decidiu que estava exausta demais para se preocupar com esse lapso.

– Infelizmente eu não me saí muito bem nesse treinamento. Talvez eu tenha passado tempo demais com os homens de Dunnbea, livre para correr por ali feito um moleque. Acho que Sorcha aprendeu as artes de ser uma dama com tanta rapidez, tanta graça, que ninguém viu sentido em me obrigar a seguir tentando sem sucesso.

Eric imaginava que Sorcha devia ter sido uma ótima pessoa, mas já estava ficando enjoado de ouvir tantos elogios àquela perfeição de mulher. Não sabia bem por que estava tão revoltado com o quadro de rejeição que Bethia descrevia de forma tão dolorosa, mas aceitou o sentimento. Talvez estivesse se identificando com tanta rapidez porque, assim como Bethia, ele também fora rejeitado. O amor e a aceitação dos Murrays tinham curado muitas feridas, mas não dava para apagar totalmente a dor de ser rejeitado pela própria família. Ficou se perguntando se Bethia fazia ideia de como fora maltratada ou se apenas se esforçara para ignorar esse fato doloroso.

Ou pior. Ele se deu conta, franzindo a testa, de que talvez ela acreditasse que merecia isso. Talvez Bethia realmente achasse a irmã gêmea muito mais perfeita do que ela. Tamanha falta de confiança, alimentada ao longo de tantos anos, podia dificultar e muito a tarefa de seduzir aquela mulher, e Eric já sabia que faria de tudo para conseguir isso. O desejo que sentia por ela aumentava a cada minuto, embora ele não soubesse bem o que faria. Bethia com certeza descartaria elogios. Então ele notou como ela parecia gostar de estar apoiada nele, deleitando-se com os cafunés que recebia. Talvez não precisasse recorrer a elogios.

Um rompante de culpa surgiu de repente, mas Eric o descartou sem remorso. Era errado seduzir uma donzela bem-nascida, mas ele sabia que não seria dissuadido por coisas como honra e respeito. Apenas decidiu que, se ela cedesse e perdesse a virgindade com ele, se casaria com ela. Os irmãos pensariam que ele estava louco, já que não havia nem quatro horas que conhecia a garota, mas ele ficou surpreso ao notar que isso não afetava em nada a sua decisão. Talvez, pensou, com um leve sorriso, o instinto de encontrar uma companheira tivesse finalmente despertado nele.

Eric notou que Bethia estava pesando em seu ombro e, com certa relutância, empurrou-a até que ficasse sentada.

– Moça, acho que está na hora de você ir para a cama – disse.

Bethia piscou, esfregou o rosto com as mãos e se deu conta de que estava mais dormindo que acordada.

– É, estou exausta. – Cambaleando, ela se levantou. – Eu vou me afastar só um minutinho.

Trôpega, ela adentrou nas sombras e Eric se apressou para ir se aliviar na extremidade mais distante do acampamento. O mais rápido que pôde, arrumou as camas lado a lado. Sentou-se e estava tirando as botas quando ela voltou.

A menos de um passo da fogueira, Bethia estacou e olhou as camas. Sua mente grogue de sono demorou um minuto inteiro para aceitar o que via. A cama dela estava feita ao lado da de Eric. Ela o encarou.

– Ora, garota, por que está me olhando desse jeito, como se eu fosse uma víbora prestes a dar o bote? – perguntou Eric, deitando-se, cobrindo-se e cruzando os braços atrás da cabeça.

– Talvez porque, neste momento, você pareça exatamente isso – respondeu ela. – Vou dormir do lado oposto da fogueira.

– Mas um fogo tão pequenininho já gera tão pouco calor...

– Temos cobertores para isso.

– Bethia, não precisa ter medo de mim.

– Não? Quem me garante que você não está pensando em... bem, pedir que eu demonstre de uma maneira imprópria minha gratidão por você ter salvado minha vida?

– Uma coisa que aprendi quando ainda era muito garoto para sequer pensar nessas coisas é que um homem sempre respeita o "não" de uma mulher. – Deu duas palmadinhas nas cobertas ao lado dele. – Venha descansar. Você pode enrolar o cobertor bem firme e usá-lo de escudo se quiser. Vai ser mais quentinho para nós dois se dormirmos lado a lado. Isso mesmo, com o bebê entre nós. Ele também precisa se aquecer.

Um argumento que ela não conseguiria refutar. Entre os dois, James não ficaria apenas aquecido, mas também protegido. Embora estivesse nervosa com a ideia de dormir tão perto de sir Eric, Bethia notou que não estava com medo. Não conseguia se convencer a vê-lo como ameaça. Depois de colocar James no meio das cobertas, sentou e tirou as botas, rezando para que a beleza daquele homem não estivesse minando sua inteligência.

Depois de passar um bom tempo se remexendo e se arrumando, Bethia se acomodou em sua cama e virou para o fogo, xingando baixinho a si mesma. Era melhor ficar virada para James e passar o braço sobre ele, porque assim sentiria se ele decidisse sair da cama. Depois de se remexer um pouco mais, virou-se de costas para a fogueira e envolveu o bebê adormecido com o braço de forma protetora. Por mais que tentasse fechar os olhos e ignorar o homem deitado tão perto dela, Bethia acabou olhando para Eric – e não ficou nada surpresa ao ver que ele sorria.

– Já se acomodou? – perguntou ele, ignorando a testa franzida e prendendo atrás da orelha dela uma mecha de cabelo solto.

– Já. Você não pode me culpar por ser cautelosa.

Bethia odiou ouvir o tom defensivo na própria voz. Tinha todo o direito de desconfiar de que ele pudesse estar fazendo algum joguinho.

– Bem, pode ficar despreocupada com o menino entre nós.

– Ele não é lá uma grande barreira.

– De fato, mas juro a você: comigo, a palavra "não" basta como escudo.

– Acho bom, porque, se está achando que vai poder se aproveitar de mim só porque está me ajudando, está muito enganado.

– Eu jamais pensaria algo assim. E não quero que você caia nos meus braços apenas porque se sente grata.

– Então estamos de acordo.

Ela se retesou quando Eric se apoiou no cotovelo e se inclinou por cima do bebê. De repente, o rosto dele estava muito mais próximo do dela. Bethia olhou para a boca dele, sabendo muito bem que era um erro, mas incapaz de se controlar.

– Isso mesmo – falou ele, baixinho. – Quando você se entregar a mim, será por vontade de compartilhar do meu desejo. A última coisa que quero em minha cama é gratidão. Não que eu fosse reclamar de um pouquinho de gratidão depois de satisfazer você.

Bethia arquejou de leve, mas não sabia se era só por causa das palavras escandalosas dele. Só de ouvi-lo dizer "desejo" o coração dela disparou. A surpresa foi se ver incapaz de recuar quando ele roçou os lábios nos dela. Depois, o toque cálido da boca dele foi o suficiente para mantê-la imóvel durante um beijo breve e sedutor. No instante em que ela recobrou a sanidade o suficiente para afastar as cobertas, determinada a empurrá-lo, Eric recuou e voltou para o lado dele da cama.

– Por que você fez isso?

Bethia cerrou o punho com força para não levar os dedos aos lábios, ainda impressionada por um beijo tão suave ser capaz de acelerar tanto sua pulsação.

– Estava só dando boa-noite.

– Bem, da próxima vez, use palavras.

– Não tem tanta graça.

Bethia comprimiu os lábios, recusando-se a responder. Qualquer coisa que dissesse só daria àquele homem impossível a oportunidade de mexer com ela ainda mais. Fechou os olhos. Olhar para ele era igualmente perigoso.

Contudo, as palavras dele não eram tão fáceis assim de ignorar. Ele queria que ela compartilhasse seu desejo. Ela jamais seria tola o suficiente para achar que esse desejo era apenas por ela, mas isso não bastou para aplacar seu interesse crescente. Uma parte muito substancial dela sentia-se bastante intrigada, extremamente tentada a descobrir mais sobre o desejo de Eric. Bethia imaginava que um homem bonito como sir Eric Murray devia ter muita experiência nas artes da sedução e que provavelmente era muito talentoso.

Essa curiosidade não era negativa em si, pensou ela. O que a preocupava era a probabilidade considerável de que aquilo que brotava dentro dela fosse mais do que mera curiosidade. Bethia tocou os lábios de leve, ainda sentindo o calor dos lábios dele. Não tinha sido um beijo intenso – apenas uma leve pressão dos lábios, um breve toque da língua –, mas deixara seu corpo inteiro quente. Sir Eric era mesmo uma ameaça, mas ela não podia deixá-lo, porque precisava muito de sua ajuda. Tudo que podia fazer era rezar para que ele não a entregasse aos seus inimigos, e para que ela mesma não se entregasse ao desejo de cair nos braços dele.

CAPÍTULO QUATRO

*B*ethia sabia muito bem que não se amansam as águas de um rio caudaloso apenas olhando para ele, mas o fez mesmo assim. Durante três longos dias, seguiram pelos campos com William e seus filhos no encalço de Bethia. Chegaram até a avistar os inimigos, e por pouco não foram vistos. Tudo o que Bethia queria era ter um exército a seu lado naquele momento, assim poderia se revelar de uma vez, confrontar William e dar cabo dele e dos filhos. Estava ficando louca com o medo e a necessidade constante de se esconder, e desesperada para se sentir segura outra vez, para saber que James estava em segurança.

Deu uma olhadela para o homem ao seu lado e praguejou baixinho. Por mais que estivesse cumprindo da melhor forma possível a promessa de cuidar dela e de James, Eric também a estava deixando louca. Todas as noites dava boa-noite com um beijo e toda manhã a acordava com outro. Os da noite eram quase castos, mas os da manhã eram da mais pura sedução. Estúpida que era, Bethia nunca conseguia reunir forças para recusar. Quanto mais avançavam, mais ele confundia a mente e o coração dela com carícias e palavras que atiçavam seu desejo. Bethia sentia-se tensa, irritadiça, dividida entre a vontade de estapear Eric e o desejo de jogá-lo no chão e exigir que terminasse o que tinha começado.

– Não sei se conseguiremos atravessar em segurança aqui – comentou ela, forçando-se a pensar na necessidade mais premente de se livrar de seus perseguidores.

– Conseguiremos, sim. – Eric acariciou o pescoço do cavalo. – Seria melhor ficarmos em terra firme, mas não podemos. William está tão perto que não temos tempo de procurar um lugar melhor.

– E mesmo que exista um lugar melhor, imagino que haja homens dele de tocaia à nossa espera.

– Exatamente. Por favor, diga que sabe nadar.

– Ah, sei, sim, muito bem. Bowen me ensinou. – Ela deu um leve sorriso. – Na verdade, quando ele e Peter decidiram ensinar Wallace a nadar, exigi que me ensinassem também. Bowen acabou concordando e disse que, já que eu tinha a língua tão afiada, com certeza alguém tentaria me afogar um dia.

Eric deu uma risadinha, mas sentiu um pingo de tristeza também. Sempre que falava da infância, Bethia mencionava Bowen, Peter e Wallace. Quase nunca falava dos pais, a não ser quando o assunto envolvia Sorcha. Que bom que aquela garota tinha encontrado quem cuidasse dela. O problema é que essas pessoas deviam ter sido seus pais. A cada história, Bethia revelava que os pais lhe dispensavam o mesmo tratamento que davam a Wallace, como se também ela fosse uma bastarda que tinham sido forçados a acolher. Pior ainda, para Eric, era a crescente desconfiança de que a mui incrível Sorcha nunca fizera nada para mudar isso. Ele simplesmente não conseguia entender.

– Bem, é melhor acabarmos logo com isso.

Eric atou ainda mais o carregador de pano bem no topo da montaria.

– Não seria melhor se um de nós levasse o bebê? – perguntou Bethia, prendendo a saia no alto para livrar as pernas.

– Nós dois vamos precisar de toda a nossa força para lutar contra a correnteza. E Connor é mais alto do que nós. Aqui bem no topo dele, James terá mais chance de chegar seco ao outro lado.

– E Connor vai seguir direto para a margem oposta?

– Vai, sim. E depois vai nos esperar lá. Ele já teve muitas oportunidades de demonstrar que nada muito bem e não tem medo de água. – Ele pôs a mão no flanco do cavalo. – Pronta?

– Pronta.

Bethia engoliu o pânico quando Eric deu um tapa no flanco do cavalo e Connor mergulhou na água. Sentindo os respingos de água fria no rosto, James logo começou a chorar alto. Bethia respirou fundo e mergulhou. Eric seguiu logo atrás. Ela xingou o frio, mas trincou os dentes e começou a nadar, os olhos fixos no cavalo. A água estava turbulenta e cheia de detritos, a correnteza era muito forte, mas o cavalo nem se abalou e logo chegou ao outro lado. Connor se sacudiu para tirar o excesso de água, o que fez James chorar ainda mais. Bethia tentou ignorar e se concentrar apenas em chegar à outra margem. Quando enfim conseguiu, tremia de frio e pelo esforço.

Ignorando a lama, sentou-se no chão e tentou avistar Eric. Soltou um grito de aviso e de pavor ao ver um galho de árvore vindo na direção dele. Pulou de pé assim que o galho se chocou nele. Por um instante de pânico, Eric desapareceu sob as águas. Quando sua cabeça enfim veio à tona, Bethia notou que ele se agarrava ao galho. Eric não voltou a nadar, e logo Bethia se deu conta de que ele estava apenas lutando para não se afogar. Se não recobrasse as forças logo, era isso que acabaria acontecendo.

Pegando as rédeas do cavalo, Bethia correu pela margem do rio, sem perder Eric de vista e pensando desesperadamente em alguma forma de ajudá-lo. Poucos metros depois, o galho ao qual ele ainda estava agarrado ficou preso em uma pequena barragem de detritos. Ele conseguiu se erguer um pouco mais, mas Bethia viu que estava muito fraco. Talvez tivesse se machucado quando o tronco o acertara. A pequena barragem começou a ceder contra a correnteza, e Bethia sabia que aquilo não aguentaria por muito tempo.

Tirou as roupas molhadas e ficou apenas com a combinação fina de linho. Durante a travessia, o mero peso das roupas a deixara exausta, e ela precisaria de toda a força que ainda tinha. Pegou a corda que Eric levara, amarrou uma ponta ao pito da sela e pendurou o resto no ombro. Respirando fundo e rezando para que não lhe faltasse força, mergulhou na água gelada e nadou até Eric.

– Pelo amor de Deus, o que está fazendo? Volte para a margem, garota! – exigiu Eric quando ela se aproximou, mas o cansaço evidente em sua voz roubava toda a sua moral.

– O que acha que estou fazendo, bonitão? Estou salvando a sua pele – falou ela, envolvendo a cintura dele com a corda.

– Imagino que eu não esteja nada bonitão neste momento.

Ela notou que ele estava muito pálido, com os lábios azulados e um dos lados do rosto coberto pelo sangue que vinha de um corte na testa.

– De fato, você já viu dias melhores. Agora, como fazemos para o seu cavalo nos tirar dessa enrascada?

– É só mandar puxar. Ele vai saber o que fazer.

Abraçando o peito dele, Bethia gritou para que Connor puxasse. Teve que gritar uma segunda vez, mas o cavalo enfim começou a se mexer. Com o tranco, Bethia virou de barriga para cima e submergiu sob o peso de Eric. Fez tudo o que pôde para manter a cabeça de ambos fora da água e para afastar os detritos enquanto o cavalo os puxava de volta à margem.

Quando enfim chegaram a terra firme, Bethia deixou o cavalo arrastar Eric para longe da beira do rio e soltou a corda. Ele respirava fundo e tremia. Ela tratou de se enxugar como pôde, vestiu-se depressa e trocou as roupas de James. Pegando o que achou que poderia ser útil, correu de volta até Eric.

Sabia que ele precisava muito ficar seco e aquecido, mas a ideia de ter que despi-lo a incomodava. Ele estava claramente mal, pálido por causa do frio, mas ainda bonito o suficiente para deixá-la trêmula enquanto o secava. O peito dele era largo e liso. Uma fina trilha de pelos começava no umbigo e descia até a virilha, avolumando-se, e depois voltava a rarear ao cobrir as pernas musculosas. Ela notou, contrariada, que até os pés dele eram bonitos.

– Considerando que eu estou congelado até os ossos, imagino que não esteja com uma aparência muito viril – comentou ele, com a voz ainda trêmula, lançando um olhar triste para a própria virilha.

Bethia olhou-o com ultraje enquanto vestia roupas secas nele, e então disse:

– Ora, imagine, o senhor é tão fofinho quanto James. Nunca vi um homem que tivesse as partes tão mimosas.

Por mais que estivesse preocupada com a saúde dele, Bethia quase gargalhou ao vê-lo horrorizado. Eric começou a rir, mas logo estremeceu e levou a mão à cabeça.

– Meu Deus, mulher. Fofinho como James? Mimoso? Deus que me perdoe – queixou-se ele, então voltou a rir com mais cuidado. – Assim a senhorita acaba comigo.

– Sua vaidade vai sobreviver. – Enrolando-o em um cobertor, Bethia examinou mais de perto o ferimento na cabeça. – Não é tão profundo e não vai precisar de pontos – murmurou ela, limpando o sangue com um retalho de pano.

– Enfim um pouquinho de misericórdia...

Bethia sorriu de leve, aplicando um unguento no corte e enfaixando sua cabeça. Ele já não tremia a ponto de bater queixo, mas ainda estava muito pálido. Ela sabia que ele estava muito fraco porque, ao vesti-lo, embora ele tivesse tentado ajudá-la, só conseguiu afrouxar um pouco o gibão.

– Não faça essa cara de preocupação, moça – falou ele, forçando-se a se sentar.

– Tem certeza de que já consegue se levantar?

Eric se pôs de pé, mas ela precisou segurá-lo quando ele vacilou.

– O bastante para montar. Não podemos ficar parados aqui, garota. Os desgraçados estão muito perto. Por isso atravessamos o rio aqui, como deve se lembrar.

– Eu sei, mas você ainda está muito enfraquecido, Eric.

– Só me ponha na sela. Vou sentado atrás, você assume as rédeas.

– Connor vai deixar? – perguntou Bethia, olhando com preocupação para o cavalo enorme enquanto ajudava Eric a cambalear para perto do animal.

– Eu estarei montado também, não haverá problemas.

Ela logo notou que não seria nada fácil pôr Eric no lombo do cavalo.

– Vou só pegar o bebê e as poucas coisas que desarrumei – falou ela.

– Certo. Vou ficar aqui apoiado em Connor e me preparando para ser içado sela acima.

Havia um leve toque de petulância na voz dele, e Bethia reprimiu um sorriso. Estava bem claro que Eric não gostava nada de depender de uma mulher pequena como ela... De uma mulher, ponto-final. Bethia recolheu às pressas as poucas coisas que tinha espalhado pela margem, inclusive as roupas muito encharcadas de ambos, e então usou um cobertor seco para amarrar em si outro carregador e colocar James junto ao peito.

Não foi fácil pôr Eric na sela, mas, depois de um pouco de puxa e empurra, ele estava acomodado. Respirando fundo para se acalmar, Bethia montou na frente e pegou as rédeas. Embora se considerasse boa amazona, nunca tinha lidado com um cavalo de guerra, tampouco com um cavalo do tamanho de Connor, e não sabia muito bem como ia se sair. No instante em que Eric abraçou-lhe a cintura e repousou contra as costas dela, Bethia bateu os calcanhares no flanco de Connor, pondo-o em um trote lento.

– Acho que pode ir um pouco mais rápido, garota – falou Eric, preocupado ao perceber que seu corpo demorava a recuperar o calor.

– Só quando eu já estiver mais acostumada com ele – respondeu ela. – Acha que William está muito perto?

– Ele teria que estar na França para que eu dissesse que não está muito perto. Minto, até na França seria perto demais.

– Sim. Eu mesma preferiria que ele e seus filhos desprezíveis estivessem mortos e enterrados.

Encostado nos cabelos úmidos dela, Eric deu um leve sorriso e disse:

– Você sempre chama os filhos dele de "desprezíveis".

– Basta vê-los uma vez para entender. São dois monstros imensos de fortes, de cabelos pretos e olhos gélidos que deixam bem clara a maldade que levam no coração. William acha que é válido matar pessoas por um bom motivo. Os filhos não precisam disso. – Bethia suspirou e balançou a cabeça. – Se William não os mantivesse na rédea curta, Dunncraig estaria transbordando de cadáveres. Mesmo assim, eles abusam de todas as moças de lá e saem impunes. Vi com meus próprios olhos logo que cheguei. Continuaram fazendo isso mesmo quando eu manifestei meu desgosto. Fiquei até um pouco confusa por Sorcha nunca ter falado nada.

Estava ficando cada vez mais difícil não pensar mal de Sorcha. Eric suspeitava de que a criatura nem sequer havia se dado conta do sofrimento das mulheres em sua propriedade simplesmente porque nunca notava as pessoas que faziam o trabalho por lá. Se conseguira passar anos indiferente ao sofrimento da própria irmã, como se compadeceria de uma pobre aia? Mas não valia a pena fazer com que Bethia enfrentasse essa verdade terrível naquele momento. Aliás, Eric duvidava de que Bethia fosse querer encarar isso algum dia.

Se ele e Bethia se casassem, seria difícil controlar a língua para não falar mal de Sorcha. Eric vinha formando a imagem de uma mulher soberba, completamente autocentrada e egoísta, e talvez bastante irresponsável. Era bem possível que Sorcha fosse tudo isso (e ainda pior) e ainda assim passasse uma falsa impressão de doçura e amabilidade. Ficava cada vez mais claro que ninguém dizia não para Sorcha Drummond, uma mulher que passara toda a vida (infelizmente curta, diga-se de passagem) saltitando alegremente pela vida, sem a menor preocupação, já que todos corriam para remover os menores obstáculos de seu caminho – ou ela simplesmente os ignorara. Um dia, uma das histórias de Bethia seria a gota d'água, e Eric temia acabar sendo obrigado a dizer uma ou duas verdades sobre Sorcha. Talvez, pensou ele, com um sorriso triste, sustentar as ilusões de Bethia a respeito da irmã fosse o preço que ele teria de pagar para seduzi-la.

Exausto demais para conversar, Eric segurou-se em Bethia e tentou recobrar as forças. A cabeça latejava e o corpo estava todo dolorido da surra que levara do rio. Sentia um nó dolorido e insistente na garganta, e os pulmões arranhavam cada vez que respirava. Estava com medo de não ter expelido toda a água.

Só depois de alguns quilômetros Eric percebeu que não podia mais continuar. Jamais conseguiria descansar o suficiente para recobrar as forças em cima do lombo do cavalo. Precisava de uma cama, por mais dura que fosse, um pouquinho de comida e um longo repouso. Era arriscado fazer pausas muito longas com os parentes assassinos de Robert Drummond à espreita, mas, sem um bom descanso, Eric sabia que seu estado só pioraria e que corria o risco de adoecer demais para continuar viajando. Estavam perto de Dunnbea, mas não o bastante. O mesmo valia para o vilarejo para onde ele seguia. Mesmo que conseguisse se manter razoável e consciente até lá, uma friagem úmida prenunciava uma tempestade. Outro banho involuntário poderia ser o seu fim.

– Bethia, teremos que parar em breve – obrigou-se a dizer, reprimindo com determinação o orgulho que o mandava continuar.

– Você está com fome ou... – Ela ruborizou. – Ou tem alguma outra necessidade?

– Não. Por mais que me envergonhe ter que admitir, preciso descansar. Preciso me deitar e me aquecer diante do fogo.

– Também acho bom. Eu já estava com essa impressão, mas achei que você não ia me dar ouvidos.

– Se você tivesse falado isso quando ainda estávamos tremendo na margem do rio, provavelmente não daria. Eu queria acreditar que, assim que meu cabelo secasse, eu já estaria curado da surra que aquele maldito rio me deu, mas era só meu orgulho insensato falando. Minha cabeça lateja tanto que estou enjoado, e não há uma única parte do meu corpo que não esteja dolorida.

– Eu e James também estamos precisando de um descanso – falou ela –, e não estou dizendo isso só para apaziguar o seu pobre orgulhozinho.

– Garota, não fale assim do orgulho de um homem.

Ela o ignorou.

– Embora James e eu tenhamos atravessado o rio a salvo, também ficamos encharcados até os ossos. Também estou me sentindo um pouco arriada. Além do mais, seria bom secar nossas roupas e outras coisas. Vamos parar para descansar assim que eu encontrar um lugar apropriado.

– Tente encontrar um que não seja muito fácil de ver e que nos sirva de abrigo.

– Um lugar escondido.

– O máximo possível, sim. Com alguma cobertura seria o ideal, porque estou sentindo cheiro de chuva.

Bethia assentiu e disse:

– Também estou sentindo que vem uma tempestade por aí.

Levaram umas boas duas horas para que Bethia conseguisse encontrar alguma coisa. Encarapitada na encosta de um paredão de rocha, praticamente oculta pelas árvores e pela própria montanha, havia uma cabana surpreendentemente bem feita. O pequeno abrigo de pastores tinha paredes de pedra rejuntada com argila, e o teto de sapê parecia intacto. Ou era de construção recente ou quem a fizera tinha talentos que iam além do pastoreio. Na parte de trás, o telhado se estendia até a encosta, criando um espaço coberto perfeito para servir de estábulo e proteger Connor da tempestade iminente que já escurecia o céu.

A casinha resistente era muito bem-vinda, pensou Bethia, controlando a vontade de pôr o cavalo para correr. Na hora anterior, Eric começara a pesar mais contra o corpo dela, sinal de que perdia a batalha contra o cansaço. Mas o que mais a preocupava era o calor – ao que tudo indicava, excessivo – que vinha do corpo dele. Se conseguisse deitá-lo diante do fogo para descansar, talvez controlassem a febre que ela temia estar se alastrando pelo corpo dele.

– Bethia?

Lutando contra a sonolência, Eric resmungou quando sentiu o cavalo parar.

– Achei um lugar para descansarmos – disse ela, desmontando. – Fique aqui enquanto eu verifico se está mesmo vazio e se a parte de dentro está tão boa quanto a de fora.

Agarrado ao pito da sela, Eric olhou a cabaninha. Bethia tinha razão. Parecia mesmo um abrigo promissor, resistente e seco. Na verdade, ele já vira até fazendas em pior estado. A pessoa que construíra aquele lugar claramente não queria passar o menor desconforto enquanto vigiava os animais no pasto, talvez até pensasse em fazer da cabana sua residência permanente.

Ainda impressionada por encontrar uma porta decente de madeira em vez de uma simples cortina de pele animal, Bethia entrou e deu graças aos céus de satisfação. As duas janelas estavam cobertas por cortinas de couro oleado que, assim como a porta, tinham impedido a entrada de qualquer animal. Havia uma cama de madeira um tanto grande encostada a uma parede. Em vez de terra batida, a cabana tinha o assoalho de pedra irregular, mas surpreendentemente limpo. Contudo, o que mais impressionou Bethia foi que, em vez de um braseiro no meio do chão, havia uma lareira rudimentar na parede oposta à cama, com uma mesa e dois banquinhos ao lado. Não parecia uma cabana temporária de pastor, parecia um lar.

Após uma vistoria rápida e minuciosa para ver se o grosso colchão de palha estava limpo e sem bichos, ela deixou James na cama e voltou correndo para buscar Eric.

– Que lugarzinho divino, Eric! – disse ela, ajudando-o a descer do cavalo.

– Será que alguém mora aqui? – perguntou ele, deixando-se apoiar no corpo dela e amaldiçoando a própria fraqueza.

Bethia cambaleava sob o peso do corpo dele, mas conseguiu trazê-lo para dentro e pô-lo na cama ao lado de James.

– Não – disse ela –, mas acho que este lugar é mais do que um abrigo de pastor.

– Talvez uma cabana de caça para o senhor destas terras, quem quer que ele seja.

– Ou talvez o pastor que construiu o abrigo planeje vir morar aqui em definitivo quando deixar de ser pastor.

– Ou talvez estejamos no ninho de amor do suserano.

– Parece muito trabalho só para dar umas escapadas de vez em quando.

Eric deu um leve sorriso, dizendo:

– Alguns homens preferem dar suas escapadas com conforto, garota. Ou talvez a moça com quem ele vem escapar seja conhecida demais e o caso seja arriscado.

– Bem, não importa. Duvido que alguém vá aparecer por aqui, então acho que vamos ficar bem. – Ela franziu a testa ao notar que sir Eric ainda estava perigosamente pálido. – Pode dar uma olhadinha em James enquanto eu cuido de uns afazeres?

– Claro. – Eric riu baixinho quando o bebê começou a mordiscar os próprios dedos gordinhos do pé. – Isso eu consigo fazer.

Bethia correu para buscar os pertences, depois tirou a sela de Connor e o deixou preso no estábulo improvisado. De volta à cabana, estendeu a corda de Eric e pôs para secar as roupas molhadas. Acendeu um pequeno fogo, pôs água para ferver e em seguida foi correndo lá fora outra vez para procurar o máximo de madeira seca possível antes da chuva. Ao voltar, encontrou James e Eric cochilando. Então pegou o pequeno arco e a aljava que sempre carregava e foi tentar caçar alguma coisa.

O cheiro da carne assando foi o que despertou Eric do sono profundo. Logo ele se lembrou de que devia estar vigiando James e, começando a entrar em pânico, olhou ao redor. Respirou com alívio ao ver o bebê dormindo em paz, em uma caixa forrada com um cobertor grosso ao lado da cama. Então o olhar dele focou Bethia, que girava lentamente um espeto com carne que assava na lareira.

– Coelho? – indagou ele, perguntando-se por que a garganta doía tanto.

Bethia soltou um leve arquejo de surpresa e se virou para encará-lo.

Dormira a tarde inteira e também boa parte da noite, mas ainda não parecia nada bem. Estava bastante rouco. Ela rezou para que fosse apenas um leve resfriado, mas ficou quieta.

– Isso. O vale está cheio de caça.

Bethia correu para afofar o travesseiro improvisado que fizera recheando uma de suas combinações com musgo e grama macia, para que Eric pudesse recostar na guarda dura da cama com um pouco mais de conforto.

– Enquanto você roncava alegremente, peguei meu arquinho de caça e minhas flechas e fui arrumar comida para nós.

Eric tocou o travesseiro estranho, porém confortável, que ela pusera atrás dele.

– Para uma moça bem-nascida, você tem umas habilidades bem curiosas.

– Como disse, passei muito tempo impondo minha companhia a Bowen, Peter e Wallace.

– Duvido que ficassem muito incomodados.

Eric tomou um gole da água que ela serviu, deleitando-se com o alívio na garganta dolorida.

– É verdade, mas reclamar da minha companhia era algo que eles adoravam fazer. Está com fome? – perguntou ela, ao pegar o copo de volta depois que ele terminou de beber.

– Ah, estou. Foi o cheiro da comida que me acordou. – Com cuidado, Eric se sentou na beira da cama, ainda um pouco grogue mas confiante em que poderia fazer pelo menos uma coisa sem a ajuda dela. – Choveu?

– Choveu, parou, e acho que vai voltar a chover muito daqui a pouco. Onde você vai? – perguntou Bethia quando ele se levantou devagar.

– Posso estar fraco como um bebê, mas pelo menos *uma* coisa eu insisto em fazer sem a sua ajuda.

Eric deu um leve sorriso quando a expressão curiosa de Bethia de repente deu lugar ao constrangimento. Ela ruborizou, entendendo.

– Exatamente – disse ele.

– Enquanto você vai, eu sirvo a sua comida – murmurou ela, voltando bem depressa para a lareira.

Quando voltou, Eric suava e tremia de leve, mas tentou esconder. Ele não entendia por que estava tão fraco. Ao voltar à cama e se jogar sobre o travesseiro, temeu que um único dia de descanso talvez não fosse suficiente para curá-lo. Bethia estava com um ar preocupado quando pôs diante dele um pratinho com carne de coelho e mingau. Ele notou que já não estava mais com tanta fome.

– Coma o máximo que conseguir – pediu Bethia. – De barriga vazia você não vai recuperar as forças.

– Eu sei, só não estou entendendo o que está acontecendo comigo – murmurou ele, e começou a comer bem devagar.

– Você levou uma pancada forte na cabeça e quase se afogou na água muito gelada. Não dá para esperar que se levante e saia andando como se nada tivesse acontecido. E também pode estar resfriado.

– Mas você não tem nada...

– Eu não levei uma pancada forte na cabeça nem me afoguei.

– É verdade.

Eric comeu tudo, mas Bethia percebeu o esforço que fez para isso. Pegou a tigela das mãos dele, trocando-a por outro copo d'água.

– Não se preocupe com nada, está bem? Temos bastante comida, bastante água e madeira para a fogueira. Podemos ficar aqui até você melhorar.

– Aqueles homens estão atrás de você.

– Eu sei, mas este lugar é muito bem escondido. Colado ao abrigo, um caminhozinho leva ao rochedo. Subi a trilha e lá de cima dá para observar os arredores em um raio de quilômetros. Quando você disse que precisávamos parar, saí um pouco da trilha que nós estávamos seguindo.

– Então você tinha se perdido.

– Um pouquinho – admitiu ela, relutante. – Descanse, Eric. Só assim você vai melhorar.

Em vez de tentar argumentar, ele apenas fechou os olhos, e Bethia começou a se preocupar de verdade. Era evidente que ele não estava nada bem, e ela não tinha lá grandes habilidades curativas. Depois de se certificar de que a cabana estava segura e alimentar o fogo, Bethia se deitou ao lado dele. Era escandaloso dividir a cama com um homem, e muito mais tentador do que ela gostaria, mas não havia escolha. Todos os cobertores estavam sobre Eric e James. Bethia tocou de leve o rosto de Eric e xingou baixinho. Estava bem quente, mas não parecia uma febre muito alta. Ela rezou para que ele ficasse bom logo, e não apenas porque precisava da proteção dele. Bethia ficou pasma ao se dar conta de que, se Eric morresse, isso partiria seu coração.

CAPÍTULO CINCO

– Ora, ainda estou vivo.

Bethia acordou tão assustada com aquela voz grossa, levemente rouca, ao pé do ouvido, que quase caiu da cama. Lentamente, ela se virou e pôs a mão na testa dele. A pele estava fresca. Ela suspirou de alívio.

– Ao que tudo indica, sim – brincou ela, esforçando-se para esconder a euforia com a recuperação dele.

– Quanto tempo eu nos obriguei a ficar aqui?

– Quatro dias. Você teve muita febre, Eric.

– Quatro dias – murmurou ele, correndo a mão pelo cabelo e franzindo o nariz de nojo ao ver como os fios estavam sujos e emaranhados. – Algum sinal dos seus inimigos?

– Não. Na verdade, não vi vivalma. A chuva certamente apagou nosso rastro, e choveu muito durante a maior parte do tempo em que estivemos aqui. William não tem mais rastro algum para seguir. E do jeito que ele gosta de conforto, duvido que se aventuraria pelos campos com um tempo terrível como este.

– Ótimo. Precisamos partir.

Eric tentou se levantar, mas, por mais trivial que fosse, a ação era difícil para ele. Bethia só precisou de uma mão no peito dele para contê-lo.

– Não. No primeiro dia de pouso, você não conseguiu recuperar nada das suas forças porque a febre já estava se alastrando. Agora você vai descansar e comer. Mais um dia, talvez dois, e aí seguiremos caminho.

– É perigoso ficar muito tempo em um lugar só.

– Mais perigoso ainda é tentar cavalgar com você fraco a ponto de cair do cavalo assim que sairmos do vale.

– Você é especialista em ferir o orgulho de um homem.

Ela apenas sorriu e se levantou da cama. Mantendo uma atitude tranquila e relaxada, Bethia o ajudou com o que foi necessário, sempre ignorando os resmungos dele. Assim que Eric voltou para a cama, ela se pôs a preparar um mingau para ele. Por insistência de Eric, deixou que ele comesse sem ajuda e foi cuidar de James, que havia acordado.

Só no meio da tarde, quando Eric acordou de um cochilo, ainda sem febre, Bethia cedeu ao pedido dele para se lavar. Ela o deixou com dois baldes de água quente e, levando James consigo, foi até o topo do morro. Deixou o menino brincando na grama e esquadrinhou os campos ao redor. Para seu alívio, nem sinal de cavaleiros. Por ora, ainda estariam a salvo.

Suspirando, ela se sentou e aceitou vários presentinhos que James lhe entregava: insetos, pedras e praticamente qualquer coisa que encontrava no chão. Uma vez fora da vista de Eric, Bethia permitiu que viesse à tona o profundo alívio que sentia com a recuperação dele. Por quatro longos dias, morrera de medo de que ele sucumbisse à febre. Agora que o peso daquele pavor tinha deixado seus ombros, sentia-se exausta.

Durante todo o tempo que passara cuidando de Eric e rezando pela vida dele, ela foi forçada a confrontar uma verdade delicada. Amava aquele homem, profunda e irremediavelmente, talvez. E isso a apavorava. Sir Eric Murray não era homem para ela. Sua única perspectiva era a desilusão, mas já não era possível voltar atrás.

Várias e várias vezes, sentada a seu lado na cama, aplicando compressas em sua testa, Bethia se pegara pensando em compartilhar do desejo dele. Eric não tinha falado de amor, nem dado o menor indício de que sentia qualquer coisa por ela além de desejo. Bethia repreendeu-se com vigor, repetindo todas as recomendações que as mocinhas bem-nascidas estavam cansadas de ouvir, mas de nada adiantou. Ali, cuidando dele, apavorada com a ideia de que ele pudesse morrer, maldissera a si mesma por não ter cedido aos encantos dele.

– Idiota – murmurou ela.

Agora que ele estava vivo, agora que sabia quanto o amava, a tentação retornava com força total. O que ela precisava fazer antes que ele se recuperasse plenamente era decidir se ia ou não ceder. Isso arruinaria suas perspectivas de casamento, mas, por outro lado, não recebera nenhum pedido e ninguém tentara arranjar um noivo para ela. Logo depois do casamento de Sorcha, Bethia começara a desconfiar de que os pais não tinham a menor intenção de casá-la. Sentia que o assunto nem passava pela cabeça deles. Ela se encarregava da maior parte das tarefas da casa, e estava claro que eles não queriam perder essa regalia. Era uma vida solitária, com poucas alegrias e nenhuma gratidão. Essa era a vida que estava à sua espera em Dunnbea. Ela realmente queria voltar a essa triste sina sem experimentar, nem que fosse uma vez, a paixão que Eric lhe oferecia?

A mente gritou que não, mas Bethia disse a si mesma para não tomar decisões precipitadas. Pegando James no colo para voltar à cabana, recomendou cuidado a si mesma. Eric Murray tinha falado muito pouco sobre si. Toda vez que ela tentava fazer perguntas, ele dava um jeito de trazer o assunto de volta para ela, ou para os problemas em seu encalço. Estava mais do que na hora de ele dizer algumas verdades a respeito de si e explicar por que estava viajando sozinho, longe das estradas principais. Só depois disso ela poderia decidir até onde se deixaria levar por ele.

Bethia despertou sentindo um sinal *rígido* de desejo. Envolveu o pescoço de Eric com as mãos, e então ele a beijou. Deu uma leve mordida no lábio inferior dela e, embora Bethia não soubesse se aprovava ou não aqueles beijos mais profundos, abriu a boca e se deixou invadir pela língua dele. Eric fez carícias em sua boca com a língua, e ela estremeceu em seus braços. As mãos dele corriam pelo corpo dela em uma carícia que estava no limite da intimidade, gerando, porém, uma quentura inebriante.

Por um breve momento, Bethia apenas aceitou o que ele tinha a oferecer, refestelando-se no calor que corria em suas veias, no gosto dos lábios dele e na sensação daquele corpo longo e forte contra o dela. Sob o desejo crescente, sentia uma leve pontada de medo, mas isso só deixava as coisas ainda mais interessantes. Então a mão de Eric subiu, cobrindo o seio dela, e ele roçou o polegar no mamilo já entumescido de Bethia. O ardor lancinante que ela sentiu a despertou para o perigo daquelas circunstâncias. Com um som esganiçado de susto, Bethia se desvencilhou dele e se levantou da cama aos tropeços.

A saúde dele estava mesmo melhorando, pensou ela, meio pasma, postando-se ao lado da cama e o encarando. Nos dois dias desde que a febre baixara, a recuperação de Eric fora nada menos que impressionante. Bethia percebeu que continuar dividindo a cama com ele tinha sido um erro, mas se resignou ao se dar conta de que não havia outro lugar para dormir. Respirou fundo, tentando se acalmar, lutando para aquietar o leve tremor de desejo que ainda varria seu corpo, e pegou o vestido.

– Na cama está mais quente – murmurou Eric, se esticando e cruzando os braços atrás da cabeça.

Quente até demais, pensou Bethia, irritando-se ao sentir a tensão tomar o lugar da calidez que o toque dele provocara. Fechando o vestido, ela o encarou. Não estava tão calmo e relaxado quanto queria aparentar. O corpo esguio estava teso e havia um ardor no olhar. Ele a desejava. Saber disso era inebriante. Tão inebriante que ela se sentiu muito tentada a voltar para a cama. Um homem como sir Eric sentir tanto desejo por ela, uma garota magricela com olhos de cores diferentes... era uma tentação quase irresistível.

Bethia foi acender a lareira, tentando com todas as forças se agarrar à razão. Ele ainda não tinha respondido a nenhuma das perguntas que ela fizera. Bethia sabia que tinha deixado a preocupação com a saúde dele distraí-la da urgência de descobrir mais a seu respeito. Mas ali, ao ouvir Eric se vestir e sair pela porta, lembrou-se de que ele já estava recuperado. Partiriam no dia seguinte, e ela continuava sabendo muito pouco sobre ele.

Depois do café da manhã, ela cuidou de James e puxou um banquinho para perto da cama, sentando-se. Eric estava esparramado de barriga para cima, tão lindo que perturbava sua paz de espírito. Assim que ela sentou, ele a olhou, ressabiado. Era bom que ele falasse com ela naquele mesmo instante, ou ela se certificaria de que ele jamais conseguisse lhe roubar mais um beijinho sequer.

Analisando o rosto pequeno de Bethia, Eric se retraiu. Desde que sua febre baixara, ela havia feito inúmeras tentativas de convencê-lo a falar sobre si. Era evidente que estava prestes a abandonar os modos mais gentis. Sentindo uma pontada de desejo frustrado, Eric suspirou. Era bom mesmo já ir se acostumando com aquela sensação, porque, depois que enfim respondesse às perguntas dela, muito provavelmente seria ainda mais difícil seduzi-la.

– Acho que você sabe mais sobre mim do que qualquer outra pessoa fora de Dunnbea – falou Bethia –, mas eu não sei quase nada sobre você, sir Eric. Isso não está certo, concorda?

– Talvez eu não tenha falado muito por ter certeza de que você não vai gostar do que eu tenho a dizer.

– Provavelmente não, mas acho que preciso ouvir mesmo assim. Por que parece que você não sabe nada sobre a família da sua mãe?

– Bom começo – murmurou Eric. – Meu pai achava que eu era um bastardo, filho de um dos chefes do clã Murray. Eu tinha acabado de deixar o útero dela quando ele mandou que me abandonassem no mato para morrer. – Bethia arquejou e ficou lívida, o que fez com que ele desse um sorriso triste. – Sim, o senhor de Dubhlinn era um desgraçado. E também burro. Uma boa olhada em mim seria suficiente para ter certeza de que eu era mesmo prole dele. Sabe o sinal de nascença nas minhas costas?

– O coraçãozinho?

– Isso. É uma clara herança dos Beatons. Foi assim que Maldie, a esposa do meu irmão, soube que era minha irmã... Dois amaldiçoados por parte de pai. Ela é uma das muitas meninas que ele gerou e abandonou ao ver frustrado o desejo do filho homem que ele tanto queria.

– Filho homem que ele depois jogou fora – sussurrou ela, sem conseguir entender como alguém era capaz de fazer uma coisa assim com um recém-nascido. – Como você sobreviveu?

– Um Murray me encontrou e me levou para Donncoill. Ficou subentendido que eu era bastardo do senhor dos Murrays, e assim acreditei que era um Murray até os treze anos, quando tive que encarar a verdade. Maldie apareceu com a missão de matar o pai dela. Isso porque a mãe dela, em seu leito de morte, fez com que ela jurasse que iria vingá-la, e acho que a própria Maldie queria vingança por ele ter abandonado as duas. Ela teve uma vida difícil com aquela mãe amarga, uma mulher que se prostituía e tentou botar Maldie no mesmo caminho.

– Imagino que ela tenha sentido muita raiva – disse Bethia baixinho, puxando o banquinho para mais perto da cama e apoiando os braços no colchão. – Por favor, não me diga que ela o matou. Ninguém merece carregar um pecado tão amargo na alma. Que tristeza a própria mãe ter sido capaz de pedir algo tão indigno.

– Não, ela não o matou. – Bethia suspirou aliviada, e Eric deu um leve sorriso, acariciando sua trança espessa. – Minha mãe e a parteira dela foram assassinadas porque meu pai não suportava a ideia de ter sido traído. Eu não cheguei a conhecê-la. Descobri tudo o que foi possível sobre a família dela e escrevi para eles algumas vezes, mas todos continuam acreditando na mentira que Beaton espalhou. Acham que não passo de um bastardo.

– Mesmo que fosse, você seria o bastardo de uma pessoa da família deles. É de imaginar que gostariam ao menos de conhecê-lo.

Sabendo muito bem que estava prestes a dizer algo que poderia afastar Bethia em definitivo, Eric praguejou baixinho e falou:

– Eu estou lutando para reaver o que é meu por direito. – Ele sentiu a mão dela se retesar antes de soltar a dele, e então suspirou. – Eu sou o herdeiro de Dubhlinn, mas outro Beaton assumiu o posto de senhor e se recusa a sair. O rei não quer se envolver, então não posso pedir ajuda a ele. Além do mais, também há a herança de minha mãe. Entendo bem por que o sujeito quer que eu continue na condição de bastardo, do contrário eu teria direito a tudo o que hoje é dele. Mas não sei como isso afeta os MacMillans. Só consigo imaginar que eles não querem se indispor com os Beatons. E talvez sintam vergonha do que poderia ser interpretado como uma imoralidade de uma pessoa da família.

– E você está disposto a lutar por isso?

– É meu direito. Passei treze anos tentando resolver essa contenda na base de diálogos, de pedidos, meses e meses discutindo o assunto com o rei na corte, e todas as demais formas pacíficas. De nada adiantou. Então agora estou indo confrontá-los. – Eric observou enquanto Bethia se levantava, devagar. – Não sou nenhum William, que mata para roubar terras e dinheiro.

– É lógico que não – esbravejou ela, distraída demais para se dar conta de que tinha defendido Eric muito rápido. – Mas preciso assimilar essa história toda.

– Sim, eu entendo.

Ou ao menos tentava entender, pensou ele, olhando Bethia se afastar. Aquilo estava muito claro para ele. Era herdeiro por direito. Por anos e anos, tinha tentado de tudo para reaver pacificamente o que era seu, mas ninguém lhe dera ouvidos. Quem estava incentivando o confronto eram os Beatons e os MacMillans.

Um barulhinho suave fez com que Eric olhasse para o bebê. Deitado em sua caminha improvisada, James chupava o dedo e pegava no sono devagar. Os pais daquele garotinho estavam mortos, e alguém o queria morto também. Bethia parecia ainda tão tomada pela dor e pelo medo que não conseguia se ater à razão e via as coisas apenas pelo viés da emoção. Eric tentou se consolar com o fato de ela ter refutado a possibilidade de ele ser como William muito rápida e veementemente.

Ele se levantou e começou a arrumar as coisas. Tinham que partir logo pela manhã. Queria seguir viagem naquele dia mesmo, mas Bethia o convencera de que mais um dia de descanso seria importante para garantir que a febre não retornasse. Ele teve que admitir que não sentia a menor vontade de passar o dia inteiro no lombo do cavalo. Torcendo o nariz, Eric se virou para a porta. Acordara com a esperança de passar o dia tentando trazer Bethia de volta para a cama. Em vez disso, ela havia arrancado a verdade dele, e ele acabara confessando a única coisa que a afastaria de vez. Embora a desejasse mais do que já desejara qualquer outra mulher, ficou surpreso ao notar como essa perspectiva o incomodava. Enquanto Bethia continuava perdida em pensamentos, ele mesmo devia tentar analisar o que havia além da necessidade de se envolver no corpo quente dela, o que se passava em sua cabeça e seu coração.

Ao chegar ao alto do morro, Bethia deu um suspiro cansado. Não era nada fácil fazer duas vezes aquela subida em tão pouco tempo. Sentou-se na grama, olhando o terreno ao redor, mas pouco enxergava. Estava estarrecida com as palavras de Eric. A única maneira de parar e pensar apropriadamente na questão era ficar longe dele – longe daquele rosto bonito e daquela voz sedutora.

A emoção estava atrapalhando seu raciocínio, e ela sabia disso. Por um momento, Bethia apenas pensou que o homem a quem pedira ajuda não passava de mais um aproveitador querendo ganhar dinheiro e terras às custas dos outros. Mas ela não havia permitido que ele se comparasse a William, e também se recusara a acreditar em tal coisa, o que era sinal de que ainda havia um pouco de razão governando seus pensamentos desordenados. Bethia respirou fundo várias vezes, inspirando o ar frio. Precisava se acalmar e pensar com clareza, precisava deixar todas as emoções de lado e usar a razão.

Ao contrário de William, Eric de fato tinha direito ao que reivindicava. Bethia achava que não era ingenuidade de sua parte acreditar na palavra dele. A história era soturna e absurda demais para não ser verdadeira. E, independentemente do que pensasse sobre as ações de Eric, ela estava segura de que ele não mentiria para ela, porque, se fosse propenso a mentiras, jamais teria contado uma história que tinha grande possibilidade de afastá-la de vez.

Percebeu então que o que mais a incomodava era saber que ele estava preparado para lutar pelo que considerava ser seu por direito. Bethia tinha a péssima sensação de que o incômodo que sentia diante disso pouco tinha a ver com os problemas que ela mesma enfrentava. Era bem possível que ela simplesmente não gostasse da ideia de Eric ter que enfrentar uma batalha, independentemente da motivação.

Levantando-se devagar, ela entendeu que tinha reagido mal à notícia. Se queria tanto a verdade, precisava se acostumar a ela. Não era tão ruim assim. Ele só queria o que era dele, e Bethia daria um jeito de superar sua aversão por batalhas motivadas por bens. Na verdade, talvez isso nem importasse, pensou ela com um suspiro e o olhar perdido na paisagem. Estava claro que Eric queria se deitar com ela, mas ele não dissera nada sobre sentimentos ou a possibilidade de um futuro juntos. Era bem possível que a deixasse em Dunnbea, desse as costas e fosse embora.

Bethia estava quase descendo a colina quando avistou um grupo de homens a cavalo. Abaixou-se imediatamente para não ser vista e ficou olhando os homens se aproximarem lentamente do morro onde estava. Mesmo à distância, reconheceu os corpanzis de William e seus dois filhos. A silhueta deles era bem característica, assim como a má postura a cavalo. Ela foi rastejando até alcançar a cobertura da trilha, quando enfim se levantou e saiu correndo morro abaixo. Era o fim do período de descanso e tranquilidade. Bethia começou a rezar para que ela e Eric conseguissem fugir antes de serem vistos.

Quando Bethia adentrou a cabana de repente, Eric ergueu o rosto. Não precisou de nenhum outro aviso além da aflição evidente no semblante dela. Calçou as botas às pressas e pegou a espada.

– Estão perto? – perguntou ele, apressado.

– Do outro lado do morro. – Vendo que ele já tinha arrumado tudo para partir, ela pegou James, usando como carregador o próprio cobertor em que ele estava dormindo. – Acho que não estão seguindo nenhum rastro, porque não pareciam com pressa.

Eric pegou as bolsas e se encaminhou para a porta, dizendo:

– Veja se consegue apagar os vestígios de que estivemos aqui.

Bethia fez o que pôde, mas achava que talvez não fosse suficiente. Se William e seus homens chegassem à cabana muito rápido, as cinzas poderiam ainda estar quentes na lareira. Também era difícil se livrar do cheiro de lenha e de comida recém-feita. Ela até passou algum tempo abanando o ar porta adentro, mas não sabia se conseguiria ocultar que aquele lugar tinha sido usado. Só lhe restava rezar para que William não tivesse tempo ou vontade de olhar com calma, ou para que simplesmente nunca encontrasse a cabana.

Eric voltou já montado em Connor, e ela se acomodou depressa atrás dele. Ele não comentou nada por ela ter acrescentado a caminha de James à bagagem que levavam. Bethia notou que ele tinha amarrado um galho no rabo do pobre animal, para tentar apagar o rastro. Abraçada ao tronco forte de Eric, segurou-se como pôde enquanto ele punha o cavalo a pleno galope. Se conseguissem sair do pequeno vale antes que William chegasse, teriam uma chance de fugir.

Correram por vários quilômetros até que Eric parou para retirar o galho do rabo de Connor. Bethia tentou recobrar o fôlego que perdera por causa do medo e da fuga. Sabia que era cedo para relaxar, mas reconfortou-se por não ter ouvido gritos nem sons de perseguição.

– Será que os despistamos? – perguntou ela enquanto ele dava água a Connor.

– Por ora, sim. Pena que eu não subi o morro também, assim teria uma noção melhor da distância a que estavam quando você os viu. – Ele entregou o odre a ela e, enquanto Bethia bebia, espanou um pouco as próprias roupas. – Fiquei um tanto surpreso por você ter vindo pedir a minha ajuda quando os avistou.

Sorrindo de leve, ela devolveu o odre e respondeu:

– Não. Não ficou. – Ela ainda viu um sorrisinho nos lábios dele antes de Eric começar a beber também. – Além do mais, preciso do seu cavalo.

– Ah, e eu achando que você tinha voltado correndo por causa das minhas habilidades de cavaleiro e do meu charme...

– Vaidoso ao extremo... – Ela suspirou, e o breve momento de leveza se dissipou. – Depois de tantos dias sem ver aquele desgraçado, acho que eu tinha esperança de termos despistado o bando.

– Isso não ia acontecer. Ele já sabe que você deve estar tentando voltar para Dunnbea.

– Claro, basta ele seguir nessa direção – disse ela, franzindo a testa enquanto Eric montava outra vez para seguirem viagem. – Ele não pode estar imaginando que vai confrontar todo o meu clã.

– Creio que não. Ele deve estar pensando em pegar você no caminho, mas talvez ache que vai sair impune das suas acusações.

– Impossível. Eu posso não ter provas para mandá-lo ao cadafalso, mas minha família vai acreditar em mim. Eles vão proteger James.

Eric concordou.

– De qualquer modo, faz muito mais sentido que sua família fique com a guarda dele – disse.

– Sim, James não é parente de sangue de William.

– Porém é o senhor de Dunncraig.

– Por enquanto.

– E o que você vai fazer depois? Lutar pelo que é de James por direito?

Bethia praguejou baixinho e não respondeu. Era exatamente o que ela ia fazer se William não renunciasse a Dunncraig, mas não queria pensar nisso naquele momento. A vida das pessoas valia muito mais que terra e riqueza. Ela não conseguia entender por que parecia ser a única que pensava assim.

A tarde já ia alta quando, de repente, Eric guiou o cavalo para fora da trilha e pediu que ela desmontasse. Bethia estremeceu ao pisar no chão, os músculos doloridos da longa viagem. Os dias de descanso na cabana tinham acabado com a resistência que ela desenvolvera antes da confusão no rio.

– Aonde você vai? – perguntou ela quando, em vez de desmontar, ele deu meia-volta com o cavalo.

– Quero voltar um pouco e ver se William está no nosso encalço. Subindo no morrinho pelo qual acabamos de passar vou ter uma boa vista da área.

– E quer que eu fique aqui?

– Isso – respondeu ele, abaixando-se para roubar um beijo rápido. – Se ele estiver por perto, pode acabar me vendo, e aí terei que correr. Posso até conseguir atraí-lo para a direção oposta.

– É, mas aí ele pode pegar você.

– Nesse caso, você segue para Dunnbea. Não estamos muito longe. Seguindo por esta estrada você vai dar num vilarejo. Meio dia a cavalo, no máximo. De lá, são poucas horas até Dunnbea. Pouco mais do que o que eu havia viajado quando encontrei você.

Era verdade, mas ela não queria seguir sem Eric. Respirou fundo para tentar afastar o medo. Embora nem de longe desejasse vê-lo arriscando a vida, enxergava no semblante de Eric que ele estava irredutível.

– Quanto tempo eu espero antes de seguir sozinha? – perguntou ela, olhando para as bagagens que ele deixara aos seus pés e tentando não chorar.

– Se eu não voltar até o amanhecer, siga sozinha.

– Eu não virei noites cuidando da sua febre só para você ser morto por aqueles homens horríveis.

– Não tenho a menor intenção de deixar os desgraçados me pegarem.

Ela ficou olhando Eric voltar para a trilha pela qual tinham vindo e xingou baixinho.

– Você pode não ter a menor intenção, mas é vaidade pura ignorar que isso pode acontecer mesmo assim – resmungou ela.

Durante algum tempo, esperar Eric não foi tão difícil. Bethia ficou cuidando de James e brincando com ele. Mas a cada hora que passava, a espera ia ficando mais insuportável. Bethia descobriu que tinha uma imaginação e tanto, pois foi com muita facilidade que imaginou dezenas de mortes horríveis para Eric, até não aguentar mais.

Se algo acontecesse com ele, ela sabia que não seria apenas uma dor dilacerante; também sentiria uma culpa avassaladora. William era inimigo dela, não dele. Ela arrastara Eric para aquela confusão mesmo tendo plena consciência de que assim ele correria os mesmos riscos que ela. Na verdade, naquele momento, o risco que ele corria era ainda maior, porque ela só tinha que se esconder.

Deu a James um pouco do mingau frio que guardara para uma emergência, ignorando as caretas cômicas do bebê, e ficou buscando dentro de si a força para fazer o que Eric tinha mandado. Sabia que isso seria essencial caso ele não voltasse. Tentou se acalmar olhando para o bebê, lembrando-se de que ele era mais importante. Um ser completamente indefeso. Se Eric não voltasse até a alvorada, por mais que Bethia fosse sentir vontade de correr atrás dele para tentar descobrir o que lhe acontecera, sabia muito bem que não podia fazer isso. Teria que seguir sozinha, teria que afastar toda a dor de seu coração e manter firme o propósito de levar o filho de Sorcha de volta a Dunnbea.

CAPÍTULO SEIS

O resfolegar de um cavalo foi a primeira coisa que penetrou a mente exausta e apavorada de Bethia, agachada no escuro. Ao pôr-do-sol, ela se escondera com James atrás de um arbusto espesso, cheio de espinhos desconfortáveis. À medida que escurecia, mais medo ela sentia – por si, por James e, acima de tudo, por Eric. Não se atrevera a acender uma fogueira. Enrolada nos cobertores, rezara o tempo inteiro para que Eric voltasse para ela. E então, no momento em que ouviu alguém se aproximando, precisou reprimir o impulso de sair correndo do arbusto, gritando o nome dele. Sacou a adaga e ficou esperando para ver quem tinha invadido o seu refúgio.

– Bethia? – chamou Eric, baixinho.

Ali estava ele, no exato lugar em que deixara Bethia e o bebê, olhando ao redor, sem ver nada. Por um momento, Eric teve medo de ter se perdido pela primeira vez na vida e duvidou que estivesse no lugar certo. Depois ficou preocupado, achando que William podia tê-la encontrado com o bebê, mas logo afastou esse temor, pois tinha certeza de que havia despistado o sujeito, conduzindo-o na direção errada.

Retesou-se ao ouvir um farfalhar e sacou a espada. Ficou embasbacado ao ver Bethia sair das sombras. Embainhou a espada, perguntando-se como era possível que não a tivesse visto; ela estava perto a ponto de escutar o sussurro dele. A garota revelava cada vez mais habilidades incomuns.

Desencilhando Connor, ele perguntou:

– De onde você saiu?

Reprimindo a vontade de se atirar nos braços dele, Bethia respondeu:

– Estava escondida no mato com James. – Apontou um lugar escuro logo atrás. – Você está bem?

– Estou. Deixei um rastro falso para o desgraçado. Talvez assim a gente ganhe tempo para chegar a Dunnbea em segurança. – Eric foi até o meio da pequena clareira e começou a preparar uma fogueira. – Garota, você tem um talento e tanto para se esconder, viu? Bowen também ensinou isso?

Ela fez que sim com a cabeça, pegando no colo o bebê adormecido.

– Fazia pouco tempo que ele tinha chegado a Dunnbea quando sofremos uma onda de saques violentos. Fora das muralhas, os riscos eram muitos, mas, como sempre me deixavam solta, ele achou por bem me ensinar a me esconder. Achou que era a melhor proteção para uma menina tão pequena. Depois ele me ensinou a usar uma adaga.

– Vejo que aprendeu direitinho, garota. Eu não fazia ideia de que você ainda estava aqui. Fiquei com medo de você ter fugido ou ter sido levada.

– Ajuda muito James ser um bebê tão tranquilo.

Eric deu um leve sorriso enquanto alimentava o fogo.

– E que adora um bom cochilo.

– Exatamente. – Bethia deu uma risadinha e pôs James no chão para pegar os cobertores e preparar a cama deles. – Acho ótimo, porque quando ele está acordado, embora quase não chore, dá umas risadinhas bem altas. – Ela acariciou de leve os cachos macios do bebê. – Ele vai ser um rapaz bonito. – Sorriu para Eric. – Talvez até mais bonito que você.

– Ainda bem que eu já estarei velho demais para me importar – brincou ele, sorrindo ao arrancar uma risada dela.

Mas logo ela tornou a ficar séria e perguntou:

– Será que William encontrou nosso refúgio?

– Não sei, garota. É possível que ele esteja apenas indo e voltando na estrada para Dunnbea, na esperança de esbarrar conosco. Uma coisa é ele ser capaz de envenenar alguns desavisados, mas, na hora de lutar pelo que quer, desconfio de que não tenha essa capacidade. Pelo pouco que consegui observar de William e seus homens, não tive a impressão de que estavam procurando por nós ou por nosso rastro.

– Pode ser, mas isso não o torna menos perigoso.

Eric não disse nada, só se pôs a preparar o mingau. Bethia tinha razão. Independentemente de quão porcamente faria o trabalho, William Drummond queria Bethia e James mortos. Só isso já fazia dele uma ameaça séria. Com sorte, até um completo imbecil poderia atingir o seu objetivo. A única forma de eliminar essa ameaça era matando o sujeito – e provavelmente seus filhos também. Mas até que Bethia e o bebê estivessem a salvo por trás das muralhas de Dunnbea, Eric sabia que não podia se dar ao luxo de contar com essa solução.

– Talvez eu é que devesse caçar o desgraçado e dar cabo dele – falou Bethia, com o olhar amargurado perdido na fogueira, bem no instante em que Eric bebia água.

Não foi fácil, mas ele conseguiu não se engasgar. Ficou se perguntando se ela seria capaz de ler pensamentos, depois se repreendeu. Bethia era uma mulher inteligente. Simplesmente tinha chegado à mesma conclusão que ele.

– Você não pode fazer isso – disse ele.

– Por que não?

– Porque você é uma mocinha frágil.

– Não sou tão frágil assim.

– Frágil o suficiente para não ser capaz de caçar um homem que já matou três pessoas para conseguir o que quer... e que tem dois filhos horrendos. E durante essa caçada, o que você faria com James? Levaria o bebê no carregador de pano o tempo todo?

Bethia encarou Eric, surpresa. Ele parecia zangado. Não tinha sido lá uma ideia muito boa, mas a raiva no tom dele parecia injustificada. Então Bethia se lembrou das ocasiões em que comentara com Bowen uma ideia que, à primeira vista, parecera-lhe boa, mas, analisando melhor, não passava de uma invenção tola ou mesmo perigosa. Bowen costumava ficar igualmente irritado, soltava um comentário sarcástico e aparentava uma leve frustração. Os homens não têm a capacidade de analisar com calma os aspectos bons e ruins de um plano.

– Vejo que você não quer nem discutir o assunto – murmurou ela.

– Na verdade, meu desejo é que nenhum de nós dois nem sequer pense nisso.

A parte teimosa de Bethia, a que ficou irritada com o tom autoritário, queria continuar discutindo. Que direito tinha Eric de dizer a ela o que fazer? Mas deixou isso de lado e suspirou. Ele tinha esse direito por ser seu protetor, seu defensor, função que ela própria delegara a ele. Sem contar que ela mesma já tinha decidido por si só que a ideia era ruim e tinha muito mais probabilidade de dar errado do que de funcionar. Dessa vez, ela cederia – afinal, não tinha nada a perder, e Eric poderia ter a impressão de que ela era uma moça obediente. Homens gostavam de moças obedientes.

– Como quiser – falou ela, baixinho, pegando a tigela de mingau que ele oferecia.

– Tão dócil... – Eric deu uma leve risada e balançou a cabeça, então começou a comer. – Você nunca dá o braço a torcer.

– Como você pode dizer uma coisa dessas? Não acabei de concordar exatamente com o que você disse?

– Ah, sim, você concordou, toda bonitinha, mas só *depois* de ter decidido, por conta própria, que não daria cabo da ideia. – Ele achou graça da expressão irritada que aflorou no rosto dela. – Você não era uma criança muito obediente, certo, Bethia?

Eric franziu a testa ao ver que ela ficou um pouco chateada e um pouco triste.

– Não, não era. – Bethia reprimiu a lembrança repentina da decepção e do desgosto dos pais. – Quando não estava rindo de mim, Bowen vivia desesperado. Minha mãe e meu pai sempre diziam que Sorcha tinha ficado com toda a meiguice, e eu, com toda a teimosia. – Bethia interrompeu o gesto de beber água. Sob a dor que sentia ao se lembrar daquelas palavras e de tantas outras, uma vozinha dentro dela gritou que não apenas eram excessivamente cruéis como também mentirosas.

– O que houve? – perguntou Eric, ao notar que ela estava um pouco surpresa com os próprios pensamentos.

– Nada, não. Só estou cansada. – Bethia pegou as tigelas e as limpou com terra e água. – Preciso de um momento sozinha, depois vou descansar. Você deveria fazer o mesmo, sir Eric. Não faz muito tempo que estava de cama, com febre alta.

Ele concordou e ficou olhando Bethia desaparecer entre as árvores que cercavam a clareira. O cansaço era quase uma bênção. Assim seria mais fácil deitar-se ao lado de Bethia e simplesmente dormir. Depois de alimentar o fogo, ele se afastou para se aliviar; imaginou se poderia voltar quando Bethia já estivesse dormindo, e se poderia se juntar a ela sem assustá-la.

Bethia voltou à clareira bem a tempo de ver Eric desaparecer nas sombras. Suspirou ao se dirigir à cama improvisada que dividiria com ele. Tirou o vestido lentamente e ficou só de combinação. Perguntou-se o que fazer. Por duas vezes ela tivera de lidar com a ideia de perder Eric, primeiro quando ele teve febre, depois quando voltou para tentar despistar William. Uma terceira vez estava se aproximando. Depois dessa noite, talvez restasse só mais uma até chegarem a Dunnbea. Bethia tinha certeza de que ele a largaria lá e nunca mais voltaria. Tinha sua própria missão a cumprir.

Ela o desejava. Queria estar em seus braços ao menos uma vez e dar a ele todo o amor que não se atrevia a declarar. Pensando no futuro, não via muitas chances de vir a amar outro homem, mesmo que algum dia conseguisse esquecê-lo. Queria conhecer a paixão. Eric já lhe dera uma pequena prévia com seus beijos, suas palavras sedutoras e suas carícias, mas ela queria mais.

Olhando para James dormindo em paz na caixa forrada que ela trouxera da cabana, Bethia percebeu que havia um pequeno obstáculo a menos. Sem o bebê acomodado entre os dois, ela e Eric dormiriam lado a lado, como tinham feito nas noites anteriores. Bethia ficou imaginando se não fora justamente essa a intenção de Eric ao permitir que ela juntasse a caixa de James ao carregamento. Já debaixo dos cobertores, ela pensou que, quando Eric lhe desse um beijo de boa-noite, a coisa mais fácil a fazer seria apenas parar de recuar.

Sabia que o que estava imaginando não era certo, mas era difícil se preocupar com isso naquele momento. Sua virgindade deveria pertencer ao marido, mas Bethia tinha quase vinte anos e ninguém se candidatara até então. Nunca tinha sido sequer cortejada. Sem mencionar o simples fato de amá-lo e desejá-lo a ponto de sentir dor física. Mesmo que a família escolhesse um marido para ela, o que não era muito provável, era ainda menos provável que ele fizesse o sangue dela ferver como Eric fazia.

Quando Eric voltou à clareira, só de ceroula, e pôs o tartã por cima dos cobertores para aquecê-los ainda mais, Bethia já tinha se decidido. Por um momento, chegou a creditar sua decisão à beleza arrebatadora dele, mas logo descartou a ideia. Não era somente isso que a levava a desejá-lo, mas tinha certeza absoluta de que nunca mais em sua vida um homem tão lindo como aquele a desejaria. Contudo, isso apenas corroborava a sensação de que ela seria uma idiota se não agarrasse a oportunidade com unhas e dentes. As consequências e a desilusão seriam uma preocupação para depois.

Eric olhou para Bethia e notou que ela o observava. Ficou se perguntando se ela recusaria um beijinho apenas. Não tinha mais tocado no assunto do objetivo de sua viagem, mas talvez ela só tivesse voltado correndo para ele porque William aparecera. Assim, quando ele passou o braço pela cintura fina de Bethia, puxando-a para perto, e ela não resistiu, Eric quase soltou um suspiro de alívio. Talvez os planos dele ainda a incomodassem, mas ela não parecia disposta a deixar que isso os afastasse naquele momento.

Bem devagar, ele se aproximou dos lábios dela e ficou muito surpreso quando, de repente, ela envolveu o pescoço dele com seus braços finos e o puxou para perto. Dessa vez, quando ele tocou os lábios dela com a língua, ela entreabriu a boca e permitiu. Eric estremeceu com a força do próprio desejo quando ela afundou os dedos longos em seus cabelos e timidamente começou a corresponder às carícias com a língua.

– Acho que você está se confundindo – falou ele, descendo para beijar o pescoço dela. – Isso que você me deu foi um beijo de bom-dia.

Bethia deu uma risadinha, e ficou sem ar quando ele passou as mãos por suas costas.

– Então existem beijos diferentes para cada situação?

– Para nós, sim.

– E que tipo de beijo você me daria se eu dissesse que ainda não estou pronta para ir dormir?

Bethia gemeu de surpresa quando, de súbito, ele se virou e ficou por cima dela, prendendo-a sob seu corpo esguio e forte.

Se qualquer outra mulher dissesse algo assim, Eric interpretaria como um convite explícito e estaria certo. Mas com Bethia não dava para ter certeza. Embora os beijos tivessem ficado tão bons a ponto de derreterem os ossos de Eric, ela ainda era uma jovem inocente. Se ele interpretasse os sinais equivocadamente, poderia acabar indo rápido demais e assustando-a – mas, se ele se reprimisse, poderia perder a chance de ganhar o prêmio que desejava desde o primeiro momento em que a vira. Ele teria que dar um jeito de continuar se equilibrando naquele limiar até ter certeza absoluta do que ela queria.

– Isso exigiria um beijo que pede... não, que implora por algo mais – disse ele com voz suave, porém rouca, ao roçar os lábios nos dela.

Então ele a beijou de uma forma que deixou todos os sentidos de Bethia desnorteados. Ela se deu conta de que ele a estava tratando com delicadeza, que estava se contendo. Eric explorava a boca dela com a língua, e então recuava, convidando-a a fazer o mesmo, e a dança recomeçava. Ele afastava a boca só por um instante para que ela recobrasse o fôlego, e então começava tudo de novo, até deixá-la com a sensação de que só existia o gosto daqueles lábios.

Eric chegou para o lado e levou a mão ao seio dela. Colada à boca dele, Bethia gemeu de prazer enquanto ele roçava seu mamilo até deixá-lo entumescido, apertando o linho da combinação até quase doer. Começou a sentir um calor entre as pernas, uma umidade e uma leve entumescência que ela não entendia. Eric pôs a perna entre as coxas dela e, com um murmúrio de confusão e desejo, ela se esfregou nele. Ele tomou entre os lábios o bico sensível do mamilo, mordiscou de leve e sugou, fazendo Bethia se agarrar ao corpo dele, louca de vontade de rasgar o tecido que os separava.

De repente, Eric parou. Antes mesmo de abrir os olhos, ela sentiu que ele a observava. À meia-luz da fogueira e do luar, Bethia notou o semblante tenso. O torso largo palpitava no ritmo das respirações fundas. Um leve tremor o percorria por inteiro. Bethia entendeu que era desejo, que Eric estava tão entregue à paixão quanto ela, o que só aumentou seu desejo.

– Garota – falou ele, com a voz um pouco trêmula. – Se pretende dar um basta nisso, seria gentil de sua parte fazê-lo agora mesmo.

– Seria prudente – murmurou ela, acariciando a panturrilha áspera dele com o pé descalço.

– Ah, sim, muito prudente.

– Mas não sei se quero ser prudente agora.

– Por mais que eu esteja lisonjeado ao saber que meus beijos têm tamanha capacidade de confundir seus pensamentos, talvez você não saiba o que a espera na direção em que o seu desejo está nos levando.

Eric fez menção de se afastar, mas Bethia envolveu-o com os braços e as pernas, segurando-o com força em cima dela.

– Se você se afastar agora, sir Eric, eu vou ser obrigada a machucá-lo.

As palavras ecoaram no silêncio absoluto que se seguiu ao rompante dela. Bethia não acreditava que tinha dito tal coisa, muito menos que o agarrara como se quisesse derrotá-lo em uma luta. Ao ver a expressão embasbacada de Eric, ela gemeu de vergonha e cobriu o rosto com as mãos. Do jeito que estava agindo, ficava muito claro para sir Eric que ela não era nenhuma dama.

– Meu bem – falou Eric, com a voz embargada –, não quero ofender você, pode acreditar, mas...

Ele começou a rir tão alto que Bethia olhou nervosa para James, para confirmar que o bebê ainda dormia. Eric gargalhava tanto que rolou para o lado, saindo de cima dela, e Bethia se virou de barriga para baixo, enterrando o rosto vermelho nos braços cruzados. Não era assim que tinha imaginado sua noite de paixão. Fantasiara palavras doces de estímulo, beijos ardentes, carícias – tinha imaginado a si mesma graciosamente, porém com a medida certa de timidez, entregando-se ao homem amado para que ele a fizesse mulher. Em vez disso ela o ameaçara, e agora tinha que aturar suas gargalhadas. A única coisa que amenizava um pouco (só um pouco) o total constrangimento era o pedido de desculpas que ele conseguira fazer antes de começar a rir. Havia uma pequena chance de que ele não a achasse uma idiota – uma idiota assanhada, ainda por cima. Bethia se retesou ao sentir o leve toque de Eric em suas costas e os lábios que roçavam seus cabelos.

– Ora, coração, eu não quis ofender – falou ele, com a risada ainda evidente em sua voz rouca. – Mas é que foi engraçado. Você também acharia se não fosse com você. Já tive mulheres tentando me seduzir, me implorar, me comprar...

O último comentário chamou tanto a atenção de Bethia que ela abandonou a autodepreciação e o encarou.

– Comprar você?

– É. – De um jeito delicado, porém firme, ele a virou de frente, deitando-se sobre ela. – E foi um bom dinheiro que ela me ofereceu.

– Ela achou que você era um homem da vida?

Eric teve que sorrir ao ver Bethia tão indignada por ele, além de achar graça do termo que ela escolhera.

– Não. Ela só sabia que eu era bem pobre, na época, e achou que o dinheiro ia me seduzir mais do que beijos e belos sorrisos. Talvez ela acreditasse que eu não me interessaria pelos beijos e sorrisos que tinha a oferecer. – Sorrindo, ele cobriu o rosto dela com leves beijos. – A sedução funcionou.

– Eric, não me diga que você aceitou!

– Aceitei, sim, infelizmente. Eu era muito jovem e precisava de dinheiro para continuar me mantendo na corte. – Ele deu uma piscadela. – Na época eu pensei que, se ela era tola o suficiente para me pagar muito dinheiro por algo que poderia ter conseguido com um pouquinho de flerte, eu é que não ia dissuadi-la. – Ficou aliviado ao ver Bethia sorrir, porque já estava no meio da história quando lhe ocorreu que talvez ela não achasse aquilo tão engraçado quanto os irmãos tinham achado. – Depois fiquei sabendo que era hábito dela comprar os favores de jovens cavaleiros, pagando muito bem para esquentarem sua cama por uma ou duas noites.

– Bem, os homens fazem isso. Talvez ela tenha pensado que era uma solução razoável.

– Talvez, mas essa é uma história muito velha e meio sórdida. Prefiro pensar em outras coisas agora. – Ele começou a tirar a combinação dela, mas então parou, dando a Bethia uma última chance de mudar de ideia. – Bethia, tem certeza? Depois disso, não vai ter volta.

Eric tinha consciência de que ela não sabia de todas as implicações de suas palavras; decerto achava que ele se referia apenas à sua virgindade. Ainda que não fosse justo, decidiu não dar mais detalhes. Depois de possuí-la, ele a levaria a entender que seria dele para sempre. Ele sabia que estavam prestes a ter uma experiência especial, intensa e maravilhosa, e não tinha a menor intenção de deixá-la compartilhar isso com outro homem.

Bethia tomou a nuca dele nas mãos e o beijou de leve.

– Eu sei. Talvez não seja prudente, mas é o que eu quero.

Eric a beijou imediatamente, tirou sua combinação e a jogou longe. Postando-se sobre ela e saboreando a visão de seu corpo esguio, xingou baixinho a penumbra. Pelo que enxergava, dos seios pequenos e firmes aos quadris estreitos, ela era belíssima, e o desejo dele pulsou com tamanha rapidez e intensidade que ele temeu não ser capaz de agir com a paciência de que ela precisava. Arrancou a ceroula e se deitou em cima dela. No mesmo instante, ela se mexeu contra o corpo dele de um jeito que causou arrepios em Eric. Com certeza seria difícil ir devagar.

– Branca como uma seda... – murmurou ele, beijando de leve a clavícula dela.

Bethia teria devolvido o elogio à altura, mas estava com dificuldade até mesmo para falar. As mãos elegantes dele eriçavam seus mamilos, e ela era incapaz de enunciar palavras coerentes. Eric beijou os seios dela com lábios quentes e Bethia soltou um leve gemido, arqueando o corpo e entregando-se a ele sem pensar. Ele lambia e chupava o bico dos seios e Bethia não conseguia ficar parada; a cada puxão faminto da boca dele, a tensão crescia cada vez mais no baixo ventre dela.

Os movimentos alucinados cessaram de repente, no instante em que ele pôs a mão em seu abdômen trêmulo e a deslizou para o meio das pernas dela. Ele a beijou e, com toques leves dos dedos habilidosos, desfez todo o choque dela diante daquele contato tão íntimo. Enfiou os dedos dentro dela, imitando o movimento com a língua em sua boca, e Bethia perdeu a razão. Agarrou Eric e correu as mãos ansiosas por aquele corpo quente e forte, decidida a deixar que ele fizesse tudo o que queria, desde que não parasse, desde que aquela sensação que a dilacerava por dentro não cessasse.

Bethia só estava parcialmente ciente de que ele começava a unir os dois corpos. Os beijos de Eric a inebriavam enquanto ele a penetrava devagar, e então, com uma arremetida rápida, estava rompida sua inocência. Bethia arquejou ao sentir a dor aguda que a arrancou do transe de desejo. Tinha plena noção de que cravara as unhas nos ombros dele, mas ele não disse nada, e ela levou um instante para se recobrar e relaxar os dedos. Respirou fundo e notou que a dor já começava a passar. Notou também que Eric não estava se mexendo.

Bem devagar, Bethia abriu os olhos e encarou o olhar atento dele. Sentiu que ficava vermelha. Saber que estava em comunhão tão íntima com aquele homem que a encarava a deixou tímida e insegura. No entanto, quando olhou atentamente para os traços rígidos dele, entendeu que Eric se esforçava ao máximo para ficar imóvel dentro dela, e a insegurança começou a se dissipar.

Apoiado nos cotovelos, o esforço era tanto que ele mal respirava. Seu corpo inteiro tremia, gotas de suor cobriam a testa. A mente de Eric se desdobrava para impedir o corpo de continuar se mexendo ao sabor do instinto e do desejo que ardia. Queria dar tempo para que o corpo dela se acostumasse, mas o calor de sua abertura estreita envolvendo o membro o deixava louco de desejo.

– Achei que tinha mais – falou Bethia baixinho, massageando os músculos tensos das costas dele.

– Ah, e tem mesmo, coração – sussurrou ele, pegando-a pelas panturrilhas e dobrando de leve os joelhos dela.

Então Eric enterrou-se ainda mais dentro de Bethia. Ela estremeceu e notou que o mesmo aconteceu com ele. Eric fez menção de recuar, mas ela o envolveu com os braços e as pernas.

– Não se afaste...

– Nem se William e todo o exército do rei aparecessem aqui agora. – Eric deu uma risada. – Acho que eu seria até capaz de pedir que esperassem um pouco.

Bethia riu, e ele sentiu uma vontade incontrolável de beijá-la.

Eric começou a se mexer num ritmo lento e comedido que a deixava louca. O corpo dela estava teso de tanta expectativa e ela não entendia muito bem o que queria – só sabia que Eric seria capaz de satisfazê-la. Correu as mãos pelas costas dele, acariciando as nádegas firmes. Os movimentos dele foram ficando mais intensos, e ela gemia de gratidão. Bethia estava começando a pensar que algo tinha dado errado, que estava tensa e inquieta demais, quando Eric pôs a mão bem no lugar onde os dois corpos se fundiam. Foi necessário apenas um toque, um único toque breve e suave, e ela gemeu alto quando a tensão insuportável se partiu em mil e deleitou-se com as ondas que entorpeciam e inundavam seu corpo. Através da névoa de prazer que embotava sua mente, tinha uma leve noção de Eric arremetendo uma última vez, bem fundo, gemendo o nome dela e estremecendo em seus braços. Ela gemeu, satisfeita, quando o corpo dele cedeu, e acariciou as costas dele enquanto se deleitava com o formigamento de prazer que ainda pulsava em seu próprio corpo.

Sem saber ao certo quanto tempo passara ali, saciado, nos braços dela, Eric se desprendeu. Sorriu quando ela lamentou baixinho sua ausência e apoiou-se nos cotovelos para vê-la melhor enquanto afastava mechas desgrenhadas do rosto dela.

Bethia era dele. Não porque a honra ditasse que era necessário desposar a moça bem-nascida que seduzira. Tampouco porque nunca tivesse sentido nada que se comparasse à intensidade daquele desejo. Não. No instante em que penetrara o corpo quente dela, Eric tivera certeza de que ela era dele. Soubera em seu coração, na cabeça e até mesmo na alma. Ao permitir que ele fizesse amor com ela, Bethia selara seu destino. Eric ficou se perguntando quanto tempo Bethia levaria para aceitar esse fato, e quanto ele mesmo teria que lutar para fazer com que ela concordasse.

Deitou-se de barriga para cima, puxando-a para si, e ela se aninhou junto ao corpo dele. Bethia estava um pouco dolorida, um pouco confusa, mas a doce satisfação que reverberava dentro dela calava as inconveniências menores. Naquela noite, e talvez na noite seguinte, Eric seria dela. Fazer amor com ele revelara a verdadeira beleza do ato, e quanto ela o amava. Quando se despedissem em Dunnbea, Bethia certamente morreria de tristeza, mas recusava-se a pensar nisso naquele momento. Ali, envolta nos braços de Eric, ela estava feliz, e pretendia se agarrar àquela felicidade tanto quanto pudesse.

CAPÍTULO SETE

*— H*oje é dia de feira – disse Bethia, observando a multidão barulhenta que tomava as ruas do vilarejo que ela e Eric atravessavam.

– É. Acho melhor desmontarmos – falou Eric, descendo da sela com agilidade. – Connor é bem tranquilo, mas talvez o barulho e a confusão sejam excessivos até para ele. Vou puxá-lo pelas rédeas, assim será mais fácil atravessar a multidão sem contratempos.

Eric ajudou Bethia a desmontar e a ajeitar o carregador de pano, passando James para a frente do corpo. Começou a descer a rua, ela vindo logo atrás dele. Os cachos macios de James roçavam na bochecha dela toda vez que o bebê virava o rosto de um lado para o outro, observando todo aquele movimento de olhos arregalados.

A cidade estava apinhada de gente e bichos. O barulho dos vendedores anunciando mercadorias, pessoas fofocando, clientes pechinchando e animais guinchando era quase ensurdecedor. Bethia estava muito inquieta. Naquela confusão, talvez não houvesse lugar para eles. Também havia o risco de os inimigos usarem a multidão para se aproximar sem serem notados. Além disso, eram muitos olhos vendo Bethia, Eric e o bebê, e, portanto, muitas pessoas que poderiam indicar o caminho para William. Para se fazer ouvir em meio ao alarido, ela correu para o lado de Eric.

– Talvez seja melhor seguirmos direto para Dunnbea.

– Não sei se é possível chegar lá antes do anoitecer – respondeu Eric.

Na verdade, era uma mentirinha, bem inofensiva. Se eles seguissem em frente, apressando só um pouquinho o passo, chegariam a Dunnbea ao cair da noite. Eric, contudo, não tinha a menor pressa de entregá-la à família. Talvez essa não fosse a atitude mais prudente, considerando o perigo à espreita, mas ele queria mais uma noite a sós com ela. Queria fortalecer o elo daquela paixão e reafirmar sua posse. Quando chegassem a Dunnbea e ela e James estivessem a salvo por trás das muralhas, ele precisaria seguir viagem para as terras dos MacMillans, mas não faria isso sem ter a certeza de que estava deixando para trás uma mulher que sabia muito bem a quem pertencia.

Estremeceu ao pensar no motivo que o levava aos MacMillans, aliados do clã de Bethia. Desde que ele lhe contara a verdade, não tocaram mais no assunto e ele relutava em trazê-lo à tona. Bethia tinha se tornado amante dele, portanto não havia se afastado dele por completo, e isso o aliviava um pouco. No entanto, Eric não era ingênuo a ponto de achar que o assunto estava resolvido. Só lhe restava a esperança de conseguir encontrar uma solução para o conflito entre o que ele precisava fazer e o que ela achava de tudo aquilo.

– Ah, eu pensei que não estávamos muito longe – falou ela.

– Você nunca veio aqui? – perguntou Eric, espantado, pois o vilarejo não era longe de onde Bethia morava.

– Não, nunca saí de Dunnbea.

– Nunca?

– Nunca. – Ela franziu a testa. – Por que tanta surpresa?

– Seria de imaginar que você teria viajado pelo menos algumas vezes para um dos vilarejos próximos em dia de feira ou mercado, ou até para os castelos de seus aliados.

– Alguém tinha que ficar em Dunnbea quando meus pais e Sorcha saíam.

– Bem, faria sentido quando você já era adulta, mas você era deixada para trás mesmo quando criança?

Bethia não estava gostando das perguntas de Eric, que a obrigavam a confrontar tempos dolorosos, questões em que ela preferia não pensar para não se ressentir ou ficar com raiva. Era difícil. Ira e mágoa ainda surgiam com muita facilidade. Ela já havia enxugado as lágrimas, engolido a dor e se forçado a aceitar a própria vida fazia muito tempo. Era óbvio que havia algo nela que seus pais não conseguiam aceitar, então ela se tornara uma filha obediente. Não gostava de ter Eric ameaçando essa fachada.

– Eu era uma criança desastrada – falou ela, sem conseguir esconder a irritação. – E vivia doente. Achavam melhor me deixar em Dunnbea, em segurança.

Só de ver os olhos azul-escuros dele, Bethia soube que ele não estava convencido, mas, sem vontade ou condição de questionar sua opinião, ela apenas desviou o olhar e acrescentou:

– Quando cresci, todos acharam que era mais conveniente que eu ficasse em Dunnbea, já que, desde pequena, eu assumi boa parte do trabalho da minha mãe. Ela é uma mulher delicada, tem uma saúde muito frágil.

Eric abriu a boca para dizer que isso era uma grande besteira, mas não o fez. Bethia não era burra. No fundo do coração, com certeza, ela devia saber que tudo aquilo era muito errado. Era óbvio que ela decidira ignorar ou se iludir. Eric não sabia se era um jogo que ela fazia consigo mesma para evitar sofrer ou manter a paz na família. Não sabia nem mesmo se ela se dava conta disso. Naquele momento, não havia o menor propósito em reabrir aquelas feridas, que eram muitas, como ele começava a perceber. Uma última pergunta precisava de resposta, no entanto.

– Mas eles devem ter ficado preocupados quando você decidiu, de repente, ir visitar sua irmã, não?

– Sorcha me pediu que fosse. Isso bastou.

– E não quiseram ir com você?

– Eles não estavam por perto quando veio a notícia. Eu parti depressa, levei só uns poucos guardas. Esses mesmos homens voltaram a Dunnbea com a notícia da morte de Sorcha, mas não sabiam que eu achava que ela fora assassinada. Meus pais devem estar arrasados.

– Imagino que eles vão se sentir melhor quando você chegar trazendo o neto deles – disse ele, sem conseguir pensar em algo mais apropriado.

Bethia ficou intrigada com a cortesia forçada, mas se concentrou em James. Torcia para que os pais se encantassem com o garotinho que ela estava levando. Sem dúvida, ele era bonzinho e bonito o suficiente para que o amassem. A questão é que o amor e a devoção que sentiam por Sorcha eram tamanhos que às vezes Bethia se perguntava se sobrava algum sentimento para outras pessoas. James era parte de Sorcha e, em tese, isso bastaria, mas Bethia não tinha tanta certeza. Beijou a cabeça do sobrinho e jurou que, independentemente do que os pais decidissem, ela se encarregaria de que nunca faltasse amor para o bebê. Bethia jurou que sempre estaria ao lado dele.

Quando chegaram à estalagem, Bethia aguardou do lado de fora com os cavalos e as bagagens, pacientemente. Sua esperança crescia à medida que Eric se demorava. Seria muito bom dormir outra vez em uma cama de verdade. A curta temporada no chalé a deixara mal acostumada. Apesar de toda a alegria que encontrara nos braços de Eric na noite anterior, ela não gostara nada de voltar a dormir no chão duro. Também estava sonhando com uma refeição de verdade, com carne e vinho, e com um banho quente. Quando Eric saiu da estalagem com um grande sorriso no rosto, todo o medo de ser descoberta e os receios por James desapareceram.

– Conseguimos um quarto? – perguntou ela, sem tentar esconder a empolgação.

– Conseguimos, e... – Ele beijou a ponta do nariz dela e afagou os cachos de James – Já pedi que preparassem um banho.

– Ah, muito obrigada. Você é incrível. Comida também?

Eric riu, conduzindo Connor ao estábulo. Deu uma moeda ao garoto que trabalhava lá, mas dispensou-o, pois ele mesmo queria cuidar do cavalo.

– Comida também. Pedi tanta carne e vinho que até o rei ficaria satisfeito. Enquanto você toma banho, eu e o pequeno James vamos providenciar pão, queijo e vinho para a viagem de amanhã.

– Não precisa gastar seu dinheiro. O caminho daqui a Dunnbea não é longo.

– Pode ser, mas teremos um banquete a cada quilômetro.
– Pobre Connor... – brincou ela.

Rindo, os dois voltaram à estalagem. Depois de trocar poucas palavras com a esposa do dono, Bethia percebeu que ela achava que os três eram apenas uma jovem família precisando de um quarto para pernoitar. Não que achasse que Eric tinha mentido para a pobre mulher, mas suspeitava de que ele não fizera nada para corrigir a falsa impressão. Bethia sorriu e fez o mesmo. Era melhor se penitenciar por essa pequena mentira depois do que pôr a perder a chance de tomar um banho quente.

As criadas no quarto enchiam a enorme banheira, que fora posta diante de uma lareira já acesa para que ela não pegasse friagem. Uma das criadas pôs um punhado de ervas na água e o aroma de lavanda encheu o ambiente. Bethia respirou fundo, tirou James do carregador e o entregou a Eric.

Quando as criadas saíram do quarto, Bethia notou o jeito com que olharam para Eric, abrindo sorrisos convidativos. Ela logo se virou para ele e sentiu a pontada de ciúme diminuir. Ele estava tão ocupado fazendo careta para James rir que nem notou os olhares insinuantes.

– Milady, vou deixá-la tomar seu banho – falou Eric, curvando-se com James nos braços para fazê-lo rir.

– Por favor. – Bethia riu, empurrando-o porta afora. – Mas não demore, ou a água vai esfriar.

– Tranque a porta quando eu sair.
– Vou trancar.

Assim que Eric fechou a porta, Bethia passou o ferrolho e começou a tirar a roupa. Deixou uma trilha de peças no chão no caminho até a banheira. Suspirou de prazer no instante em que entrou na água quente. Fazia muito tempo que ela não desfrutava de um luxo daqueles, então afundou até o pescoço na água perfumada, determinada a aproveitar ao máximo aquele banho.

Com a água morna acalentando os músculos doloridos, Bethia pensou nas criadas e na forma como as mulheres olhavam para Eric. Já imaginava que as mulheres se interessassem muito por ele, mas, depois de tanto tempo viajando sozinha com Eric, só então se deu conta da escala em que isso acontecia. Mesmo na presença, em tese, da mulher e do filho de Eric, ainda assim as criadas tentaram se insinuar. Bethia não tinha a menor dúvida de que as mulheres seriam capazes de convidá-lo para passar a noite bem na cara dela. Mais do que irritante, era chocante.

Bethia tentou deixar isso de lado. Depois daquela noite, a forma como as mulheres reagiam ou deixavam de reagir a Eric não teria nada a ver com ela. O que importava era que, naquela noite, Eric era dela. O que ficara claro pela total falta de interesse dele nas criadas. Bethia se convenceu a não estragar sua última noite juntos com receios e ciúmes mesquinhos.

A resolução vacilou abruptamente cerca de duas horas depois. Eric chegara pouco depois de Bethia terminar de se vestir, e as mesmas criadas estavam preparando seu banho. Era quase doloroso ver como as duas se desdobravam para agradá-lo. A gota d'água foi quando se ofereceram, descaradamente e bem na frente da suposta esposa, para ajudá-lo a se lavar. Aquela vulgaridade toda perigava estragar a última noite que teria com Eric, e isso ela não permitiria.

Quando uma das criadas fez menção de que ia desamarrar a camisa de Eric, Bethia foi mais rápida e largou uma porção de fraldinhas sujas de James nas mãos dela, dizendo:

– Se está tão animada assim para lavar alguma coisa, então lave isto aqui. E sem demora.

Reprimindo um sorriso, Eric dispensou as criadas com pressa e educação, depois se virou para Bethia. Adorou vê-la com raiva; ficava linda assim. Não tivera a intenção de deixá-la com ciúmes, mas longe dele se queixar daquele resultado da leviandade das criadas. Era a prova de que precisava; os sentimentos dela iam além do desejo.

– É sempre assim? – perguntou Bethia, logo que as duas criadas saíram e fecharam a porta.

– Assim como, coração?

Bethia o encarou, irritada com sua tentativa descarada de fingir que não tinha notado nada.

– Só faltou aquelas duas arrancarem sua roupa e pularem em cima de você. Começo a achar que, se eu tivesse demorado mais, era isso mesmo que ia acontecer.

– Elas foram mais ousadas do que o normal.

– Parecia que eu nem estava aqui.

O que fora a pior parte, pensou ele. Bethia já passara muito tempo sendo ignorada, sendo tratada como se não estivesse presente. As criadas haviam sido de fato muito oferecidas, mas isso já tinha acontecido algumas vezes e, sem dúvida, voltaria a acontecer, de forma mais ou menos explícita. Não havia nada que Eric pudesse fazer. Não era vaidade, mas ele sabia que as mulheres gostavam da sua aparência. Até que a idade ou algum acidente maculassem sua beleza, as mulheres seguiriam flertando com ele, mesmo que fosse comprometido. A falta de interesse dele nunca as impediu de agir desse modo. Teria, portanto, que arrumar um meio de fazer com que Bethia se sentisse confiante em relação ao que ele sentia, para que impertinências como essa não a preocupassem tanto. Ele suspirou e começou a abrir o cordão da camisa. Talvez essa tarefa se mostrasse um tanto difícil.

– Foi mesmo muito rude da parte delas, garota. E uma falta de noção diante do meu total desinteresse. Mas e você? Vai ficar e me ajudar a tomar banho?

Eric tirou a camisa e jogou-a para o lado. Só de ver seu torso nu, Bethia ficou sem fôlego e muito tentada a aceitar a sugestão. Era hora de recuar.

– Vou levar James para ver se encontramos leite de cabra.

– Medrosa – provocou Eric, rindo.

– É melhor trancar a porta – disse ela enquanto saía. – Não quero voltar e encontrar seu pobre corpinho sendo devassado.

– Não se preocupe, garota. Estou me guardando para você.

Bethia sorriu, então suspirou ao passar pelas duas criadas na porta da estalagem. Talvez fosse mesmo melhor que ela e Eric se separassem logo. Enlouqueceria se tivesse que passar o resto da vida vendo as mulheres se jogando em cima dele. Seria um desastre ficar dia e noite imaginando qual desses convites ele, enfim, aceitaria. Achava improvável que um homem fosse capaz de ser tão assediado sem sucumbir à tentação uma hora ou outra. Se por milagre Eric se casasse com ela, Bethia tinha medo de ficar louca de medo e ciúmes a ponto de acabar perdendo a razão.

– E eu tenho a imaginação fértil demais – resmungou ela antes de retomar a tarefa de encontrar leite de cabra para James.

Quando voltou ao quarto, sentiu o cheiro da comida antes mesmo de abrir a porta. Entrou e respirou fundo, desfrutando os aromas de carne assada e pão fresco. A risada baixinha de Eric chamou sua atenção.

– Eu estava prestes a gritar por você da janela – disse ele, dirigindo-se à mesa posta diante da lareira. – Acabaram de trazer. Só o cheiro já me deixou morrendo de fome. Fiquei com medo de não conseguir esperar você voltar e atacar a comida feito um lobo.

– Meu Deus, nem sei o que comer primeiro – falou ela, sentando-se à mesa com James no colo e admirando a mesa farta. – Se comermos isso tudo, Connor não vai conseguir nos levar até Dunnbea.

Eric deu uma risada e se sentou. Cortou uma fatia grossa de pão para ela, depois uma pequenininha para James. Devorou um grande naco besuntado com mel e só então se pôs a cortar a carne. Em poucas garfadas, os bons modos foram deixados de lado, para o deleite de Eric. Até o pequeno James ria e gargalhava de prazer, empanzinando-se feito um leitãozinho guloso.

Finalmente, quando não seria capaz de comer mais nada mesmo que quisesse, Bethia se esparramou na cadeira. Olhou para James, dividida entre a risada e o espanto. Com o rosto sujo de mel, ele estava coberto de migalhas de cada uma das coisas que comera.

– Que porquinho mais sujinho – falou ela, dando a ele um pouco de leite de cabra.

– É mesmo. Ele vai precisar de uma boa esfregada – comentou Eric, enchendo os canecos de vinho. – Há uma bacia e um jarro de água perto da janela. Parece que a maior parte da comida ficou na roupa.

Bethia começou a despir o pequenino. Apesar de todo o cuidado, parte da sujeira caiu no corpinho dele, risonho e agitado. Brigando com ele de brincadeirinha, ela o lavou, preparando-o para dormir. Colocou-o na caixinha que estava perto da cama grande e passou um instante observando-o. Logo chegariam a Dunnbea e ele não seria mais apenas dela.

– Você não vai perdê-lo, garota – falou Eric, aproximando-se e abraçando os ombros dela.

– Meus pais vão se encarregar de cuidar dele – falou ela, apoiando-se nele e aproveitando todo o conforto que a força dele transmitia.

– Pode ser, mas ele ainda será seu. Ele já chama você de mamãe.

– Eu sei. – Ela suspirou. – Fico tão feliz quando ele faz isso... Mas logo depois me sinto culpada. Eu não deveria ficar feliz, sabe? Isso mostra que ele já está se esquecendo da minha irmã, da verdadeira mãe.

– Ele é muito novinho para ter muitas lembranças dela. E se ele passava muito tempo com uma babá, talvez se lembre ainda menos da mãe.

Bethia estremeceu e voltou à mesa, pegando o caneco.

– Ele tinha uma babá, sim. Conversei um pouco com ela sobre James e, Deus que me perdoe, mal pensei nela quando fugi com o menino.

– Se ela se importava minimamente com ele, deve ter ficado feliz por uma pessoa ter tido a força e a sagacidade de tentar salvá-lo.

– Sim, mas ela cuidava muito bem dele, e dava para ver que o amava. – Bethia deu um sorriso tímido para Eric quando ele bebeu seu vinho, depois se sentou meio esparramada na cama. – Fiquei um pouco surpresa ao saber que ele passava muito tempo sob os cuidados dela, mas na época Sorcha tinha acabado de se casar com Robert, estava muito apaixonada, não queria sair de perto dele. Pelo menos ela escolheu bem a babá. Quando tudo isso acabar, verei se ela gostaria de vir a Dunnbea para ajudar a cuidar de James.

– Muito atencioso de sua parte. – Eric deu algumas batidinhas na cama bem ao seu lado e a chamou: – Venha para a cama, moça.

Ela obedeceu e falou:

– Ainda estamos vestidos.

– Pelo menos não estamos mais calçados.

– Que educados nós somos – brincou ela, ficando um pouco tensa quando Eric deixou o caneco em cima da mesa de cabeceira e começou a desamarrar o cordão do vestido dela. – Está claro demais aqui.

–Ainda bem. Na noite passada eu amaldiçoei a escuridão – disse ele, tirando o caneco das mãos dela e pondo-o também sobre a mesinha. Queria poder abrir o vestido dela com mais facilidade.

– Bem, eu estava contente.

– Ah, meu bem, você é tão bonita.

Ele a beijou e, por um tempo, ela nem ligou se o quarto estava claro ou escuro. Os beijos de Eric a entorpeciam tanto que ela não ofereceu a menor resistência quando ele despiu ambos com habilidade. Então, de repente, já estava deitada na cama de pernas abertas com ele em cima dela. O calor em seu olhar era tanto quando a fitou de cima a baixo que ela quase se sentiu bonita, mesmo vermelha de vergonha.

Tentando se distrair do desconforto de ser vista nua daquele jeito, em toda a sua falta de curvas, Bethia olhou para Eric. Ela já o vira nu, mas sabia que jamais se cansaria daquela visão. Era uma delícia ver aquela pele quente e lisa sobre os músculos firmes. Quando se fixou na virilha, arregalou os olhos. Na noite anterior não tinha conseguido vê-lo excitado. Ainda bem, pensou ela, ou teria desistido. Estava pasma ao pensar que tudo aquilo coubera dentro dela sem causar uma dor maior do que a que de fato sentira.

Vendo a direção do olhar arregalado dela, Eric sorriu e disse:

– Espero que não seja uma visão muito pavorosa.

– Não, eu só estava pensando que foi mesmo bom eu não ter visto ontem à noite. Não dá para acreditar que coube – sussurrou ela.

– Não sou maior do que a maioria dos homens. E coube, sim, muito bem, até.

Eric pegou a mão dela e guiou-a até o membro dele, fechando os olhos de prazer quando ela começou a acariciá-lo timidamente.

– Coração, você está dolorida?

– Não. Deveria?

– Algumas mulheres dizem que a dor persiste por algum tempo. Não que eu saiba, na verdade, porque nunca me deitei com uma virgem.

– Nunca? Jura? Era uma regra sua?

– Era, sim. E agora eu a quebrei de vez, não é mesmo?

– Desculpe – sussurrou ela, mas logo se perguntou por que estava se desculpando.

Eric deu uma leve risada e beijou a ponta do narizinho dela.

– Só se você estiver se desculpando por ser uma tentação tão deliciosa que nenhum homem em sã consciência seria capaz de resistir. – Com carinho, ele afastou a mão dela. – Agora chega.

– Eu não estava fazendo certo?

Bethia ficou um pouco decepcionada, pois estava gostando de estimulá-lo.

– Muito pelo contrário, estava muito bom. Bom até demais.

Antes que ela pudesse perguntar "como assim?", Eric a beijou. Bethia notou que era um truque recorrente dele, mas era um jeito tão delicioso de pôr fim a uma discussão que ela nem quis reclamar. Era exatamente assim que queria passar a noite, afogada em um prazer que só Eric era capaz de oferecer. Era sua última chance de amar de corpo e alma aquele homem, e não queria desperdiçar nem um segundo.

Deixou-se levar pelo desejo que sentia – a vontade de se refestelar no gosto da pele dele – e afastou o menor traço de modéstia e vergonha. Retribuiu cada beijo, cada toque, embora ele sempre se esquivasse de ser acariciado da forma íntima como a estimulava. Não demorou e ela já estava tão ávida, tão faminta, que tentou forçá-lo a se juntar a ela. Dessa vez, ela riu quando ele riu, sabendo que compartilhavam do mesmo frenesi, que a risada era de alegria e que vinha de tudo o que estavam sentindo juntos.

Quando enfim os corpos se uniram, Bethia gritou de puro prazer. A névoa do desejo se dissipou um pouco quando ele ficou imóvel. Ela ergueu o rosto para ele, estremecendo diante da intensidade daquele olhar abrasador.

– Eric?

Correu as mãos pelas costas dele e acariciou suas nádegas, mas, embora ele estremecesse e gemesse, continuou sem se mexer.

– Você é minha, Bethia – falou ele.

Eric fora tomado por uma necessidade urgente de levá-la a entender que aquele momento não se resumia a jogos eróticos e era muito mais do que uma noite de amor seguida de um adeus cordial.

– Bem, considerando a posição em que estou, aberta como um filé de hadoque embaixo do seu corpo, parece que sou mesmo... – sussurrou ela.

Apesar de tenso com todo o desejo contido, Eric riu.

– Você sabe mesmo deixar um homem envaidecido com as palavras – brincou ele, mas logo ficou sério outra vez. – Não, não estou falando só deste momento, aqui afundado na doçura do seu corpo. Estou querendo dizer que você é minha, toda minha. Diga para mim, Bethia. Preciso ouvir você dizer.

Embora não tivesse certeza do que ele estava falando e não entendesse o que aquilo queria dizer, Bethia achou melhor dar o que ele pedira. Por mais que ele não soubesse disso, era exatamente verdade. Ela pertencia a ele, sempre pertenceria, independentemente do que acontecesse com os dois no futuro. Ele a marcara de uma forma impossível de reverter, mesmo que ela tentasse. O coração e a felicidade de Bethia estavam nas mãos de Eric, mas ela jamais poderia dizer isso. Admitir que pertencia a ele, no entanto, lhe dava um vislumbre dessa triste verdade. Nos anos de solidão que a aguardavam, talvez isso até ajudasse a apaziguar um pouco a mágoa das palavras que ficariam por dizer.

– Sim, Eric – respondeu baixinho, acariciando as finas feições dele. – Eu sou sua.

Não era bem o que ele queria, mas por ora era o bastante. O elo entre eles fora pronunciado. Havia um leve ar de confusão nos olhos turvos de desejo de Bethia, mas ele ainda não poderia dizer as palavras capazes de remediá-la. Não era o momento de falar em casamento. Eric tinha muitos assuntos pendentes. Além do mais, não queria que ela pensasse que o pedido era motivado por culpa, apenas para preservar a honra depois de tirar a virgindade dela. Precisava de tempo para levá-la a entender que a vontade de tê-la ao seu lado vinha de muito mais do que isso.

Eric começou a se mexer bem devagar, em um ritmo provocante que logo a deixou ardendo de paixão. Não havia jeito, ela era dele de corpo e alma, e ficou se perguntando como era possível que ele não percebesse, não sentisse isso em cada toque ou cada gemido de prazer. Quando foi tomada pelo clímax com uma força estonteante, sentiu Eric arremeter só mais duas vezes antes de se juntar a ela em seu estado de graça. Mesmo assoberbada com o clímax, conseguiu ouvir Eric gritar, mas não foi o nome dela que escapou de seus lábios. Ele gritou a palavra "minha", e então desabou nos braços dela. Ainda aérea, Bethia ficou se perguntando se Eric também tinha alguma dúvida. Abraçou-o com força, beijando preguiçosamente os ombros dele enquanto tentava se recuperar. Se Eric ainda não estava convicto da completa devoção de Bethia, até o fim daquela noite de prazer – quando enfim os dois caíssem exaustos e incapazes de mexer o dedinho do pé – todas as dúvidas dele se dissipariam.

CAPÍTULO OITO

*A*cordar com o beijo frio do aço em sua garganta era uma péssima maneira de começar o dia, pensou Eric, abrindo os olhos devagar. Abraçou Bethia, que ainda dormia, um pouco mais forte. Tinham sido encontrados, e a culpa era toda dele. Eric ficou lívido de remorso, irado de frustração. Que destino cruel aquele: seu último pensamento em vida seria a constatação de que falhara miseravelmente com Bethia e James.

– Acho bom abrir logo os olhinhos, prima, o azul e o verdinho também, antes que eu passe a espada no sujeito – falou o jovem alto que segurava a lâmina bem na garganta de Eric.

"Prima". Eric nunca tinha ouvido uma palavra tão doce. Bethia começou a despertar, mas ele manteve o abraço com toda a firmeza. Não queria que ela se assustasse e acabasse expondo sua nudez aos quatro homens que faziam o quarto parecer menor.

Apertou o ombro dela com delicadeza e a sacudiu enquanto analisava os homens que o encaravam com profunda reprovação. O sujeito ao lado da cama, ainda com a espada perto demais da garganta dele, só podia ser Wallace. Tinha olhos verdes, cabelos ruivos e traços familiares. Os demais eram mais velhos, de olhos e cabelos mais escuros. Eric teve a sensação desagradável de que dois deles seriam Peter e Bowen. Aquela não era a primeira impressão que ele gostaria de passar aos homens que tinham sido figuras tão importantes durante a solitária infância de Bethia.

– Eric... – sussurrou Bethia, fazendo menção de se alongar, mas logo percebendo que ele a segurava com firmeza.

– Atenção, moça. Não estamos sozinhos.

Bethia teve um breve momento de terror ao abrir os olhos e fitar o quarto. Quando reconheceu Wallace, Peter, Bowen e um outro sujeito chamado Thomas, o pavor logo deu lugar à vergonha. Não estava acreditando que eles a tinham flagrado em uma situação tão comprometedora. Foi então que viu a ponta da espada na garganta de Eric e, xingando baixinho, afastou-a para o lado.

– O que você está fazendo, Wallace? Não tem a menor necessidade disso.

– *Ele* está deitado na cama nu com você, prima – respondeu Wallace, com ódio, mas baixou a espada ainda assim. – E agora? Vai me dizer que você se casou com ele?

– Por favor, saiam do quarto um instante para que possamos nos vestir, e então vamos conversar.

– Você não respondeu, prima. É ou não é casada com o bonitão aí?

– Eu não vou ter essa conversa enquanto não me vestir.

– Cinco minutos – rosnou o homem mais corpulento, que encarava Eric fixamente com seus olhos castanho-escuros.

– Bowen... – protestou Bethia.

– Cinco minutos. Estaremos bem aqui na porta, e Thomas vai ficar de guarda embaixo da janela.

Assim que a porta se fechou, Bethia disse:

– É melhor correr. Se Bowen falou cinco minutos, vai nos dar quatro.

Praguejou consigo mesma enquanto se vestiam. Ela queria conversar com Eric antes que os homens voltassem, mas Bowen não permitiria. Era uma pena que sua última noite com Eric tivesse um fim tão amargo, mas deixou o desapontamento de lado. Suas próximas palavras teriam que ser muito cautelosas, ou ela e Eric poderiam ter problemas.

– Eric, eu sinto muito – começou ela, mas no mesmo instante a porta se abriu com tanta força que ela estremeceu e James começou a chorar. – Meu Deus do céu, cuidado, Bowen! Você acordou o neném.

Bethia pegou James no colo, acariciando suas costas para confortá-lo, e se virou para os homens. Seus parentes cercaram Eric, que, apesar de tudo, estava calmo. Bethia os encarou, surpresa ao constatar que até mesmo Wallace, que era o mais baixo dos três, ainda era um pouco mais alto e mais corpulento que Eric. Sempre achara Bowen e Peter homens enormes, e então entendeu que Eric estava certo quando dissera que, perto da maioria dos homens, ele não era muito grande. Vendo a raiva estampada no rosto dos parentes, Bethia começou a temer por ele.

– Podem parar de cercá-lo e de olhar torto para ele desse jeito – falou ela, correndo para se colocar ao lado de Eric.

– Ah, é? E quem é o bebê? – indagou Wallace.

– É James, filho de Sorcha. E o que é que vocês estão fazendo aqui, para começo de conversa?

– Não importa. O que eu quero saber é o que você estava fazendo na cama com esse frangote!

– Bem, eu acho que importa, sim, saber como vocês nos encontraram.

Eric quase sorriu quando os três homens xingaram e encararam Bethia. Sentiu um pouco de pena dela, que estava indo muito bem na tarefa de distraí-los, mas sabia que isso não duraria muito. O grandalhão, Bowen, parecia ser teimoso demais até para ela.

– A gente veio para a feira – respondeu Bowen. – Paramos na estalagem para tomar café antes de voltar para Dunnbea. Aí uma das criadas começou a fofocar sobre um dos hóspedes. Parecia muito interessada no rapaz, mas reclamou que ele mal olhou pra ela. Estava inconformada, dizendo que a mulher dele era uma mocinha magricela com os olhos esquisitos. Como é que um homem daqueles podia estar com uma mulher que era uma tábua, com olhos de cores diferentes? Foi isso que chamou minha atenção. Então chamei essa criada num canto e tive uma conversinha com ela.

– Está bem – falou Bethia, com os dentes trincados. – Se vai repetir a história toda, não lhe ocorreu deixar de fora os insultos que ela me fez?

– Não sei, não, garota. Sem os detalhes seria mais difícil explicar como viemos parar aqui.

Depois de lançar um olhar pétreo para Wallace, que sorria, Bethia voltou o olhar irritado para Bowen.

– Podiam ter batido, pelo menos.

– Não. Se tivéssemos alertado, você poderia ter fugido. Quem ensinou você fui eu, e fiz isso muito bem. – Então olhou torto para Eric, continuando: – Bem, umas coisas mais do que outras. Talvez eu devesse ter ensinado um pouco melhor a não cair na lábia de um bonitão qualquer.

– Se eu e James estamos vivos, é graças a sir Eric Murray. Acho que essa é a parte mais importante. – Vendo que tinha conseguido chamar a atenção deles, Bethia contou toda a história. – Então, agora que vocês estão aqui para me ajudar a levar o menino para Dunnbea em segurança, acho que podemos deixar sir Eric seguir o caminho dele, certo?

– Não – retrucou Wallace, e então franziu a testa na direção de Eric. – Murray? Você mais parece um MacMillan. Aquele clã tem uma boa cota de galanteadores.

– Sir Eric Murray – repetiu Bethia, mas os homens não se deixaram distrair e continuaram a examinar Eric.

Sob o escrutínio dos três, Eric deu um sorriso discreto. Era interessante que Wallace achasse que ele era um MacMillan. Sentiu uma pontada de esperança. Talvez o encontro que logo teria com a família materna não terminasse assim tão mal. Bem, ao menos não tão mal quanto terminara a noite anterior, pensou ele.

Eric sabia o que ia acontecer agora. Os homens exigiram que ele respeitasse a honra de Bethia. Não era assim que ele pretendera se casar com ela, mas não seria possível evitar. Teria que encontrar outra forma de levá-la a entender que, embora os parentes dela fossem forçá-lo a subir no altar, ele queria estar lá por conta própria.

– Você já casou com ela, meu camarada? – rosnou Bowen.

– Não – respondeu Eric.

– Estão noivos?

– Não.

– Bem, agora estão. Parabéns. E esse casamento vai sair logo, logo.

– Não! – protestou Bethia, horrorizada com a ideia de Eric ser forçado a se casar com ela.

– Não seja tola, menina. Você é uma moça bem-nascida e era virgem.

– Não era, não.

Ela estremeceu quando Bowen olhou para ela um tanto decepcionado. Em seguida, ele olhou para Eric, erguendo a sobrancelha escura de forma inquisitiva.

– Era, sim – disse Eric, respondendo à pergunta silenciosa.

– Eric! – Bethia não conseguia entender por que ele estava sendo tão complacente.

– Não posso deixar você manchar sua reputação, certo?

Depois que Eric concordou em cumprir a exigência, nada do que Bethia disse foi capaz de convencer seus parentes a mudar de ideia e deixá-lo ir. Todos basicamente a ignoraram enquanto juntavam as coisas e levavam o casal para fora da estalagem. Para piorar, nem conversar com Eric ela conseguia, porque os quatro se postavam sempre entre eles. Sem conseguir conversar com Eric, seria muito difícil encontrar um jeito de libertá-lo.

A viagem para Dunnbea não ajudou em nada. Com James no colo, Bethia foi posta atrás de Wallace, enquanto Bowen e Peter flanqueavam Eric. Ela não pôde falar sobre nada que não dissesse respeito à situação difícil com William. Reconfortava-a um pouco saber que seus parentes tinham acreditado sem hesitar em tudo o que dissera sobre o assassinato e as ameaças. Se ao menos fossem tão compreensivos diante das tentativas dela de desobrigar Eric do casamento...

Ao atravessar os portões de Dunnbea, pela primeira vez desde que fora acordada aos sustos na estalagem, Bethia se preocupou com outra coisa a não ser Eric. Estava na hora de encarar os pais. Ficou muito inquieta de repente, temendo que eles não acreditassem que James corria perigo. Enquanto ia depressa para o quarto, a fim de se lavar e limpar James antes do encontro, também se preocupou com o que diriam sobre Eric.

– Mas que fofinho – disse Grizel, sua criada, ao entrar no quarto e ver James, que brincava com os próprios dedões deitado na cama.

Tirando o vestido e correndo para se limpar, Bethia olhou para a criada. Conhecia Grizel havia dez anos. Eram quase amigas. Imaginava que, não fossem os pais e Sorcha mandando a moça fazer isto e aquilo desde o amanhecer até tarde da noite, poderiam mesmo ter desenvolvido uma amizade. Nunca houvera tempo. A jovem meio rechonchuda e de cabelos castanhos era só alguns anos mais velha e tinha acabado de se casar com Peter. Se Peter a amava, Grizel só podia mesmo ser a mulher boa e gentil que aparentava, e Bethia ficou se perguntando se ela não poderia ajudá-la.

– Ah, não. Não, nem pensar – disse Grizel, olhando para Bethia enquanto pegava James no colo.

– Mas eu nem pedi nada – falou Bethia.

– Eu sei, mas Peter já me advertiu. Disse que, se você começasse a me olhar desse jeito, era pra eu dizer "não" e não mudar de ideia. Falou que, quando você está assim pensativa, fica muito perigosa.

Bethia ficou se perguntando se teria tempo antes de ir encontrar os pais para dar um tapa em Peter.

– Para onde levaram sir Eric Murray?

– Bem, até seus pais, e depois o puseram na torre leste.

– Onde o trancaram, aposto.

– Isso mesmo. Nossa, como ele é bonito, hein?

– Ele é, mas a beleza não vai ajudá-lo a sair daquela torre.

Grizel deixou James na cama e correu para ajudar Bethia a pôr um vestido limpo.

– Não mesmo, e você também não.

– Grizel, eles querem obrigar Eric a se casar comigo.

– Se ele a seduziu, deveriam mesmo. E nem tente negar, porque Peter me contou como encontraram vocês.

– Antes de vir para cá, vocês conversaram um bocado...

– Peter fala muito rápido, e me contou a história toda enquanto eu estava correndo para cá. Sir Eric devia ter imaginado que isso ia acontecer quando seduziu você. – Depois de vestir Bethia, Grizel foi arrumar James. – Você é uma dama e era virgem. Ele se casar com você é uma questão de honra.

– E se eu não quiser um marido que se case comigo forçado?

– Considerando o que vocês estavam fazendo naquela estalagem, duvido que seja só a honra que o prende a você – disse Grizel, e logo acrescentou ao ver a expressão de Bethia: – Ah, Bethia, que cara de tristeza é essa? Saiba que ele não está reclamando... nem irritado ele está. Na verdade, o comportamento dele é exemplar. Foi conversando amigavelmente com Bowen e Wallace a caminho da torre. Não parecia nem um pouco um homem sendo forçado a fazer coisa alguma.

Bethia estava mesmo um tanto perplexa com a complacência de Eric. Durante a viagem para Dunnbea, nas poucas vezes que olhara para ele,

Eric pareceu relaxado e até sorrira para ela. Por mais que não soubesse como um homem se comportava quando era forçado a se casar, a atitude de Eric não correspondia às suas expectativas. Queria poder conversar com ele, saber o que estava pensando. Bethia tinha a péssima impressão de que não teria oportunidade de trocar uma só palavra com ele antes de estarem casados.

– Bem, já que você não vai me ajudar...

– Com isso, não. Quem mandou a senhorita se deixar seduzir? Agora o sujeito tem que fazer o que é certo e se casar com você. Ora essa, Bethia, até agora ninguém pediu a sua mão em casamento, e ele é um homem bonito. Se não for ele, seus pais vão escolher outro marido, então é melhor aceitar logo esse que apareceu, porque, pode acreditar, com ele você vai se dar muito melhor do que com qualquer outro homem que eles escolhessem. Além de ser jovem e bonito, está claro que você gosta do jeito como ele esquenta a sua cama. Aliás, tenho para mim que seus pais não teriam feito o menor esforço para arrumar um marido para você se não fosse assim.

– Por quê? – perguntou Bethia, que concordava, embora não soubesse bem o motivo.

– Você faz todo o trabalho deles. É muito útil ter você. E eu não sou a única que acha que o plano deles sempre foi deixar você aqui para sempre, fazendo todo o trabalho e cuidando do castelo. Esta é a sua chance de fugir, ter um marido e seus próprios filhos. Aproveite, garota.

– Qualquer garota esperta aproveitaria, certo? Uma garota esperta não ligaria para o fato de que o sujeito em questão não a pediu em casamento por gostar dela, simplesmente se contentaria com votos feitos em prol da honra. E uma garota esperta não se preocuparia ao se casar com um sujeito que deixa todas as mulheres aos seus pés. – Grizel deu uma risada, e Bethia abriu um sorriso triste. – Bem, agora não importa mais, porque está bem claro que nem eu nem Eric teremos escolha.

– Não mesmo, garota. Pode apostar. Vamos levar o garotinho para conhecer os avós?

– Sim. É melhor resolver esta situação o mais rápido possível.

Bethia respirou fundo, tentando reunir calma e confiança enquanto seguia para o salão principal. No instante em que viu os pais, no entanto, perdeu o pouco de segurança que conseguira reunir. Grizel se adiantou para entregar o bebê a lady Drummond e Bethia a seguiu relutante.

Ficou ali, despercebida, enquanto os pais examinavam James como se ele fosse um objeto estranho. Logo devolveram o bebê a Grizel. Bethia ficou incomodada com a falta de empolgação dos pais, que só fizeram um ou outro comentário sobre haver certa semelhança entre o neto e Sorcha. Por ora parecia que o pobre James não ganharia uma recepção calorosa só por ser parte da tão adorada filha que perderam. Bethia sentiu um arrepio ao pensar que o menino poderia receber o mesmo tratamento que ela e Wallace, mas não sabia como mudar isso.

Então os pais voltaram para ela os olhos em tons bem parecidos de verde e Bethia teve que lutar para não sair correndo. Sentia-se uma criança assustada e infeliz, e odiava isso. Além de ter fugido de Dunnbea, ainda tinha voltado na companhia do homem que a deflorara. Não faltavam motivos para que a repreendessem, e a sensação era de estar prestes a receber a pior reprimenda da vida.

– Então você achou por bem retirar o bebê de seu lar – falou lorde Drummond, tamborilando os dedos rechonchudos no braço da pesada cadeira de carvalho.

– Wallace não contou que James estava correndo perigo? – indagou Bethia.

– Ele contou que você *acha* que ele estava em perigo, mas você sempre foi de imaginar coisas.

– Não estou imaginando nada, pai. Eles nos deram comida envenenada. O cachorrinho de James comeu nossa refeição e morreu em seguida. Então não, não é coisa da minha cabeça – afirmou Bethia, com o coração acelerado de medo. Nunca enfrentara os pais, mas a vontade de proteger James era tamanha que lhe dava forças. – William Drummond quer acabar com o menino, e eu tenho certeza de que ele matou Sorcha e Robert.

– Se o que você diz é verdade, então é claro que nós o faremos pagar pela morte da nossa filha.

Mas não por tentar matar o seu neto, pensou Bethia consigo mesma e balançou a cabeça. Bowen e Wallace acreditavam nela. Eles a ajudariam a proteger James, mesmo que os pais se recusassem a acreditar. E Eric, que, querendo ou não, logo faria parte da família, também acreditava nela, pois tinha ficado ao seu lado na fuga. Não precisava fazer com que os pais acreditassem.

– Seja lá qual for o perigo que você imaginava, nada justifica o seu comportamento. – Lady Drummond cerrou as mãos rechonchudas sobre o colo. – Não pensou na vergonha que seus pais passariam antes de sair bancando a vagabunda?

– Só espero que esse seja o único homem com quem você tenha se deitado – disse o pai.

Por um instante, Bethia só conseguiu encará-los. Nunca tinha feito nada, absolutamente nada que justificaria aquela insinuação por parte do pai: a sugestão de que ela, no instante em que se vira livre das muralhas de Dunnbea, tivesse aberto as pernas para qualquer homem. Bethia começou a duvidar de que sequer a conhecessem. Tentou abrandar a dor da mágoa convencendo-se de que os pais só estavam assustados e irritados, que tinham falado da boca para fora. Era um truque velho esse de arrumar desculpas para o comportamento dos dois, mas já não funcionava tão bem quanto antes e Bethia ficou se perguntando o que tinha mudado.

– Não foi certo me deitar com sir Eric, mas ele foi o único homem.

– Pois bem. Depois de amanhã, você passa a ser problema dele. Se você decidiu virar uma libertina, ele que corrija você na base do tapa. Como você pôde fazer isso com seus pais? – reclamou o pai. – Você tem trabalho a fazer aqui, e agora irá embora, nos deixando sem ninguém. Não consigo acreditar na filha desnaturada que nós criamos. Mas você sempre foi de fazer o que bem entende, não é?

– Ao contrário da sua santa irmã, que Deus a tenha – acrescentou a mãe, fungando alto. – Ah, sim, Sorcha era nossa alegria e nosso orgulho. Mas agora ela se foi, e você ainda está aqui. Nunca vou entender como Deus foi capaz de levar nosso anjo e deixar você. É muito...

Seja lá o que a mãe fosse dizer, sua frase foi cortada pelo choro repentino de James. Na mesma hora, Bethia pegou o bebê do colo de Grizel e o abraçou, acalentando-o. Quando ele se acalmou e começou a pesar em seu ombro, chupando o dedo, Bethia notou que ele olhava de cara feia para Grizel. De fato, a criada estava com um ar inocente demais. James não costumava começar a chorar do nada, e Bethia estava inclinada a achar que Grizel provocara a reação. Abraçando James com força, voltou a olhar para os pais e viu que encaravam James com desconfiança e certo desgosto.

– Tem certeza de que a criança é mesmo de Sorcha? – perguntou lorde Drummond. – Não me lembro de nosso anjinho fazendo um barulho tão horrendo.

– Ele é filho de Sorcha – respondeu Bethia. – É um bebê sensível. Deve ter sido toda essa raiva no ambiente que o levou a chorar – sussurrou ela, beijando a cabeça de James para esconder o rosto e disfarçar a mentira.

– Bem, de fato ela nos avisou que tinha tido um filho com Robert, então temos que acreditar em você, não é?

– Ou você teria a audácia de tentar fazer um deslize seu passar por filho de Sorcha? – falou a mãe, examinando James como se procurasse nele alguma pista.

Bethia não estava acreditando que a própria mãe fosse capaz de dizer uma coisa dessas. Sempre se perguntara por que os pais não tinham corrido para conhecer o neto. Agora entendia. Não tinham o menor interesse nele. E a coisa era ainda pior, já que pareciam inclinados a dizer que James era filho bastardo de Bethia só porque o bebê não era perfeito tal qual a mãe.

– Ele é filho de Sorcha e, se precisar, eu vou arrastar cada morador de Dunncraig até aqui para testemunhar.

– Não fale assim com sua mãe – repreendeu o pai com frieza. – Agora chega de falar da criança. Você se casa amanhã. Mandei Peter buscar o padre. Você vai se confessar, e vamos rezar para que ele a absolva de todos os seus pecados para casá-la com sir Eric Murray.

Bethia fez uma mesura de má vontade e, embora não tivesse sido dispensada, saiu correndo do salão, com Grizel em seu encalço. Pediu a Deus que não tivesse que encarar os pais outra vez. Seu estômago revirava em um misto de mágoa e raiva. De tudo o que pensara que eles poderiam dizer, jamais fora capaz de imaginar o tamanho descaso com que trataram James.

No quarto, deixou o sobrinho na cama e disse:

– Achei que iam amá-lo como amam a mãe dele.

– Eu também – disse Grizel, sentando-se ao lado de James enquanto Bethia andava de um lado para outro no quarto. – Ele é um menininho tão bonito, tão bem-comportado.

– Menos quando alguém o belisca – disse Bethia, encarando Grizel e sorrindo quando a criada ficou vermelha. – Pegue-o no colo e dê bastante carinho, para que ele se esqueça logo e saiba que você não fez por mal.

Grizel suspirou e obedeceu.

– Eu só queria que ela calasse a boca.

– E conseguiu. Por mais que doa, não fico nada surpresa em saber que ela preferia que eu, não Sorcha, estivesse enterrada em Dunncraig. Mas preciso deixar isso de lado e me preocupar com o bem-estar deste rapazinho. – Bethia se aproximou da cama e bagunçou de leve os cachos dele. – Eu é que vou criá-lo e protegê-lo.

– E o seu futuro marido? Ele vai aceitar que você já tenha um bebê?

– Eu posso não saber o que Eric acha de ter que se casar comigo, mas não tenho a menor dúvida de que ele aceitará James sem hesitar. Ele já ama o menino – sussurrou ela, tentando não sentir ciúmes. – Sim, e nós seremos uma família. Só peço a Deus que me dê força e sabedoria para que eu consiga formar uma família boa e amorosa.

Eric estava terminando de comer quando Bowen entrou. Simplesmente ergueu o rosto, reclinou-se no encosto da cadeira e bebeu seu vinho, observando com atenção o homem enorme fechar a porta e se apoiar nela. A julgar pelo semblante, não estava ali para se certificar de que Eric ficara confortável em sua clausura. Contudo, ele já sabia que Bowen viria. Era mais família para Bethia do que as pessoas gorduchas e indiferentes que ele conhecera ao chegar a Dunnbea.

– Você quer ficar com a garota? – perguntou Bowen de repente, escrutinando Eric com os olhos semicerrados.

– Achei que isso era óbvio – provocou Eric.

– Estou falando do casamento, seu desgraçado.

– Vou me casar com ela amanhã mesmo.

Fechando a cara, Bowen passou a mão pelos longos cabelos escuros.

– Sim, esse é o plano.

– Por quê? Por acaso veio me oferecer uma alternativa?

– Eu conheço Bethia desde que ela era só uma menininha aprendendo a andar. E você já conheceu os pais dela. São dois desgraçados frios que só tinham olhos para a bela Sorcha. Para eles, a pobrezinha da Bethinha não passava de uma sombra irritante que cruzava o caminho deles de vez em quando. E a tão amada Sorcha também não a tratava muito melhor. Eu estava conversando com Wallace e Peter, e a gente não quer que ela se case com um homem que vai tratar ela tão mal quanto o resto da família assim que o desejo esfriar um pouco. Aqui, pelo menos, ela já sabe como as coisas funcionam e construiu um lugar para si mesma.

Eric deu um leve sorriso e falou:

– Então, se você achar que eu não vou valorizá-la como ela merece, vai me deixar ir embora.

– Isso.

– Eu vou me casar com Bethia. Ela é minha. Queria ter tido o tempo necessário para levá-la a entender quanto gosto dela, mas agora vou ter que lidar com isso depois de trocarmos os votos, não antes.

– Você ama a garota?

– Não sei ao certo o que sinto. Não tive muito tempo de analisar o que ocorre aqui dentro, já que passamos esse tempo todo fugindo dos sujeitos que querem matar Bethia e o bebê. Só sei que ela é minha. Na primeira vez que a peguei nos braços, eu soube que jamais permitiria que ela me deixasse. Esse laço já está feito no meu coração, na minha mente e na minha alma. Quando se tornou minha amante, Bethia sacramentou seu destino. Ela só não sabe disso ainda – acrescentou Eric com um riso lânguido, e ficou contente quando Bowen respondeu com um sorriso de cumplicidade masculina.

CAPÍTULO NOVE

– *E*le já vai chegar, garota – falou Bowen.

– É, aposto que demora mesmo para soltar todas as correntes – resmungou ela, olhando de cara feia para as pessoas reunidas no salão e também para Bowen, quando viu que ele ria.

– Garota, foi você que se deitou com o sujeito.

– O que não quer dizer que eu queira me casar com ele. E se eu só achei que ele era bonito e decidi que já era hora de ter um amante?

– Ah, sim, e eu vou me aposentar em um mosteiro. – Ele deu um tapinha carinhoso no ombro dela. – Eu conheço você bem demais, garota. Pode até não querer admitir em voz alta, mas sei que deve gostar muito do rapaz, se aceitou se deitar com ele. Ele é um bom homem e será um bom marido para você.

Bethia aquiesceu, distraída, e alisou a sobreveste de veludo verde-escuro. Grizel encontrara alguns vestidos que Sorcha não tinha levado e, com poucos ajustes ao seu corpo mais magro, Bethia estava vestida com roupas mais elegantes do que nunca. Seus cabelos estavam soltos, cobertos com uma rede dourada trançada. Os pais tinham feito alguns comentários ácidos sobre a audácia de usar o cabelo solto como se fosse uma noiva virgem, mas, pela primeira vez na vida, Bethia ignorou sua reprovação. Eric gostava de seus cabelos soltos.

Um murmúrio percorreu os convivas, avisando da chegada do noivo. Ela ficou observando Eric se aproximar, vestido com uma camisa fina de linho e um kilt com o tartã de seu clã. Era um homem lindo. Bethia não pôde deixar de se perguntar como ele poderia estar feliz com aquela situação, uma vez que era perfeitamente capaz de arrumar uma mulher muito melhor do que ela.

Eric abriu um sorriso travesso ao pegar a mão de Bethia e dar um beijo suave nos nós de seus dedos. Ela parecia nervosa e um pouco triste. Com certeza esperava que ele a levasse a se sentir um pouco mais segura, mas não era hora nem lugar para tal. Em seguida, sem soltar a mão dela, Eric olhou para Bowen, e lançou o mais breve olhar na direção dos pais dela, sentados em um tablado na cabeceira do salão.

– Eles não conversaram mais comigo – falou.

– Não. Para eles, o assunto já está resolvido – respondeu Bowen.

– Parece que, para eles, tanto faz se eu a levar para morar em um casebre nas montanhas.

– Eles não ofereceram nenhum dote? – perguntou Bethia.

– Não, mas nem precisava.

Eric deu um beijinho na testa dela.

– Muito galante de sua parte, mas, precisando ou não, eles tinham que ter oferecido.

– Não se preocupe com isso. Vamos, estão nos chamando. É hora de ajoelhar diante do padre.

– Eric... – Ela começou a falar, mas ele a puxou na direção do altar.

– Você disse que era minha, não disse, coração?

– Sim, eu disse.

– Então vamos concretizar a promessa perante a Igreja.

Ela não teve chance de responder. Havia certo conforto em constatar que não sentia nele a menor relutância. Por mais que, se tivesse a chance, ele talvez não a tivesse escolhido, Eric parecia não se opor ao casamento com ela.

Enquanto o padre falava sem parar sobre eles, ela rezava para não estar mergulhando em uma vida de decepção amorosa.

O banquete não foi tão ruim quanto ela imaginara. Mais preocupados com a vastidão de comida em seus pratos, os pais mal deram atenção a ela. Os moradores de Dunnbea pareciam felizes de verdade por ela. Wallace, Bowen e Peter estavam sentados diante dela e de Eric, ignorando lorde e lady Drummond, que desaprovavam ter dois soldados sentados à mesa em um lugar de tamanha proeminência, e a conversa fluía. Bethia começou a relaxar um pouco ao ver que Eric estava se dando bem com os três.

– Você não está comendo muito – observou Eric, oferecendo uma fatia de maçã.

– Estava um pouco nervosa – sussurrou ela.

– Você está muito bonita, Bethia.

– Sorcha deixou alguns vestidos aqui e Grizel ajustou-os para mim.

– Tem outros?

– Tem, sim, uns doze. Por quê?

– Bem, prefiro comprar eu mesmo uns vestidos bonitos para você, e eu tenho condições, mas acho que você vai precisar de umas peças mais refinadas antes que eu possa providenciá-las. Grizel pode ajustar os outros vestidos também?

– Pode, sim, mas por quê?

Bethia bebeu o vinho e franziu a testa ao ver a expressão séria no rosto dele.

– É bem capaz que eu tenha de ir à corte antes mesmo de levá-la para conhecer minha família.

– À corte? – Bethia quase engasgou. – Eu não posso ir à corte.

– Claro que pode. Você é minha esposa. Você vai comigo aonde eu for, ao menos na maioria das vezes.

Eric amaldiçoou a si mesmo por não ter tido a oportunidade de contar a ela sobre sua viagem para encontrar os MacMillans.

Bowen e Wallace estavam distraindo Eric, e Bethia tentou se acalmar. Entrava em pânico só de pensar em ir à corte. Não fora educada para essas coisas. Havia regras e cortesias a seguir, e ninguém jamais a instruíra. Bethia morria de medo de envergonhar Eric, e ficou se perguntando se não conseguiria convencê-lo a ir sem ela.

Em pouco tempo era hora de Eric e Bethia se retirarem para seus aposentos. Ele a pegou pela mão e a levou diante dos pais dela, despedindo-se educadamente. Bethia prendeu a respiração, pedindo a Deus que dessem boa-noite sem muito interesse e os deixassem em paz.

– Você tinha que ter pedido nossa permissão antes de assassinar o vestido de Sorcha desse jeito – zangou a mãe.

Bethia suspirou, resignada, mas franziu a testa para Eric, cujo punho se cerrara na mão dela a ponto de quase machucar. Parecia furioso, gélido. Ela pôs a outra mão sobre a dele, em um pedido silencioso de trégua.

– Não quis envergonhá-los aparecendo malvestida no meu casamento – respondeu ela.

Lorde Drummond olhou de cara feia para Eric e perguntou:

– Presumo que você vá levá-la daqui.

– O mais rápido possível, senhor.

– Só espero que você tenha a força e a sagacidade necessárias para transformá-la em uma pessoa mais obediente e respeitosa. Nós nunca conseguimos. Agora ela é problema seu.

– Sim, ela é toda minha agora. Senhor, milady, boa noite.

Bethia mal teve tempo de fazer uma mesura, pois Eric já a arrastava para fora do salão. Juntou a saia com uma das mãos para não tropeçar enquanto corria para acompanhar as passadas largas do marido. Só pediu que ele parasse uma vez, puxando sua mão quando passaram por Grizel, já à porta do salão. A criada sorridente estava com James, e Bethia deu um beijinho na bochecha do bebê. Eric fez o mesmo, depois voltou a puxá-la. Uns poucos gritos de entusiasmo soaram no salão, e Bethia agradeceu aos céus pela reticência das pessoas de Dunnbea.

Ao chegar aos aposentos de núpcias, Eric a puxou para dentro com delicadeza, bateu a porta e foi direto à mesa, onde havia um jarro de vinho e duas taças. Bethia ficou onde ele a deixara, contorcendo as mãos e tentando não se magoar com a raiva repentina dele. Sabia que ele tinha todo o direito de estar irado e não se sentia no direito de se condoer.

– Eric – começou, perguntando-se como seria capaz de se desculpar por uma coisa que o afetaria pelo resto da vida. – Eu sinto muito.

Eric virou a taça de um gole só, encheu-a outra vez e serviu uma para Bethia.

– Garota, algo me diz que você está se desculpando pelo motivo errado.

Ele entregou a taça a ela com um leve sorriso, depois bebeu outra vez.

– Você está com raiva e tem toda a razão. Como se não bastasse colocar você em perigo, agora você está preso a mim por minha causa.

– Não estou preso, coração. Não é do casamento que estou com raiva, não mesmo. Estou com raiva dos seus pais.

– Ah. Bem, de fato, eles podiam ter sido mais educados com você.

– Sou o homem que seduziu a filha deles. Eles têm a obrigação de querer torcer o meu pescoço. Mas não, não é por isso. Estou com raiva pela forma como trataram você. Bethia, você não faz ideia de como precisei me segurar para não dar um soco na cara do seu pai. – Eric sorriu ao ver a expressão horrorizada dela. – Foi por isso que saí tão rápido de lá, embora a vontade de me trancar neste quarto com você já fosse motivo suficiente.

Bethia bebeu um bom gole de vinho. Estava chocada, não por saber que Eric quisera bater em seu pai, mas por constatar quanto desejava que ele tivesse, de fato, feito isso. Ficava cada vez mais difícil seguir camuflando toda a raiva que tinha entranhada em si. Talvez um casamento às pressas não fosse a situação ideal, mas Bethia começava a achar que seria mesmo melhor se deixasse Dunnbea o mais rápido possível. Eric a levaria embora. Talvez assim pudesse se desprender daquela raiva antes de fazer algo de que se arrependeria.

– Eles ainda estão de luto pela morte de Sorcha – falou ela. – Estão muito tristes, e é por isso que agem dessa forma.

Eric não acreditou nem por um instante, e teve a impressão de que a própria Bethia estava achando cada vez mais difícil aceitar tais desculpas. Jamais diria a ela que lorde e lady Drummond quase o mandaram embora, incrédulos de que ele sequer tivesse tido vontade de dormir com a filha deles. Quem insistira no casamento tinha sido Bowen, Peter e Wallace. A única impressão que Eric tinha dos pais dela era que estavam muito incomodados por perder a filha que faziam às vezes de serva e deixava tudo no castelo funcionando às mil maravilhas.

– Logo você não terá mais que justificar a crueldade deles, não terá mais que lidar com ela – falou ele, deixando a taça na mesa e começando a desamarrar o cordão do vestido dela.

– Eric, eu queria falar sobre James.

Bethia queria esclarecer logo aquele assunto antes que o desejo a fizesse esquecer de tudo que não fosse Eric.

– Ele vai morar conosco. – Eric tirou a sobreveste dela e se pôs a desamarrar o espartilho. – Perguntei a Wallace como seus pais agiram em relação a James e, pelo que ele me disse, eu jamais o deixaria aqui com eles. Se Wallace já fosse o senhor deste castelo, eu não me preocuparia, mas com aqueles dois, não. Eles nem sequer acreditaram que o menino corre perigo.

Bethia o abraçou.

– Obrigada, Eric. Eles trataram o neto com o mais completo desprezo – sussurrou ela. – Chegaram até a questionar se era mesmo filho de Sorcha.

– E de quem mais seria? – Eric se retesou, afastando-se dela o suficiente para olhá-la nos olhos. – Não... não venha me dizer que eles insinuaram que poderia ser *seu* filho bastardo...

Quando ela ficou vermelha e fez que sim, ele praguejou.

– Bem, eles nunca haviam visto o filho de Sorcha, então não tinham como reconhecê-lo. E passaram a duvidar da minha moral porque, afinal, eu fui pega na cama com você – disse Bethia, tentando justificar. – Só não sei de onde eles tiraram que eu teria sido capaz de engravidar, esconder a gravidez, parir o menino, escondê-lo durante um ano e depois trazê-lo de volta com toda a tranquilidade. Mas é fato que caí em desgraça uma vez. Talvez eles não estejam tão errados ao pensar que eu poderia ter feito isso outras vezes.

– Chega – falou ele, com a voz ríspida de raiva. – Não quero ouvir mais nenhuma palavra.

– Eric...

– Não, nós não vamos mais falar desses dois. Não quero saber do veneno que eles destilam, e se eu continuar ouvindo você arrumar desculpas para o comportamento deles, posso acabar dizendo coisas das quais ambos vamos nos arrepender.

Havia tanta fúria naqueles olhos azuis que Bethia decidiu atender o pedido. Ver Eric sair em sua defesa a comoveu. Um pedacinho dentro dela ainda queria tentar justificar o comportamento dos pais, convencê-la de que não mereciam a raiva de Eric, mas esse pedacinho era sobrepujado pelo prazer de ser defendida.

Eric terminou de despi-la, e ela ficou só com a combinação fina de linho. Nervosa, Bethia bebeu o resto do vinho e deixou que ele tomasse o copo vazio de suas mãos. Fechou os olhos quando ele começou a tirar sua combinação. Ainda não se sentia confortável ao ficar nua na frente dele, mas era seu marido. Era direito dele, e ele parecia estar gostando.

Ficou levemente sem ar quando ele a tomou nos braços e a levou para a cama. Ali deitada, observou Eric se despir. Dessa vez, ao ver o membro rijo, ficou apenas excitada. Assim que ele subiu na cama e se aproximou, ela começou a tocá-lo.

– Que bom que você deixou o cabelo solto – sussurrou ele, a boca colada no pescoço dela, correndo a língua no ponto mais pulsante.

Toda arrepiada, ela respondeu:

– Bem, eu já não era mais virgem quando fizemos nossos votos, mas você foi o único homem com quem me deitei, então achei que podia fingir um pouquinho sem causar muita comoção. – Bethia suspirou quando ele tomou seu rosto nas mãos, e disse: – Eric, vou me esforçar para ser uma boa esposa. Sei que você poderia ter arrumado uma mulher muito melhor do que eu.

Ele a beijou de leve, então cobriu lentamente seus seios com as mãos e foi descendo o rosto até a altura deles.

– Talvez eu conseguisse uma esposa com um dote melhor, quem sabe um pedacinho de terra. – Ele esfregou os mamilos dela até entumescê-los e então sugou um dos seios quase completamente. – Também poderia ter encontrado uma mulher com seios maiores. – Sorriu outra vez, colado ao tórax dela, quando ela ofegou. – E ancas mais largas.

– Com certeza. Então por que dormir comigo? – indagou ela, ríspida, pois o prazer que ele lhe dava não conseguia abafar a pontada de ciúme.

– Porque você é minha. – Eric beijou os cachos macios que cercavam as partes dela, segurando seus quadris quando ela tentou se retrair, chocada com aquilo. – E eu sei que não encontraria uma mulher mais doce em toda a Escócia.

Bethia sentiu o corpo se retesar todo no instante em que ele a beijou entre as pernas, acariciando com os lábios quentes o lugar para o qual ela nem sequer tinha um termo educado. No instante seguinte, o choque deu lugar ao prazer. Ela estremeceu na intimidade daquele beijo, enterrando os dedos no cabelo dele enquanto a língua a enlouquecia de desejo. Eric a deixou por tanto tempo à beira do clímax que Bethia começou a xingá-lo, tentando puxá-lo para os seus braços. De súbito, ele cedeu e a penetrou com uma estocada rápida e firme. Era tudo de que ela precisava para gritar de prazer, imersa nas ondas do orgasmo.

Sentindo as paredes do órgão dela se contraindo ao redor de seu membro e admirando como o clímax transformava sua expressão, Eric foi arrastado pela mesma correnteza. Gemeu o nome dela, derramando-se dentro de Bethia. Quando saiu de cima dela, ficou se perguntando como ela não via que eram perfeitos um para o outro. A inocência de Bethia era a única explicação para que ela não entendesse quão incomum era a paixão que os unia, como era belo o encontro deles.

– Ah, Bethia, meu bem – sussurrou ele, rolando para o lado e puxando-a para seus braços. – Nunca fui um homem casto, nem fui muito cuidadoso com as mulheres, mas nunca senti nada tão maravilhoso.

Eric ergueu o tronco para pegar um pano e molhá-lo na tina de água na mesa de cabeceira. Ignorando o rubor na face dela, limpou ambos e voltou a se deitar.

– Pode confiar – afirmou ele, puxando-a outra vez para si.

Distraída, Bethia acariciou o torso dele e tentou não se perguntar com quantas mulheres ele já tinha estado, mas não conseguiu se conter.

– Para fazer esse julgamento, imagino que tenha uma vasta experiência...

Com o rosto enterrado nos cabelos dela, ele sorriu e beijou as ondas suaves.

– Infelizmente, sim. Quando jovem, eu era muito afoito. Só depois fui ficando mais... Bem, mais criterioso. Mas sim, já dormi com muitas mulheres. Queria poder chegar à nossa cama tão puro quanto você, mas não dá para mudar o passado. Eu era livre, meu coração e meu sobrenome não tinham dona, então aproveitei tudo o que me foi oferecido. Mas é justamente por causa dessa juventude mal gasta que sei que não há comparação para o que temos. Sei que estou sempre dizendo que você é minha, mas pode acreditar, minha querida esposa, também sou seu.

Mesmo com a voz trêmula, Bethia encontrou coragem para perguntar:

– Só meu?

– Só seu. Se eu não me achasse inclinado a respeitar os votos que acabei de fazer, não os teria feito.

Não era uma jura de amor eterno, mas Bethia se sentiu reconfortada com as palavras. Se ele fosse fiel e levasse os votos a sério, haveria uma chance de ensiná-lo a amá-la. Se a conexão entre eles era mesmo tão rara e incrível quanto Eric dizia, então não era exagero ter esperanças de que o amor viesse a nascer. Bethia pedia aos céus que assim fosse, porque a ideia de passar o resto da vida apaixonada por um homem que não retribuía a apavorava.

– E agora, Eric? Para onde vamos?

Ele suspirou, acariciando as costas magras dela.

– Por mim, eu levaria você embora o mais rápido possível, mas, infelizmente, você vai ter que ficar aqui mais um pouco.

– Aonde você vai?

– Ver os MacMillans. – Ele sentiu o corpo dela se retesar. – Muitas pessoas aqui já me perguntaram se não sou um deles, porque a semelhança física é clara. Está na hora de mostrar isso aos meus parentes.

– E pretende ir sozinho?

– William ainda pode estar caçando você. Talvez os planos dele não terminem com a sua chegada a Dunnbea. E embora eu não esteja prevendo atritos com os MacMillans, quer me aceitem ou não, não dá para ter certeza. É melhor você e o bebê ficarem por aqui enquanto eu resolvo isso.

– E se não aceitarem você como membro da família?

– Ainda não sei o que farei.

– Pretende desafiá-los em busca dos seus direitos?

Ele tomou o rosto dela nas mãos e deu um beijo suave em seus lábios.

– Não gostaria, mas estaria mentindo se dissesse que jamais chegaria a esse ponto.

Bethia encostou o rosto no peito dele.

– Sei que você tem direito ao que está pedindo, só me recuso a acreditar que lutar e morrer por dinheiro ou terras seja a coisa certa a fazer.

– Mas é justamente isso que faz a maioria das pessoas lutarem. Dinheiro, terras e honra.

– E veja só o que aconteceu com você por se preocupar com a honra...

Eric pôs a mão entre as pernas de Bethia e acariciou, feliz com o leve arquejo que escapou de seus lábios.

– Sim, isto me aconteceu. – Ele enfiou o dedo e suspirou, contente. – Meu Deus, garota. Como eu adoro sentir você... – Abraçou-a mais forte, repousando a mão sobre as costas dela. – Só posso prometer que farei de tudo para resolver a situação sem chegar às vias de fato.

– Isso já basta, e eu agradeço.

Devagar, a mão dela desceu pelo abdômen dele e chegou à virilha. Ela sorriu quando ele grunhiu, um som do mais puro deleite masculino. Bethia o estimulou, encantada com a forma como o membro dele estremecia e endurecia em sua mão. Então o encarou, vendo o rubor de desejo se alastrar por seus malares proeminentes. Nesse momento, entendeu que ela mesma detinha certo poder. Eric a deixava louca de desejo, mas talvez ela fizesse o mesmo.

Eric estremeceu quando sentiu a calidez dos lábios dela na parte interna de suas coxas. Cerrou os punhos, lutando para se manter sob controle e dar a ela a chance de testar as habilidades novas que afloravam. Ver como era capaz de afetá-lo faria bem a ela, e talvez até lhe desse um pouco mais de autoconfiança. Quando os lábios dela envolveram o membro entumescido de Eric, ele estremeceu, tamanho o prazer que o tomava. Sabia que não ia conseguir deixá-la brincar por muito tempo.

– Está tentando me deixar louco, garota? – perguntou ele, com a voz grossa, enterrando os dedos nos cabelos dela.

– Isso é o que você faz comigo – sussurrou ela. – Me deixa completamente louca. Mas talvez eu tenha um motivo mais escuso.

– Ah, é? – Eric ainda tinha a esperança de que conversar com Bethia ajudaria a manter o desejo sob controle, mas toda vez que ela falava, sua respiração era um sopro íntimo que dificultava ainda mais a tarefa. – Jamais esperaria de você um motivo escuso.

– Você vai embora amanhã para ver os MacMillans.

– Sim, porque preciso. Quero resolver tudo isso de uma vez. Meu Deus... – grunhiu ele quando ela sugou brevemente a cabeça do membro.

– Em Bealachan, não faltarão mulheres bonitas. As MacMillans são conhecidas pela beleza.

– Eu tenho você.

– Tem, sim. Mas não pense que eu não vi o jeito como as mulheres olham para você, sir Eric Murray.

Sempre que parava de falar, ela tomava o membro dele entre os lábios, lenta, provocativamente, e Eric não se achava capaz de produzir qualquer frase muito coerente.

– Não enxergarei ninguém... – grunhiu ele.

– Bem, caso você acabe dando uma espiadela em alguma moça, e caso alguém tente seduzir você, quero que tenha uma lembrança muito vívida para ignorar os avanços e pensar: "Ora, para que fazer isso se há tanto prazer me esperando em casa?"

– Vou ignorá-las com tanta intensidade que você vai ouvir daqui.

– Acho bom. Vou ficar prestando atenção.

Sem dizer mais nada, ela só se dedicou a levá-lo à loucura com a boca. Eric procurou manter a sanidade, tentando se segurar ao máximo, mas logo sucumbiu ao desejo cego. Com um grunhido, ele a pegou por debaixo dos braços e puxou-a para cima.

Bethia arquejou com um misto de surpresa e prazer quando Eric a pôs sentada em cima dele, penetrando-a direto com uma estocada. Ela ficou um instante parada, saboreando aquela nova posição. Então começou a provocá-lo, subindo e descendo bem devagar, e sorriu quando ele gemeu e agarrou os quadris dela.

– Para uma moça tão inocente, você aprende rápido... – disse ele, com a voz rouca e falhando.

– Que bom. – Bethia sorriu para ele, deleitando-se com a euforia do prazer correndo em suas veias. – Estou começando a entender que há muitas maneiras de jogar este jogo.

– Ah, sim, e eu vou adorar ensinar a você cada uma delas. – Eric mexeu o corpo dela, sussurrando de prazer ao sentir cada pedacinho de Bethia, e pediu: – Monta no seu homem, coração.

Ela obedeceu prontamente. Para a surpresa e o delírio de Eric, Bethia era naturalmente talentosa. Com seus movimentos, ela manteve os dois no limite do prazer o máximo de tempo possível, e então os levou ao clímax. Ele a abraçou quando ela desmoronou em cima dele, ainda perdido nos últimos segundos do próprio orgasmo.

– Acho que precisamos descansar, garota – falou ele, deitando-se e puxando-a para o seu peito. – Dormimos separados ontem à noite, mas a noite anterior, na estalagem, foi muito cansativa para ambos.

Reprimindo um bocejo com a mão, ela se aninhou no peito dele.

– Acho que somos um casal bem faminto...

Eric sentiu Bethia ficar cada vez mais pesada em cima dele, ouviu sua respiração se acalmando e também fechou os olhos. Enfrentariam problemas, não apenas o risco de mais ameaças de William. Havia também toda a questão da herança, porque, mesmo se não tivesse de enfrentar os MacMillans, com certeza Beaton não cederia sem brigar. Ele precisava tirar Bethia dali o mais rápido possível, afastando-a do veneno que seus pais desalmados destilavam sobre ela em larga escala. Tinha a visita à corte para reforçar ainda mais seu pedido, e ele ainda precisava levar Bethia a Donncoill, para conhecer sua família. Embora lutasse para demonstrar a Bethia o valor dela, que ela importava para ele, certamente teriam de lidar com algumas mulheres de seu passado. Eram vergonhosamente muitas, e Eric tinha a sensação terrível de que, sabe-se lá como, Bethia o levaria a pagar penitência por cada uma delas.

Bethia se esforçou muito para não dar um grande bocejo enquanto observava os preparativos de Eric para deixar Dunnbea. A última coisa que queria era dar ao clã a impressão de ter se exaurido na cama com seu novo marido. O que, aliás, era verdade, mas não era da conta de ninguém. Não estava nem um pouco feliz em vê-lo partir. Não que a presença dela inibisse investidas, mas ele estaria sozinho outra vez, lidando com uma tentação a cada esquina. Eric também teria tempo de sobra para refletir sobre onde se metera: perigo e casamento. Sempre havia o risco de ele achar que ela não valia todo aquele incômodo e não voltar.

Eric se aproximou e deu um beijinho em seus lábios.

– Nem sei como vou conseguir sentar no meu cavalo para a viagem até Bealachan, de tanto que a minha esposinha me exauriu ontem à noite.

Mesmo vermelha, ela disse:

– Que bom. Assim você não vai ter energia para pensar em mulher quando chegar lá.

– Eu deveria dizer a você para não se preocupar, repreendê-la pelo seu ciúme e reassegurar que, ainda que você só tivesse me dado um beijinho de boa-noite ontem, eu jamais teria olhos para outra. Mas... – Eric abriu um sorriso lascivo – Acho que eu seria muito tolo se fizesse isso. Pode ficar tranquila, coração, porque nem vou demorar tanto assim. Por fim... – Ele afagou a bochecha dela com o dorso da mão. – Não se esqueça de que agora você é minha esposa. Você não é mais filha, nem irmã, muito menos criada de ninguém, mas sim minha esposa.

E então ele montou em Connor e partiu pelos portões de Dunnbea afora.

Bethia se virou e, ao ver seus pais logo atrás, entendeu as últimas palavras de Eric. Ele notara os dois ali e dissera aquilo mais por conta deles do que dela própria. Passando por eles e seguindo para seus aposentos, ela pediu a Deus que Eric não demorasse. Já tinha passado, e muito, da hora de ir embora de Dunnbea e começar uma vida nova.

CAPÍTULO DEZ

– Murray? – O sujeito corpulento que guardava os portões de Bealachan olhou para ele de cara feia e confuso. – Tem certeza? Você mais parece um MacMillan.

Eric quase riu. Era curioso ver como tanta gente ficava em dúvida. Ao mesmo tempo, isso fazia com que se perguntasse se fora um erro passar tanto tempo longe dos parentes da mãe. Se a semelhança era tão forte a ponto de ser notada pelos Drummonds, e agora pelos próprios MacMillans, talvez uma única olhada fosse o suficiente para legitimá-lo, poupando anos e anos de diplomacia e petições exaustivas.

– Tenho certeza. Meu nome é sir Eric Murray, mas admito que existe uma questão a respeito do meu nascimento. Também posso lhe assegurar que o senhor e a senhora deste castelo reconhecerão meu nome. Desejo falar com eles, mas pode tranquilizá-los, pois eu vim sozinho.

O homem deixou outro guarda vigiando o recém-chegado e entrou. Ainda montado em Connor, Eric se manteve calmo, sem fazer nenhum movimento que pudesse ser interpretado como agressivo ou ameaçador, mas era difícil. Queria resolver logo aquela situação. Com tanta gente reconhecendo-o de imediato como um MacMillan, queria que o chefe do clã o visse logo. Também estava ansioso pelo resultado daquela empreitada, fosse negativo ou positivo, para poder voltar para Bethia. Positivo seria melhor, assim ao menos não teria que decidir entre continuar lutando pelo que era seu (e correr o risco de afastar Bethia) e desistir de vez (e levar o resto da vida tentando não se sentir passado para trás).

O homem voltou e conduziu Eric pela bastilha em silêncio. Os guardas estavam em alerta, o que sinalizava que Eric não era exatamente bem-vindo, mas ele ficou se perguntando se aquele que o vigiara tinha relatado ao senhor a semelhança dele com os MacMillans, único motivo pelo qual ele, enfim, fora autorizado a falar com o chefe do clã. Logo ao entrar no salão principal ficou claro que, se os MacMillans contestavam a reivindicação dele, não era por serem pobres. Havia mais cadeiras do que bancos, tapeçarias adornavam as paredes, uma enorme lareira crepitava em uma das extremidades e um rico tapete cobria o tablado onde o líder do clã e sua esposa estavam sentados.

Eric se aproximou do tablado, muito ciente do guarda armado que o flanqueava, e fez uma mesura. Ao se empertigar outra vez, viu os olhos do senhor se arregalarem. O sujeito ficou tão pálido que a esposa gritou, agarrando-o pelo braço.

– Deus todo-poderoso, é a minha irmã, Katherine – sussurrou ele, tomando um gole imenso de vinho de um cálice de prata.

– Viu? Eu bem que falei – resmungou o guarda ao lado dele, relaxando.

– Sir Eric Murray, de Donncoill – falou Eric.

– Conheço bem o nome. Há treze anos você nos atormenta com petições, cartas e afins. – O homem convidou Eric a se sentar à esquerda dele. – Agora estou com a sensação ruim de que alguém andou me enganando, e não foi você.

– Não fui eu, senhor – disse Eric em voz baixa, aceitando o cálice de vinho que um criado serviu para ele. – Graham Beaton hoje é senhor de Dubhlinn e quer continuar sendo. Se ninguém me ajudar, melhor para ele.

– Ele disse que você era um bastardo qualquer que estava tentando se passar pelo filho de Katherine, um bebê que morreu.

– Ah, então não bastou ele dizer que eu era bastardo dela.

Lorde Ranald MacMillan balançou a cabeça e disse:

– Se ele tivesse falado isso, teríamos acolhido você. É difícil aceitar que minha irmã cometeu adultério, mas eu não veria problema algum em acolher a criança gerada de tal pecado. A questão é que Beaton, o marido dela, sempre afirmou que você não passava de um impostor, um ladrão mentiroso, interessado em dinheiro fácil, e agora Graham repete a história.

– E ambos sempre deixaram muito claro que não nos considerariam mais como aliados se permitíssemos que você se aproximasse ou comprássemos seu jogo – falou lady Mairi MacMillan.

– Mas os senhores nunca questionaram por que ele não permitia que eu me aproximasse se, de fato, eu era um impostor? – perguntou Eric.

Lorde Ranald estremeceu.

– Era mais fácil acreditar nisso do que admitir que minha irmã tinha dado à luz um filho bastardo. O marido dela...

– Era um monstro e um tolo. Queria tanto ter um filho que passou a vida inteira engravidando qualquer moça em que pudesse pôr as mãos, mas só nasciam meninas. Ele achou que eu fosse filho de algum amante e me jogou fora.

– Jogou fora?

– Mandou os homens dele me largarem em um bosque para morrer. Então mandou matar a irmã do senhor, minha mãe, e também a parteira... se é que não fez tudo ele mesmo com as próprias mãos, mas isso eu já não sei.

– Quero saber toda a história.

– É bem feia.

Lorde Ranald deu uma risada amarga e encheu o cálice outra vez.

– Já estou percebendo.

Suspirando, Eric começou. Tudo o que contou já tinha sido relatado nas cartas e petições, mas desconfiava de que ninguém sequer lera aquelas cartas. A cada palavra, lorde Ranald ia ficando mais pálido, e Eric compreendeu que ele nunca soubera o monstro que seu cunhado fora. Não conseguiu conter um leve sorriso ao ver lady MacMillan com os olhos marejados, pois Bethia reagira da mesma forma quando ele lhe contara toda a história.

– E então esse tal de Graham é farinha do mesmo saco?

– Tudo indica que sim. Parece que, sob o jugo dele, a vida dos pobres cidadãos de Dubhlinn continua terrível. Esse é um dos motivos que me fazem insistir na missão de tomar o controle de Dubhlinn. As pessoas de lá merecem ter uma vida melhor, para variar.

Examinando-o com atenção, lorde Ranald comentou:

– Você é herdeiro de sangue de Beaton e MacMillan, mas continua se apresentando como Murray.

– E talvez siga assim para sempre. – Eric deu de ombros. – Passei treze anos da minha vida achando que era bastardo dos Murrays, e mesmo quando descobri que isso era mentira, continuei me sentindo um. É claro que ninguém em sã consciência teria orgulho de ser filho de Beaton, mas acho que não é só por isso. Balfour e Niger me criaram. Por mais que não tenhamos o mesmo sangue, nosso laço é profundo. Eu devo minha vida a eles.

– Com certeza – disse lorde Ranald, e em seguida pegou a mão de Eric, dizendo: – Fique um tempo aqui conosco. Há muitos familiares a conhecer. Tios, primos. Também quero lhe contar sobre sua mãe.

– Adoraria, senhor, mas sou recém-casado.

Eric contou por alto a história de como conhecera Bethia, sorrindo quando lorde e lady MacMillan arregalaram os olhos.

– Os Drummonds não pediram nossa ajuda. Você mesmo foi encarregado de vir até aqui nos dizer isso? – perguntou ele.

– Não, acho que os pais de Bethia não acreditam na história dela.

– Mas você, sim...

– Eu, sim. Minha única dúvida é como William vai agir agora que Bethia e o bebê estão a salvo em Dunnbea. Por acaso os senhores conheceram minha esposa?

– Nós a vimos uma ou outra vez ao visitar os Drummonds.

– Ela nunca nos foi apresentada de fato – falou lady Mairi. – Mas já esbarramos com ela, ou então ouvimos falar de alguma peripécia que tinha feito. Acho que não a tratavam muito bem por lá – falou lady Mairi, cautelosa.

– Não mesmo. É por isso que eu quero tirar Bethia daquele lugar e levá-la para bem longe dos pais quanto antes.

– Mas uma ou duas semanas a mais fariam tanta diferença assim? – perguntou lorde Ranald.

Eric hesitou. Já sentia saudade de Bethia e estava um pouco preocupado em deixá-la à mercê dos pais, uma vez que poderiam arruinar o pouco progresso que ele fizera, destruindo os breves sinais de confiança que ele começava a ver nela. Mas Eric tinha conseguido atrair a atenção dos MacMillans depois de todos aqueles anos tentando, de modo que acabou aceitando. Era prudente aproveitar a oportunidade de fortalecer aqueles laços ainda muito recentes, e, além disso, ele também poderia reunir informações sobre Beaton que talvez fossem úteis no futuro.

– Então vou ficar uma semana, duas no máximo, e depois volto a Dunnbea – falou ele, satisfeito com a alegria evidente no rosto do tio que acabara de conhecer.

– Vou mandar um mensageiro a Dunnbea em seu nome – falou lady Mairi. – Para sua esposa ficar mais tranquila.

Eric torcia por isso. Bethia até poderia tentar entender, mas ele sabia que ela ainda tinha suas ressalvas. Reconfortou-se ao pensar que ela estava a salvo atrás das muralhas de Dunnbea, de modo que, ao menos por ora, não precisava se preocupar com sua proteção.

Sentada no gramado nos fundos da praça de armas vigiando James, que cambaleava de um lado para outro, Bethia suspirou. O menino estava aprendendo a andar e se saía melhor a cada dia, mas ainda tentava ir rápido demais e tropeçava muito. Deixá-lo praticar na grama diminuía a quantidade de machucados.

Estava com saudade de Eric, embora tentasse não pensar nisso. Ele tinha todo o direito de passar um tempo longe. Os MacMillans aceitaram recebê-lo e queriam conhecê-lo melhor. Embora só tivessem se passado quinze dias, estava ansiosa para revê-lo. Não dormia bem sem ele ao lado, e seu sono era atormentado por pesadelos em que ele desfrutava da companhia de mulheres lindas capazes de roubá-lo dela para sempre.

– Não fique tão emburrada – disse a voz animada de Grizel, que se sentara ao seu lado na grama.

– Não estou emburrada – respondeu Bethia.

– Está, sim. Está com saudade daquele seu marido bonitão.

– Talvez.

Grizel deu uma risadinha diante do falso orgulho dela, e Bethia suspirou, acrescentando:

– Se quer mesmo saber, confesso... Estou preocupada com as mulheres lindas que ele deve estar conhecendo em Bealachan.

– Imaginei mesmo que você poderia estar fazendo uma burrada dessas.

– Eu não sei se você se lembra, mas é minha criada.

– Não venha tentar me pôr no meu lugar. Esse tom de superioridade não funciona comigo. Nós crescemos praticamente juntas e casei com Peter, que é quase um tio para você.

– Se tentar fazer com que eu a chame de tia, serei obrigada a bater em você.

– Nossa, estou tremendo de medo. Mas, meu bem, por que você acha que seu marido pode estar querendo ir ciscar em outras bandas?

Por um momento, Bethia apenas olhou a criada, e então caiu no riso.

– Que jeito engraçado de descrever a situação... – Então suspirou e voltou a ficar séria. – Você não viu como as mulheres ficam babando e se jogando em cima dele. As criadas da estalagem praticamente comeram Eric com os olhos bem na minha frente.

– Ah, eu acredito. Ele é um homem bonito. Aqui mesmo havia algumas moças babando e se atirando um pouco para cima dele também.

– Se sua ideia era tentar fazer com que me sentisse melhor, saiba que está sendo um fracasso retumbante.

Grizel riu.

– Desculpe. Mas acho que você vai ter que se acostumar e ponto final. Afinal, você não pode sair por aí arrancando os olhos de todas as moças da Escócia.

– Até que seria uma ideia.

– Nunca! Você nunca seria tão cruel assim. Não sei o que dizer, só acho que o rapaz não me passou a impressão de ser alguém que vá desonrar os votos de casamento. A meu ver, você está sendo injusta. Até que ele lhe dê um motivo para duvidar da fidelidade dele, acho que você não deveria acusá-lo de nada com base apenas em suposições.

Bethia assentiu, pegando James no colo quando ele veio na direção dela, cambaleante, e então riu ao ver o menino preferir sair correndo em outra direção.

– Eu sei. Sei que deveria confiar nele até que ele me prove o contrário.

– Sim, e escute bem o que vou dizer. Os homens até que gostam quando a mulher sente um pouquinho de ciúme, mas só um pouquinho. Porque sempre que você o considera capaz de cair em tentação, o que você está fazendo, na verdade, é duvidar da honra dele.

– Ah... – Bethia franziu a testa. – Nunca tinha pensado dessa forma.

– Pois tenha isso em mente. Se você se deixar envenenar por esses pensamentos, logo vai estar dizendo coisas horríveis, e depois pode acabar acusando seu marido de dormir com todas as moças da região. E de tanto acusá-lo, talvez você acabe o empurrando justamente nessa direção. Desconfiança e ciúme são um veneno para o casamento. Eu vi isso acontecer com meus pais, então sei bem do que estou falando.

– Ah, sinto muito.

– Imagine, são águas passadas. Mas essa situação me ensinou muito, e embora eu também fique com ciúme quando vejo uma mocinha sorrindo para meu Peter, primeiro eu olho para ele. Ele mantém o respeito? Ele vem me procurar na cama toda noite? Ele ainda me deseja? A resposta para todas essas perguntas é "sim", e isso aplaca meu ciúme. É claro que nada disso me impede de dar uns bons tabefes na sirigaita abusada que tentar se engraçar para cima do meu homem.

As duas riram.

– Só que não posso fazer essas perguntas sobre Eric neste momento. Ele não tem como me procurar na cama toda noite.

– É verdade, mas você sabe onde ele está, e ele manda recados dia sim, dia não.

Ao se lembrar disso, Bethia sorriu.

– Manda, sim. E só me chama de nomes bonitos, como "coração" e "meu amor".

– Ora, garota, se ele chama você assim, eu me preocuparia menos com o que as mulheres de Bealachan podem estar oferecendo e estaria me preparando para recompensá-lo poderosamente por recusar todas elas. – Grizel se levantou e bateu a poeira da saia. – Acho melhor levar o menino para comer, e já passou da hora de termos mais uma aula de etiqueta na corte.

Bethia xingou baixinho ao se levantar e pegar James. Dias antes, ela tinha comentado que estava preocupada com a possibilidade de ter de ir à corte com Eric, então Wallace e Grizel a estavam treinando para isso. Embora começasse a sentir que não envergonharia Eric, Bethia tinha certeza de que não seria nada divertido ir à corte. Eram muitas regras a lembrar, a começar pelas mesuras: quando fazer, quando não fazer, a profundidade da inclinação do corpo. A única coisa que estava gostando em tudo aquilo era de aprender a dançar, mas talvez nunca tivesse a chance de pôr as aulas em prática.

Quando Bethia se viu outra vez sozinha com James, sem nada para fazer, já era comecinho da tarde. Decidiu então sair em busca de algumas ervas. Depois de se sentir tão impotente quando Eric ficara doente, estava determinada a aprender um pouco das artes curativas com a Velha Helda, a curandeira do clã. Queria reunir seu próprio herbário medicinal.

Ponderou se era mesmo seguro sair das muralhas de Dunnbea, mas logo descartou o medo. Pelo que tinha ouvido, a nova estratégia de William para se tornar guardião de James e assim ficar com Dunncraig era entrar com uma petição junto ao rei e aos pais dela. Como as mensagens vinham de Dunncraig, ele não tinha como estar perto. Por ora, Bethia sentia que poderia se aventurar um pouquinho do lado de fora, e foi falar com Bowen.

Ele discordou.

– Acho que você tem que ficar exatamente onde está.

– Preciso sair um pouco de trás destas muralhas, só um pouquinho... – insistiu ela, acompanhando-o até o estábulo.

– Garanto que você vai se sentir bem mais confinada dentro de uma cova.

– Bowen, o homem nem está mais por estas bandas.

– Como você sabe?

– As mensagens que ele tem mandado vêm de Dunncraig.

Bowen encostou-se em uma das baias, franzindo a testa.

– É o que dizem. Mas ele queria matar você e o menino. Não tenho por que achar que mudou de ideia.

Bethia suspirou e disse:

– Eu também não, e é por isso que pedi a dois homens armados que fossem comigo. Não vejo o que ele teria a ganhar machucando a mim ou James neste momento, mas também sei que talvez ele não tenha discernimento suficiente para saber disso, ou talvez só nos queira mortos por termos arruinado os planos dele de roubar Dunncraig. Só que todos os sinais indicam que ele voltou mesmo para casa.

– Está bem. Você vai com dois guardas armados e volta antes do pôr do sol.

Ela ficou na ponta dos pés e deu um beijo na bochecha áspera dele.

– Acho que não vou demorar tanto assim.

Ao sair de Dunnbea com dois guardas armados, Bethia pôs de lado as preocupações. Era um dia atipicamente quente e ensolarado e ela queria aproveitar ao máximo. James estava junto ao peito dela no carregador de pano, rindo e apontando para tudo. Bethia torcia para que a fala dele começasse a se desenvolver na mesma velocidade que os passinhos, pois estava muito interessada naquilo que ele vivia tentando dizer.

Olhou na direção de Bealachan e ficou um pouco desapontada por não ver Eric cavalgando de volta para ela, mas disse a si mesma para não ser boba. Ele voltaria quando pudesse. Depois de ser descartado pelo pai, de ter crescido como bastardo e de ser rejeitado tantas vezes pela verdadeira família, Eric tinha o direito de tentar conhecer tudo o que podia sobre seus parentes. Ser aceito pelos MacMillans também significava que ele não teria que entrar em confronto com eles, algo que o viraria contra o próprio clã de Bethia. Assim, ela deveria estar feliz pela temporada que ele estava passando lá.

Mas queria muito que ele voltasse para casa, não só por sentir saudade dele em sua cama. Mesmo que estivesse seguindo o conselho de Grizel

107

e dando um voto de confiança pelo menos até ter alguma evidência em contrário, não conseguia parar de se preocupar. Era capaz de confiar nele sem grande esforço. Era das mulheres que desconfiava, e não tinha como esquecer que Eric era muito viril.

– Pare com isso, sua boba – repreendeu-se. – Quase está voltando a agir como quem não confia nele.

– Disse alguma coisa, milady? – perguntou o guarda que seguia ao lado dela.

– Não, Dougal, estava só conversando com o neném.

Bethia sorriu. Estar com um bebê trazia uma série de vantagens invisíveis. Dava para fazer um monte de coisas bobas e fingir que só estava brincando com o bebê. Também podia falar sozinha a torto e a direito e se poupar de passar vergonha; era só dizer que estava conversando com James. Olhando para o sobrinho, porém, achou melhor começar a policiar mais o que dizia perto dele. A cada dia, seu balbucio continha mais palavras inteligíveis, e Bethia não queria correr o risco de ele acabar repetindo algum segredo.

Depois de pouco menos de meia hora a cavalo, Bethia pediu que parassem. Segundo as direções da Velha Helda, tinham chegado ao lugar com a maior variedade de plantas e ervas medicinais. Dougal a ajudou a desmontar, depois ficou junto do outro guarda enquanto ela procurava o que queria. Bethia começou a colher as plantas que Helda recomendara, tentando impedir James de enfiar tudo na boca.

Não demorou muito e já tinha conseguido encher a bolsinha que trouxera. Sentiu que a missão fora um sucesso. Mas, quando virou na direção dos guardas para avisar que já podiam voltar, soltou um grito de medo. Dougal grunhiu, os olhos arregalados de surpresa, e caiu de cara no chão, revelando uma flecha fincada em suas costas. O outro homem gritou quando uma segunda flecha o acertou em cheio no peito, com tanta força que ele foi arremessado contra a árvore que estava logo atrás.

Horrorizada, Bethia segurou James com força contra o peito enquanto mais de dez homens surgiam da vegetação. Reconheceu três deles de imediato, e ficou se perguntando, desesperada, como William e os filhos tinham conseguido chegar de Dunncraig tão rápido. O último pedido pela guarda de James chegara no dia anterior.

Ao ver William desmontar do cavalo e vir em sua direção, Bethia se deu conta de que tinha agido de forma muito estúpida. Todos tinham acreditado que William estava em Dunncraig, mas a única coisa que indicava isso era o mensageiro do próprio William. Em vez de voltar para casa e seguir planejando roubar o que não lhe pertencia, William tinha ficado à espreita nos arredores de Dunnbea, esperando apenas pela chance de pegá-la. *E eu caí direitinho na armadilha*, pensou ela, irritada.

– Você ficou louco? – disse ela, furiosa, tentando desesperadamente mascarar o sopro gélido de medo que tomava seu coração.

– Quem, eu? – William franziu a testa, fingindo pensar. – Não, acho que não fiquei, não. Afinal, enganei você, e você caiu direitinho nas minhas mãos, não é?

– Não vim aqui para ver você assassinar dois bons homens. E definitivamente não vim até aqui porque você me atraiu.

– Ah, eu sei. Mas eu sou o motivo pelo qual você está aqui, e você ainda trouxe o pequeno James para mim. Sabia que você não ia suportar passar muito tempo confinada lá dentro. Só precisei mandar umas pistas falsas sobre meu paradeiro e esperar você sair do castelo.

– Você se acha mesmo muito esperto, não é?

E eu sou mesmo muito idiota, pensou ela, desanimada.

– Ah, mas eu sou mesmo esperto, afinal de contas, quem foi que venceu?

Antes que Bethia pudesse responder, William desferiu um soco bem forte em seu rosto. Após um instante de medo e dor lancinante, ela apagou.

– Bowen – chamou Wallace aos gritos ao entrar correndo no estábulo. – Rápido!

Bowen seguiu o jovem às pressas, abrindo caminho com o cotovelo para atravessar uma multidão que olhava algo no chão. Quando enfim ultrapassou a confusão e deparou com Dougal no chão, ensanguentado e com uma ferida no peito, Bowen xingou. Agachou-se ao lado de Grizel e da Velha Helda, que tentavam estancar o sangramento.

– Dougal, o que aconteceu? – perguntou ele, rezando para que o jovem já sem cor continuasse consciente pelo menos até dizer o que ele precisava saber.

– Fomos atacados no bosque – disse Dougal, com um fio tênue de voz rouca. – Robbie morreu. Eles acharam que eu também tinha morrido. Foi o tal de William. Ele levou a garota e o neném.

– Viu em que direção foram?

– Oeste.

– Muito bem, rapaz. – Levantando-se, Bowen olhou para as duas mulheres. – Façam tudo o que puderem pelo menino.

– Ele disse oeste? – perguntou Wallace.

– Isso.

– Mas Dunncraig não fica nessa direção.

– Não. Acho que ele vai querer deixar os corpos em algum lugar que não o incrimine. Homens e cavalos, garoto. Se corrermos, ainda temos uma chance de salvá-los.

Wallace deu suas ordens e, enquanto os homens corriam para obedecer, se virou outra vez para Bowen.

– Só espero que possamos encontrar a garota e o bebê antes que o marido dela volte.

– Tarde demais – disse Peter, parando ao lado de Bowen e apontando para o cavaleiro que acabava de adentrar a praça de armas.

CAPÍTULO ONZE

– Onde ela está? – indagou Eric.

Carrancudo, Bowen correu os dedos pelos cabelos e respondeu:

– Tudo indica que aquele desgraçado do William a levou.

Eric só encarou o homem. Sentira que havia algo errado logo ao atravessar os portões de Dunnbea. Peter, Wallace e Bowen estavam ocupados reunindo homens e cavalos na praça de armas, todos sérios demais. Eric nem se incomodara em desmontar, guiando o cavalo direto para onde Bowen estava.

– James? – perguntou ele, com um nó na garganta de medo por Bethia.

– O menino também.

– Meu Deus, mas como William conseguiu entrar em Dunnbea?

– Ele não entrou. Bethia saiu com o neném para colher ervas medicinais. Levaram dois homens armados. Que não são dois idiotas completos. Bem, agora um deles está morto, e o outro, em estado gravíssimo. A esposa de Peter, Grizel, ainda não sabe se ele vai sobreviver. – Bowen montou o cavalo que Peter lhe trouxera. – Estamos saindo agora para ir atrás de William e seus homens. Você vem junto?

– É óbvio.

– A Velha Helda e o pobre Dougal nos disseram por onde começar a procurar, o que já é alguma coisa – falou Bowen.

O grupo deixou Dunnbea, e Eric guiou Connor para perto de Wallace. Bowen e Peter vinham logo atrás.

– Onde Bethia estava com a cabeça quando decidiu abandonar a segurança das muralhas de Dunnbea? – perguntou ele quando reduziram a velocidade ao adentrar o bosque.

Wallace deu de ombros.

– Acho que ela não imaginou que fosse completamente seguro, mas achou que era possível dar uma saidinha escoltada por dois homens. William parecia ter desistido da caçada e decidido recorrer a petições longas e tediosas para pleitear a guarda do menino. Meus tios, aqueles idiotas, chegaram a considerar essa possibilidade, e isso deixou Bethia mais apavorada do que o risco de William ainda estar por aí planejando matá-los.

– Isso também me apavora. – Eric olhou para Thomas, que, mais adiante, buscava um rastro que pudessem seguir. – Ele é bom?

– Na minha opinião, o melhor. Alguns clãs vizinhos já o pediram emprestado quando precisaram rastrear alguém importante. Thomas sabe ler até o menor vestígio em grama vergada.

– Espero que ele ache logo o rastro. Bethia e James já sofreram o suficiente nas mãos de William.

Wallace franziu a testa.

– Acha que o desgraçado ainda pretende matá-los?

– Com certeza.

– Mas não faz sentido. Agora todo mundo saberia que foi ele, e por quê.

– Não sei se ele é esperto o suficiente para saber disso. Se for, o sujeito é tão arrogante que é bem capaz de achar que pode levar todos na lábia e ainda manter o controle de Dunncraig.

– Não se preocupe. Nós vamos achá-la.

– Assim espero. Não tem nem quinze dias que estou casado. É cedo demais para ficar viúvo.

Quando começou a despertar, Bethia se deu conta de duas coisas: o forte odor de cavalo e o som de James choramingando. Com a cabeça latejando, voltou a se lembrar de tudo com uma nauseante riqueza de detalhes. Sentou-se com cuidado, lutando contra o enjoo. Apesar da visão turva pela dor de cabeça forte, olhou à volta procurando James e ficou com o coração apertado de medo ao vê-lo na sela com Iain, o mais violento dos filhos de William.

– Ah, acordou? – William sorriu para ela, cavalgando ao seu lado. – Cabeça doendo, né?

– Ah, vá pro inferno – resmungou ela, levantando a mão para esfregar a testa e descobrindo que estava com os pulsos amarrados, atados ao pito da sela. – Todo mundo já entendeu que você venceu. Ficar se gabando é coisa de criança.

Vendo a carranca no rosto dele, ficou claro que o bom humor de William tinha se dissipado e isso a deixou feliz. Era mais fácil entendê-lo quando ele estava irritado e agia de forma estúpida. Aquele, sim, era o homem que ela conhecia.

– Tenho todo o direito de me gabar – vociferou. – Vocês, Drummonds, tão orgulhosos e soberbos. Acharam que eu tinha de dar graças aos céus porque me permitiram usar esse sobrenome, mas vocês não me deram absolutamente nada.

– E você tinha ainda menos que isso quando se casou com a pobre tia de Robert. Se ela não os tivesse aceitado, você e seus filhos malditos continuariam miseráveis, passando fome numa choupana.

– Dunncraig é minha. Eu mereci.

– Sua? O que você fez para merecê-la? Ficou se gabando por aí, tentando convencer os outros de quão incrível você é?

– Sou melhor do que qualquer Drummond. Todo esse orgulho, esses modos requintados e refinados, e como foi que acabaram? Mortos. O mesmo destino que a aguarda. E esse fedelho desgraçado também.

William voltou para perto dos filhos e o desespero começou a tomar conta de Bethia. Ela procurou se conter porque sabia que se desesperar só a deixaria mais fraca. Embora não visse muita chance de escapar, ainda mais com William mantendo-a afastada de James, sabia que não podia perder a esperança. Caso contrário, seria como uma ovelha indo docilmente rumo ao abate, e, pior, levando o pobre James consigo.

Bethia olhou para o céu, tentando avaliar quanto tempo ainda levaria até o pôr do sol. Nunca fora muito boa nisso e era difícil se concentrar por conta da dor na cabeça, mas teve a impressão de que não demoraria muito. Bowen viria procurá-la. Se desse um jeito de atrasar William, tinha uma chance bem pequena de ser resgatada caso Bowen estivesse particularmente impaciente com a missão. Na verdade, tinha uma forte suspeita de que suas esperanças eram não apenas parcas como falsas, mas pelo menos tinha algo em que pensar.

Respirou fundo várias vezes, tentando ignorar a dor na cabeça e no maxilar. A dor tirava seu foco, mas Bethia precisava tentar se manter focada. Precisava manter William falando – tanto, mas tanto, que desse tempo de Bowen chegar para cortar o pescoço daquele assassino, encontrando Bethia ainda viva para comemorar isso.

Quando enfim a dor cedeu a ponto de ela poder raciocinar, William mandou o grupo parar. Um dos homens a desamarrou e a puxou de qualquer jeito para fora da sela, mas ela não tirava os olhos de James. Mal começara a sentir o tato voltar às mãos quando enfiaram o bebê em seus braços.

– Venha cá e se ajoelhe – ordenou William, no meio de uma pequena clareira.

– Acha mesmo que eu vou me entregar assim fácil? Você só pode estar louco – falou Bethia, balançando a cabeça.

E então saiu correndo. Sabia que não tinha a menor chance de fugir de todos aqueles homens, ainda mais com James no colo, mas milagres acontecem. A ideia também era ganhar tempo, na esperança de que Bowen aparecesse para salvá-la. Mas, por mais que tentasse, todos os caminhos para longe da clareira estavam bloqueados por um dos homens de William. Por fim, um deles a atacou, e ela não foi rápida o bastante para se desvencilhar. O sujeito corpulento se lançou contra ela, atirando-a no chão, e ela só se preocupou em proteger James do impacto.

Mesmo enquanto o brutamontes a carregava de qualquer jeito, Bethia continuou tentando acalmar o sobrinho, que estava aos berros. O menino estava apavorado, mas ileso. De toda forma, era melhor fazer com que ele parasse de chorar logo, a julgar pela expressão de William, que parecia prestes a matá-lo ali mesmo. O barulho também dificultaria muito o plano de manter William falando. Quando o bebê parou de gritar, limitando-se a soluços silenciosos, ela agradeceu aos céus.

– Que burrice – falou William. – Estava pensando que ia aonde?

Ele a forçou a ficar de joelhos com tamanha agressividade que a dor percorreu seu corpo já cansado e Bethia xingou baixinho.

– Talvez eu não pretendesse ir a lugar algum. Talvez tenha feito isso só para irritar você.

– Nisso eu acredito. Desde o dia em que chegou a Dunncraig, você não passa de uma pedra no meu sapato.

– Você matou minha irmã, depois tentou matar o filho dela. Esperava o quê? Que eu agradecesse?

– Esperava que você fosse tão obtusa quanto sua irmã. Ela e o panaca do marido nunca desconfiaram do meu plano. Como você descobriu? – William franziu a testa. – Talvez você seja uma bruxa. Com esses seus olhos, faria sentido.

William parecia uma criança petulante e Bethia lamentou que tivessem tomado sua adaga. O que mais queria era enterrá-la fundo no peito dele. William falava como se os esforços dela para impedi-lo de assassinar um bebê fossem uma falta de respeito e de consideração. Para ele, James, os pais do menino e até a própria esposa não passavam de obstáculos insignificantes que deveria vencer para desfrutar da riqueza. Se não era louco, estava muito perto disso.

Bethia jogou a cabeça para trás para tirar o cabelo do rosto, porque teve uma ideia quando ele cogitou que ela poderia ser uma bruxa. Podia ser perigoso brincar com o medo que os homens sentem do desconhecido, poderia ser morta ainda mais rápido por conta disso, mas, se conseguisse convencê-los de que tinha algum poder, talvez eles hesitassem. Era uma bobagem as pessoas acharem que ela era má ou que tinha poderes só por causa das cores dos olhos, mas Bethia já havia sentido na pele esse medo antes. Pelo menos, naquele momento, poderia tentar tirar algum proveito disso. Olhou William bem nos olhos, sem se surpreender quando ele se retesou e deu um passinho para trás antes de conseguir se conter.

– Não foi nada difícil ler seu coração sombrio e descobrir seus planos malignos.

– Eu sabia – disse ele, meio triunfante por estar certo, meio assustado. – Era a única explicação para você ter conseguido fugir de mim, a única maneira de saber que coloquei veneno na comida.

Irritada, ela sentiu vontade de gritar: "Se eu fosse esperta a ponto de ler pensamentos, o que estaria fazendo aqui?" Ele era tão imbecil que era surpreendente que tivesse sobrevivido tanto tempo para atormentá-la. E lhe dava raiva que um homem tão estúpido tivesse conseguido matar sua irmã e talvez matasse a ela e James também. Não era justo. Bethia não fez o menor esforço para ocultar o desdém que sentia. Afinal, pensou ela, se fosse mesmo uma bruxa, não sentiria nada além de desprezo por um homem assim. Bethia pediu a Deus que alguém viesse em seu socorro porque, jogando aquele jogo, era bem possível que, em vez de morrer com a garganta cortada, morresse na fogueira. Descartando esse pensamento mórbido, concentrou-se no que iria dizer em seguida.

Percorrendo a mata com o máximo de velocidade e de silêncio possível, Eric e os homens de Dunnbea eram guiados pelo som do choro de James. Quando o silêncio de repente reinou, Eric sentiu um arrepio de medo.

– Parou.

– Não quer dizer que tenha morrido – assegurou Bowen. – Talvez Bethia tenha conseguido acalmá-lo.

Nesse instante, Peter, o batedor, voltou até onde o grupo estava e disse:

– Estão poucos metros à frente.

– Vivos? – perguntou Eric.

– Sim, mas está bem claro que ele pretende matar os dois. Estão em uma clareira. Bethia está ajoelhada no chão com o bebê, William e os outros estão na frente dela. São uns doze.

Rapidamente Bowen instruiu os homens a rodearem a clareira, colocando os dois talentosos arqueiros às costas de William. Wallace e Eric se posicionaram bem atrás de Bethia e James. Assim que o ataque começasse, era importante tirá-los dali o mais rápido possível. Eric tentava confiar na afirmação de Wallace e Bowen de que Bethia saberia o que fazer quando o ataque começasse, mas estava apavorado demais para ser razoável. Quando ouviu o que ela estava dizendo a William, sentiu ainda mais medo, e ficou mais confuso também.

– Que jogo é esse que ela está jogando? – sussurrou ele, deitado de peito no chão, escondido na vegetação densa, ao lado de Wallace.

– Parece que William é mais um dos idiotas que acham que Bethia é uma bruxa só porque ela tem olhos de cores diferentes – respondeu Wallace no mesmo tom de voz, alto o bastante para ser ouvido apenas pelo homem ao lado e facilmente imperceptível em meio ao alarido de homens e cavalos na clareira. – Será que ela acha que isso vai ajudar mesmo?

– Pode, na verdade, acabar com a vida dela mais rápido ainda. Não é sábio brincar com os medos de um homem.

– Eu sei o que você pretende fazer agora – falou Bethia, mantendo a voz calma e séria.

– É lógico, vou matar você e o bebê e ficar com Dunncraig – disse William, ríspido. – Essa não é difícil de adivinhar.

– Dunncraig nunca vai ser sua. – Bethia ficou satisfeita ao notar o poder que emanava de sua voz e a leve palidez que tomou o rosto de William. – Acha mesmo que meu clã e meu marido vão acreditar que eu e James fomos mortos por ladrões ou vagabundos? – William arregalou os olhos e seus filhos a encararam, boquiabertos, e Bethia soube que tinha adivinhado o plano dele. – Eles sabem muito bem que você está assassinando quem for preciso para ficar com Dunncraig.

– Eles não têm provas.

– Minha palavra é suficiente. Mate-nos e você será caçado pelo meu clã e pelo meu marido. E seus filhos odiosos também. Eles vão matar vocês... bem lentamente. E vocês vão agradecer quando essa hora chegar porque, antes de dar meu derradeiro suspiro, eu amaldiçoo você, seus filhos e cada um dos homens que os ajudaram. Que seus corpos fiquem cobertos de imensas pústulas purulentas! O fedor será tão medonho que ninguém suportará sua companhia.

– Cale essa boca profana, sua bruxa – gritou William.

– Que o cabelo caia de suas cabeças. E os dentes de suas bocas. – Os filhos de William e os outros homens começaram a cochichar entre si. – Que todas as juntas do seu corpo inchem, causando dores debilitantes.

– Cale a boca dela, pai – gritou Angus, fazendo o sinal da cruz com avidez.

– Estou avisando, mulher – falou William, apontando a espada para ela. – Se você não parar, vou cortar a sua língua.

– Para cada gota de sangue minha ou de James que você derramar, um novo tormento há de assolar sua vida. Suas unhas das mãos e dos pés vão apodrecer e cair. Vocês ficarão com o membro deformado e...

Um grito agudo cortou o ar, calando-a. Por um breve momento, Bethia pensou que tinha conseguido mesmo botar medo nos homens de William, mas então viu um deles cair no chão, uma flecha fincada em suas costas. Ela não esperou o segundo grito soar: agarrou James e saiu correndo para longe de William e de seus homens. Deu de cara com Eric e Wallace.

– Você está bem? – perguntou Eric, tocando o grande hematoma no rosto dela.

– Estou – respondeu ela com a voz trêmula, ainda espantada com o milagre daquele resgate.

– Cuide dela, Wallace – ordenou ele, afastando-se para se juntar à luta entre William e o clã dela.

Rindo, Wallace perguntou:

– Membro deformado?

– Pensei na maldição que meteria mais medo em um homem – murmurou ela, dando de ombros.

– Ah, sim, com certeza.

Embora não quisesse distrair Wallace, que estava alerta e a postos caso tivesse que defendê-los de qualquer ameaça, Bethia precisava saber uma coisa com urgência, então perguntou:

– Como vocês nos encontraram?

– A sorte estava do nosso lado, ou talvez estivesse aqui com você e o bebê. Um dos cavalos de vocês fugiu dos homens de William, mas não se afastou muito. Dougal sobreviveu, conseguiu se arrastar até o cavalo e correu para Dunnbea. Não estávamos muito atrás.

– E vocês tinham Thomas para seguir o rastro, é claro.

– Isso mesmo. – Ele acariciou os cachos de James. – E durante algum tempo ainda tivemos a voz do próprio garotinho aqui para seguir.

– Eu estava com tanto medo de ter falhado com ele, de tê-lo levado direto para as garras de seu assassino...

– É claro que não, garota. William nos enganou a todos. Também achamos que ele tinha voltado para Dunncraig, caso contrário, jamais teríamos deixado você e o neném saírem de Dunnbea. Seu marido ficou furioso conosco.

Bethia franziu a testa e olhou para Eric, mas logo desviou o olhar, porque vê-lo lutar a deixava morta de medo. Ficou se perguntando se a reação efusiva dele sinalizava algo sobre o que sentia por ela, mas disse a si mesma para parar de ser boba. Ele tinha jurado protegê-los e reforçara o juramento ao se casar com ela. Eric era um cavalheiro, um homem honrado. Ele a deixara em Dunnbea com a certeza de que ela e James estariam a salvo, mas descobriu que corriam perigo assim que chegou. A raiva dele vinha disso, nada mais. Olhou outra vez para Eric, que tentava avançar na direção de William, e fechou os olhos depressa. Parou de se preocupar com o que ele sentia ou deixava de sentir por ela e começou a rezar pela vida dele.

Eric xingou no instante em que matou o homem que estava entre ele e William, mas logo outro tomou seu lugar, empurrado por William, que usava a vida de seus homens para tentar salvar a própria pele. Furioso, Eric viu como ele estava perto de chegar ao cavalo e, portanto, de escapar.

– Venha aqui e lute como homem, seu rato desgraçado – gritou Eric, enfrentando o homem que William atirara em seu caminho.

– Eu é que não vou morrer aqui – respondeu William, tentando controlar seu cavalo assustado. – Não. Essa vadia me custou meus filhos e as terras que deviam ser minhas. Vou viver o suficiente para que ela pague muito caro por isso.

Xingando muito, Eric desarmou o oponente e o encarou, rosnando:

– Saia do meu caminho! – Não ficou nada surpreso quando o sujeito fugiu, sem nem tentar reaver a espada e voltar a lutar. – A culpa disso tudo é sua – gritou Eric, correndo atrás de William, esquivando-se dos homens que ainda lutavam e dos corpos caídos.

– Dunncraig era para ser minha! – berrou William, subindo depressa na sela e colocando o cavalo a galope, indiferente às pessoas em seu caminho.

– Wallace! – chamou Eric, correndo atrás do fugitivo.

Wallace xingou ao ver William avançando na direção deles, espada em riste.

– Bethia, saia do caminho ao meu sinal.

– Meu Deus, ele quer nos atropelar? – perguntou ela, segurando James com força e imaginando o que faria para protegê-lo.

– Agora!

Wallace desviou da investida mortal de William, mas a força do golpe o fez vacilar.

Apesar de se sentir uma covarde, Bethia se protegeu atrás de Wallace enquanto William tentava controlar o cavalo ainda apavorado. Duas outras vezes ele tentou passar por Wallace para pegá-la. Então, olhando um ponto atrás dela, xingou. Ao dar uma rápida olhada por cima do ombro, ela entendeu o motivo. Eric e os demais corriam na direção deles. William não tinha como enfrentá-los, e os poucos homens dele que haviam sobrevivido estavam aproveitando o momento de distração para fugir.

– Ainda não acabou, sua vadia – gritou ele para Bethia.

– Você perdeu, William. Desista – respondeu Bethia, assustada com o semblante desvairado dele.

– Não. Você vai me pagar pela vida dos meus filhos. Você e esse fedelho.

William fugiu a galope, desaparecendo em meio à vegetação. Bowen mandou dois homens atrás dele, mas Bethia viu em seu olhar que não tinha muita esperança de alcançá-lo. Bethia tremia quando Eric se aproximou, abraçando-a pelos ombros. Rapidamente certificou-se de que não estava ferido, e depois se recostou nele. Cheirava a sangue e suor, mas por ela tudo bem. Precisava da força dele para se acalmar.

Haviam escapado por pouco, muito pouco. Mas ainda não tinha acabado, e Bethia sabia disso. Com tantas testemunhas daquela tentativa de matar Bethia e James, William não poderia mais retornar a Dunncraig. Dali em diante, era um homem procurado. Contudo, ela acreditava na ameaça dele. Perder tudo – seus filhos, suas terras, sua riqueza e suas tropas – não pararia William. Ele continuaria caçando Bethia não por ganância, mas por vingança. Com seus planos desmascarados, no entanto, teria de operar nas sombras.

Eric tomou um belo gole de vinho do odre que Wallace trouxera, depois entregou-o a Bethia e perguntou:

– Onde você estava com a cabeça para se arriscar saindo de Dunnbea?

Bethia olhou ao redor, mas, quando viu os homens ocupados com a inglória tarefa de recolher os pertences de valor dos mortos, bebeu um grande gole e decidiu se concentrar apenas em Eric.

– Infelizmente, caí numa pista falsa que William plantou. Achei que ele estivesse em Dunncraig.

Wallace xingou baixinho e assentiu, pegando o odre de volta.

– Nem pensamos em questionar ou investigar o mensageiro – disse ele, bebendo. Então olhou ao redor e apontou para um dos mortos, um sujeito com uma flecha cravada nas costas. – Foi aquele ali.

– Você reconhece algum desses homens como um Drummond de Dunncraig? – perguntou Eric.

– Não – respondeu Bethia –, mas William substituiu a maioria dos homens de Robert. De modo geral, por mercenários.

– Homens que não veem problema algum em lutar por um senhor que obteve terras e fortuna de forma vil, matando pessoas. Os verdadeiros homens de Dunncraig certamente teriam ressalvas a atacar Drummonds... pelo menos os verdadeiros.

– Havia alguns dispostos a trair o próprio clã para ajudar o usurpador na esperança de ganhar alguma recompensa. Mas não vi nenhum deles aqui. Teremos que expulsá-los de Dunncraig. – Ela olhou na direção em que William havia fugido e estremeceu, dizendo: – Ainda não acabou.

– Bem, se qualquer uma dessas maldições que você lançou de fato pegar, logo o encontraremos – falou Eric, devagar, sorrindo ao ouvir a risada de Wallace. – Deve ser muito fácil encontrar um homem careca, desdentado e encarquilhado, que manca e tem unhas podres.

Bethia sentiu-se um tanto envergonhada.

– Você ouviu tudo, não é?

– Até a coisa do membro deformado. – Ele riu quando ela corou, mas logo ficou sério. – Onde você estava com a cabeça, coração, para provocar os homens desse jeito? Você despertou os medos mais sombrios deles. Estavam prontinhos para acabar com sua raça.

– Na verdade, meu plano era deixá-los com medo de me matar. Dava para ver que estavam mais do que dispostos a acreditar que sou uma bruxa. Só porque eu não comi a comida envenenada que William mandou para mim e para James.

– É, mas eles podiam ter decidido acabado com você bem antes do planejado.

– Eu só consegui pensar em ganhar tempo – justificou Bethia, com calma. – Já tinha levado William a se gabar de todos os seus crimes, e discutido com ele se era mesmo sábio matar James e a mim. E então ele mencionou que achava que eu era uma bruxa. Foi quando tive a ideia de levá-lo a pensar que seria perigoso me matar. Afinal, se ele é tolo o suficiente para pensar que eu sou uma bruxa, talvez eu pudesse confirmar essas suspeitas e levá-lo a temer meus grandes poderes. Eu não sabia se o resgate viria ou não. Na minha cabeça, meus dois guardas tinham morrido, mas mesmo assim decidi ganhar tempo, caso alguém estivesse vindo atrás de mim. Bowen me disse para voltar ao pôr do sol, e eu sabia que ele não esperaria nem mais um minuto depois disso para me procurar.

– Hum. Não é um plano perfeito, mas acabou funcionando – admitiu Eric, cumprimentando Bowen quando se juntou a eles.

– Vamos embora deste lugar horroroso – disse Bowen, acariciando os cachos de James, que cabeceava de sono.

– Vamos – concordou Bethia. – É um lugar de morte, tanto a prometida quanto a cumprida.

– E de bruxaria – acrescentou ele.

Bethia suspirou, balançando a cabeça, enquanto os três homens riam.

– Vocês nunca vão me deixar esquecer isso, não é?

– Nunca – disse Bowen, curvando-se para beijar sua bochecha, então riu novamente. – Membro deformado, é? Meu Deus, Bethia, que coisa assustadora.

Quando os três homens riram novamente, Bethia decidiu simplesmente ignorá-los. Eles que se divertissem. Era bom ouvir risadas, pois ela duvidava de que aquela alegria fosse durar muito. William ainda estava vivo e, mais do que nunca, queria vingança.

CAPÍTULO DOZE

– *P*elo menos sua tolice não custou a vida de nenhum dos nossos homens – disse lorde Drummond.

Bethia suspirou, servindo seu prato de comida. Ao retornarem a Dunnbea, tinha conseguido evitar os pais. Eric dera um jeito de levá-la para seus aposentos imediatamente, para que pudesse tomar um banho, se acalmar e descansar um pouco antes de encarar a família. Quando ele enfim voltou para levá-la ao salão principal, onde seria servido o jantar, Bethia torceu para que o intervalo tivesse amainado um pouco o veneno dos dois. Ficou triste ao descobrir que tinha sido tola.

Era claro que os pais não queriam admitir que estavam errados sobre William Drummond. Mesmo porque essa hipótese implicaria admitir que *ela* estava certa, algo claramente impossível para eles. Logo deram um jeito de pôr toda a culpa em Bethia, como se ela tivesse decidido ser sequestrada e assassinada apenas para irritá-los. Nem chegaram a perguntar se Bethia tinha se machucado. Mas o que mais a preocupava era que não tocaram no nome de James. O único neto deles tinha corrido risco de vida e era como se nada tivesse acontecido. Era como se o menino nem existisse.

– Desculpe – disse ela. – Pelo menos agora nossos inimigos estão reduzidos a um só.

– E como foi mesmo que ele fugiu?

A pergunta trazia uma crítica velada a Eric, Wallace, Bowen e Peter, e isso Bethia não ia tolerar. O rechonchudo e preguiçoso senhor de Dunnbea, protegido por suas altas muralhas, não tinha o menor direito de fazer pouco de seus homens. Bethia quase ficou sem ar de tão chocada. Nunca pensara no pai de forma tão raivosa, quase desleal. A necessidade aterradora de defender os homens que tanto fizeram por ela e James devia ser a raiz daqueles pensamentos maldosos. O pai era o senhor de Dunnbea, admoestou-se ela. Tinha todo o direito de cobrar serviço de seus homens. A constatação, no entanto, não amainou sua raiva, e ela decidiu que estava cansada demais para ser razoável, ponto-final.

– Ele usou os próprios homens como escudo – respondeu Eric. – Matamos todos os outros, mas com isso ele conseguiu fugir.

Lorde Drummond grunhiu e olhou para Eric com irritação, depois voltou a atenção para o prato farto à sua frente. Bethia respirou aliviada e tentou comer. O pai não tolerava críticas, por mais sutis que fossem, e era isso que Eric tinha feito. Para piorar, sentia que uma raiva fria emanava do marido. Embora ele tivesse razão – por si e pelos outros homens também –, rezou para que mantivesse a ira sob controle. Não queria ficar no meio de uma desavença entre o marido e o pai.

Mais alguns comentários sobre o resgate e sobre a ameaça de William foram trocados. O pai fez críticas, sem muita sutileza, e Eric e Wallace reagiram. Não chegou a haver discussões, mas Bethia estava achando tudo muito difícil de suportar. O pouco que comera pesava no estômago, e ela logo perdeu o apetite.

– Acho que vou me recolher – falou para Eric, alto o suficiente para que os pais também ouvissem.

Eric beijou sua bochecha.

– Eu também já vou.

– Eric – sussurrou ela, com medo de que ele descarregasse toda a raiva em seus pais assim que ela virasse as costas.

– Não se preocupe, meu bem. Não aceitarei a provocação dos seus pais.

Assentindo, ela saiu do salão principal. Era um alívio, e um tanto estranho, que Eric tivesse entendido suas preocupações sem que ela dissesse nada. Bethia torceu para que isso significasse que ele a conhecia bem, e não que sua expressão estava revelando tudo. Afinal, se ele foi capaz de ler o semblante dela com tanta facilidade, os outros também seriam, e ela não queria que os pais notassem os acessos de raiva e ressentimento cada vez mais difíceis de controlar.

– Voltou rápido – observou Grizel quando Bethia entrou no quarto.

– Não consegui comer quase nada – respondeu Bethia, deixando-se despir pela criada. – Meu pai não ficou nem um pouco feliz ao ver que estava errado sobre William e tentou disfarçar jogando a culpa nos homens. Eric e Wallace ficaram possessos. O medo de que alguém deixasse as aparências de lado e tivesse um acesso de raiva deixou meu estômago embrulhado.

– Imagino que seja péssimo arriscar a própria vida em uma batalha terrível e ainda ser criticado por um sujeito que não levanta uma espada há uns dez anos.

Bethia se surpreendeu com o comentário mordaz e então se lembrou de que Peter, o marido de Grizel, fizera parte do resgate e, portanto, também era alvo dessas críticas. Bethia lamentou ter um pai tão inconsequente, mas provavelmente era tarde demais para ele mudar. Se Dunnbea ainda podia contar com tantos bons homens, a despeito das constantes reclamações de seu senhor, com certeza era por causa da lealdade que Wallace e Bowen inspiravam. Todos só estavam esperando o momento em que Wallace se tornaria o senhor de Dunnbea.

– Tenho certeza de que meu pai não teve a intenção de desfazer dos esforços deles – disse Bethia em voz baixa, ignorando a óbvia incredulidade de Grizel. – E James, como está?

Bethia estava só de combinação, com um penhoar bem grosso por cima, e se sentou perto da lareira para Grizel pentear seus cabelos.

– Dormindo como o bebezinho adorável que ele é – respondeu Grizel. – Seu marido e eu o examinamos dos dedinhos dos pés até a ponta dos cachos, e ele está ótimo, tirando uns poucos arranhões.

– E eu, que achei que o pior já tinha passado para ele... Ah, Grizel, que tipo de pessoa é capaz de sequer pensar em matar um bebê?

– Uma pessoa movida pela ganância e nada mais. Peter e Bowen estão possessos porque aquele covarde fugiu.

– Eu também estou. Além de apavorada. – Trêmula, Bethia abraçou o próprio tronco. – Você também estaria, se tivesse escutado as ameaças que ele fez a mim e a James enquanto fugia. Acho que ele sempre foi meio louco, afinal, um homem que acha válido assassinar cinco pessoas inocentes só para ficar com umas terras... Mas agora ele enlouqueceu de vez. Deu para ver naquele rosto feio dele.

– Não se preocupe. Você e James estão muito bem protegidos aqui.

– Mas como alguém pode ficar protegido de tamanha insanidade?

– Com homens fortes e muito bem armados – respondeu Grizel. – Além de vocês estarem bem vigiados aqui, o desgraçado também vai ser caçado. – Ela colocou um jarro de vinho e um cálice na mesinha ao lado de Bethia. – Agora sente aqui em frente ao fogo e beba um pouco de vinho; isso vai ajudar você a dormir.

– Sim, e estou exausta, mesmo tendo descansado um pouco.

Assim que Grizel foi embora, Bethia serviu o vinho e começou a beber com o olhar perdido nas chamas. Precisava se acalmar, não apenas por causa de tudo o que sofrera, mas também pelo conflito que se dera no salão principal. Bethia achou que seus pais acolheriam Eric na família depois do casamento, mas não era o que estava acontecendo. Eric era bonito o suficiente para agradá-los, até mais do que Robert, talvez. Mas quanto mais pensava a respeito, mais notava uma diferença essencial entre os dois: Eric era um homem forte e determinado, enquanto Robert fora dócil e ingênuo como Sorcha. Eric claramente não aprovava que lhe dissessem o que fazer, ao menos não os pais dela. Já era hora de sua recém-formada família sair de Dunnbea, e ela pretendia discutir a questão com Eric assim que ele voltasse.

– O que está fazendo aqui? Já é tarde – perguntou Bowen quando Eric apareceu, junto a Wallace, à porta de sua cabana, que ficava logo depois das muralhas.

Mesmo assim, serviu uma cerveja para seu convidado inesperado.

– Imaginei que, depois de passar duas semanas fora, você estaria ansioso para estar com sua mulher – disse ele a Eric.

Eric sorriu e sentou no banco diante da mesa rústica.

– Posso acordá-la se estiver dormindo quando eu chegar – respondeu ele, e os três homens deram uma risadinha, mas logo ficaram sérios outra vez. – Daqui a uns dois dias, vou levar Bethia comigo à corte.

– E você quer que eu mande homens como escolta – falou Bowen.

– Quero, mas minha maior preocupação é James, porque pretendo deixá-lo aqui.

– Não precisa se preocupar com ele – tranquilizou-o Wallace. – Meu tio pode ser um asno e não ver a ameaça, mas nós a enxergamos muito bem. O menino será muito bem guardado, noite e dia.

– Obrigado, mas ainda tenho mais uma coisa a pedir.

Eric tomou um longo gole de cerveja para se acalmar, temendo a reação dos dois às suas próximas palavras. Os homens do clã ou da família criticarem o senhor das terras era uma coisa, mas essa crítica vinda de um forasteiro era outra completamente diferente.

– Prefiro que lorde e lady Drummond vejam a criança o mínimo possível durante nossa ausência. De preferência, queria que Grizel ficasse junto ao menino e à babá, sem chamar muita atenção para si.

Bowen aquiesceu.

– Pode deixar.

– Acho que não será difícil, porque os dois não parecem muito interessados no menino. Aposto que nem lembram o nome dele, meu Deus do céu.

Wallace franziu a testa e coçou o queixo.

– Eu percebi. Na verdade, considerando que o menino é a cara da mãe, até tive medo de que fossem querer ficar com ele, criá-lo da mesma forma como criaram a Sorcha. Mas você está certo. É como se tivessem olhado o menino, julgado que não tem muito valor e se esquecido dele.

– Talvez não queiram encarar o fato de que a anjinha deles se deitava com um homem – comentou Bowen, sarcástico.

Eric arregalou os olhos, surpreso.

– Talvez você tenha matado a charada. Seja como for, não me interessa como funciona a mente estranha deles, desde que James seja poupado de sua influência. Agora, sim, posso voltar para Bethia e tranquilizá-la a respeito dos próximos dias.

– Tem certeza de que quer mesmo ir à corte agora?

– Seria melhor ir depois que pegássemos William, eu sei, mas acho que agora é um bom momento. Tenho o apoio e a bênção dos MacMillans, e isso vai pesar a meu favor na hora de retomar a terra de Beaton. Além do mais, para ser sincero, se continuar aqui, vou acabar dando um soco na cara daquele sujeito... e talvez até na cara da mulher dele também.

Os dois homens riram, e Eric deixou escapar um sorriso.

– Não quero brigar com os pais de Bethia, pois não desejo forçá-la a escolher um lado. Seria uma coisa horrível para qualquer jovem recém-casada, mas acho que seria ainda pior para Bethia.

– Bem, então podem ir à corte. O menino ficará protegido, tanto de William quanto dos pais de Bethia – assegurou Bowen. – E leve a moça para longe daqui. Vai fazer bem a ela sair do jugo dos pais.

Eric concordou com Bowen. No caminho de volta para seus aposentos, ficou pensando em várias formas de dar a notícia a Bethia e fazer com que ela concordasse com seus planos. Deu um sorrisinho ao entrar no quarto e encontrá-la dormindo sentada diante da lareira. Chegou perto com muito cuidado para não a assustar e tocou de leve seu ombro.

– Ah, Eric, é você.

Bethia cobriu um enorme bocejo com a mão.

– Vamos para a cama, mulher, antes que você caia da cadeira e vá parar no fogo – brincou ele, ajudando-a a se levantar.

Bethia tirou o penhoar e subiu na cama. Ficar de pé e caminhar até a cama foi o suficiente para despertá-la. O cansaço e o calor da lareira deviam tê-la deixado sonolenta.

Vendo Eric tirar a roupa e se limpar para ir dormir, Bethia decidiu que podia ficar mais um pouco acordada. Estava com saudade dele, ansiava por seu toque. Tinha encarado a morte, precisava do abraço dele. Precisava sentir seu coração acelerado, seu sangue quente. Só assim entenderia que tinha, de fato, sobrevivido.

Eric veio para a cama e a puxou para perto. Bethia se aninhou em seu peito, e então franziu a testa. Ele dera um beijinho casto na testa dela e acariciara suas costas por um instante, e nada mais. Depois de duas longas semanas dormindo naquela cama vazia, ela esperava um pouco mais. Por um instante, temeu que ele tivesse se refestelado tanto na companhia das mulheres de Bealachan que não tinha mais interesse ou disposição para estar com ela; então forçou-se a se lembrar de que tinha jurado confiar ele. Moveu a perna sobre ele até repousá-la em sua virilha e ali encontrou a prova incontestável de que ele ainda tinha interesse *e* disposição de sobra.

Então por que ele estava deitado ali feito um peso morto? Bethia começou a ficar irritada e, quando notou que estava tamborilando os dedos no peito dele, parou. Respirou fundo e tentou afastar seus demônios – os que diziam que ele não a desejava mais. Por algum motivo, Eric estava sendo muito cauteloso, e decidira não se insinuar para ela. Então Bethia pensou em tudo o que tinha sofrido e quase riu de si mesma. Eric devia estar achando que ela precisava de descanso, não de mais agitação à noite. Ficou pensando no que fazer para que aquele homem galante e tolo mudasse de ideia.

Eric trincou os dentes quando sentiu a mão pequena e quente de Bethia deslizando em sua barriga, provocando-o. Ele a desejava tanto que seu corpo inteiro latejava. Mas Bethia tinha sido agredida, raptada, ameaçada de morte, e ainda tivera que lidar com o medo de que James também morresse. Precisava de descanso, não de um idiota louco de desejo arremetendo contra o seu corpo, tentando saciar uma fome que o dilacerava por dentro havia duas semanas. Achou que era melhor discutir a ida à corte.

– Decidi que vamos para a corte amanhã ou depois – anunciou ele, de repente, tomando a mão dela antes que chegasse à sua coxa.

Bethia interrompeu as tentativas de seduzir o marido, surpresa.

– Mas já?

– Já. Os MacMillans me aceitaram.

Ela se inclinou sobre ele e deu um beijinho em sua boca.

– Que notícia ótima, Eric.

Ele engoliu em seco, lutando contra a vontade de puxá-la e beijá-la com paixão.

– Admito que foi muito bom ter sido aceito, estou feliz por ser um MacMillan finalmente. Eu estava muito bem em Donncoill, mas parte de mim ainda se ressentia com a rejeição das pessoas que são sangue do meu sangue. Mas no instante em que cheguei aos portões de Bealachan e um guarda me perguntou se eu era mesmo Murray e não MacMillan, percebi que devia ter ido procurá-los muito, muito antes. Bastou uma única olhada em mim e lorde MacMillan logo viu a semelhança com a própria irmã. Os Beatons o haviam convencido de que eu não passava de um salafrário oportunista, então ele nem sequer lera as cartas que enviei.

– Se amava mesmo a irmã, lorde MacMillan devia estar tão arrasado com a perda que preferiu não ter que lidar com um aproveitador.

– Foi o que ele disse. A esposa dele também comentou sobre uma ameaça velada por parte dos Beatons, que veriam como uma afronta pessoal se eles tentassem qualquer contato comigo. Pois estariam chamando o senhor de Dubhlinn de mentiroso.

– Muito inteligente da parte deles.

– Isso os Beatons sempre foram. Mas, agora que os MacMillans me aceitaram e acreditaram na minha história cheia de assassinato e mentiras, estão dispostos a me apoiar quando eu reivindicar Dubhlinn. Mandaram uma carta de apoio ao rei enquanto eu ainda estava lá. Acho que seria melhor tentar resolver essa questão o mais rápido possível.

Eric achou melhor não mencionar que os MacMillans tinham oferecido homens e armas caso ele resolvesse lutar por Dubhlinn. Bethia parecia estar de acordo que ele tinha direito a tudo o que pertencera ao pai e à mãe dele. O que a incomodava era a possibilidade de Eric ter que lutar para conseguir a herança. Por enquanto ele falaria apenas das petições. Torcia para que, quando chegasse a hora da batalha – e ele sentia que ela viria, mais cedo ou mais tarde –, Bethia entendesse que ele pegaria em armas não apenas por ganância ou para reaver terras.

– Bem, venho me preparando um pouco, aprendi tudo o que foi possível sobre os costumes da corte, então talvez não me saia tão mal. – Bethia deu um leve sorriso quando Eric riu. – Não se esqueça de que eu nunca saí de Dunnbea e não fui muito instruída.

– Você vai se sair bem. – Ele respirou fundo, já se preparando para a discussão, e acrescentou: – E eu acho que devemos deixar James aqui.

Bethia se apoiou nos cotovelos, com a testa levemente franzida.

– Por quê? Acha que será perigoso para nós?

– Nenhuma jornada é totalmente segura, e William ainda está por aí. Seria difícil vigiar James no meio da confusão que podemos encontrar na corte. Aqui em Dunnbea ele estará bem protegido, dia e noite, e ninguém vai se aproximar dele.

– Concordo. – Ela suspirou, carrancuda. – Mas ainda assim não gosto da ideia de deixá-lo com meus pais por muito tempo. Eles ainda devem estar tristes demais com a morte de Sorcha para lidar com o neto. – Com a visão periférica, Bethia viu Eric revirar os olhos. – Eles ignoram James e isso não será bom para ele. É um garotinho muito afetuoso e precisa de amor e atenção.

– Já combinei tudo com Bowen e Wallace, que juraram protegê-lo e cuidar para que ele não passe muito tempo com os seus pais. Também vou falar com Grizel.

– Parece que você já pensou em tudo – brincou ela, olhando-o com certa suspeita.

– Olhe, eu bem que tentei – admitiu ele. – Sempre que estou prestes a provocar uma briga, já tento prever um modo de manter a cabeça no lugar e as respostas na ponta da língua. Caso contrário, corro o risco de só ficar repetindo minhas exigências, de cabeça quente, sem dar ouvidos a explicações ou à razão.

– Ah, sim, feito um senhor arrogante que desperta a raiva de seu adversário durante uma discussão. – Bethia deu um sorrisinho astuto. – Ainda mais se o adversário for uma mulher. Imagino que tenha desenvolvido essa conduta ao longo de seus muitos anos de solteirão.

– Na verdade, não. Aprendi observando as desavenças dos meus irmãos com as esposas. Como espectador, é muito mais fácil ver o que está errado em uma discussão. Logo notei que fazer exigências inflexíveis não é nada bom quando se tem uma esposa inteligente e vivaz.

– Você me acha inteligente e vivaz? – perguntou Bethia, surpresa e lisonjeada.

– Mais do que você imagina. – Ele tocou de leve o hematoma no rosto dela, lamentando mais do que nunca o fato de William ter saído impune. – Você encarou William sem medo.

– Ah, Eric, eu estava morrendo de medo, por mim e pelo pobre James.

– Sim, mas você não se deixou abater, não virou um cordeirinho pronto para o abate. Aí está a vivacidade.

Bethia ficou tão comovida com o elogio que teve medo de chorar, então o beijou. Eric tentou afastá-la, mas Bethia insistiu, provocando-o com os lábios e a língua. Eric logo cedeu, tomando-a nos braços e beijando-a com a paixão que ela tanto desejava. Mas, para a decepção dela, ainda assim ele conseguiu se conter depois do beijo e disse, com a voz trêmula:

– Chega, garota, ou não vou conseguir deixar você descansar.

Ela arregalou os olhos e o encarou.

– Olhe para mim, homem, e me diga se vê o menor sinal de sono em meus olhos.

– Não, você está muito acordada. Mas passou por poucas e boas hoje.

A voz dele falhou no finalzinho da frase. Bethia esfregava o corpo no dele, beijava seu torso, fazia o desejo latejar em cada parte do corpo de Eric. Ele grunhiu quando ela tomou nas mãos o membro ereto. Homem nenhum deveria ter que suportar uma tentação daquelas.

– Sim. Eu fui agredida, raptada, ameaçada de morte. – Ela o lambeu e, quando ele reagiu com um gemido e enterrou os dedos em seus cabelos, ela sorriu, vitoriosa. – Mas, se não estou enganada, não vejo nada quebrado ou rasgado aqui.

– Coração, depois de duas semanas dormindo sozinho, tenho medo de não conseguir ser muito delicado com você.

Eric ficou surpreso por ainda conseguir falar no meio das carícias íntimas que recebia dos lábios dela.

– Que bom. Depois de duas semanas dormindo sozinha, acho que também não vou ser muito delicada. E acho que, depois de encarar a morte tão de perto, uma noite ardente é tudo de que eu preciso para me convencer de que sobrevivi de verdade. Sei que isso vai me deixar ainda mais feliz por não ter morrido.

Ela o envolveu com sua boca quente, e Eric parou de protestar. Antes de perder o controle, ele a afastou e a deitou de costas. Em pouco tempo, deixou-a em um estado de frenesi tão intenso quanto o dele. Eric não negligenciou nem um pedacinho da pele sedosa dela. Quando finalmente os corpos se uniram, ele ficou um instante imóvel, deleitando-se com a sensação da carne dela ao redor de seu membro.

– Eric... – disse Bethia baixinho, correndo os dedos pelas costas fortes dele.

– Calma, coração. Só quero ficar um instante sentindo você, sentindo seu calor. – Ele beijou de leve os lábios dela. – Passei muitas e muitas noites solitárias sonhando com este momento. – Eric sentiu os músculos dela se contraindo ao redor de seu membro e gemeu. Não conseguiria mais esperar. – Bem, ainda teremos muito tempo mais tarde.

Bethia deu uma risadinha, mas logo foi interrompida pelo gemido de prazer que lhe escapou dos lábios quando Eric começou a se mexer. Era disso que ela precisava. Só lamentou não conseguir se segurar muito, porque logo sucumbiu à intensidade do clímax. Eric grunhiu mais uma vez e logo se entregou também, o que só intensificou o prazer de Bethia. Os dois ficaram abraçados, se recuperando. Com melancolia, Bethia pensou que talvez nunca fosse capaz de confessar o que ele significava realmente para ela.

– Está se sentindo viva agora, mulher? – perguntou ele, desenlaçando-se enfim do corpo dela, deitando-se de costas e puxando-a para si.

– Com certeza. – Sonolenta, ela deu duas palmadinhas no torso rijo dele. – Muito bem, marido. – Sorriu ao ouvir a risada dele.

– A senhora é muito gentil. – Eric bocejou, então balançou a cabeça, um tanto contrariado. – Levei todo o caminho desde Bealachan planejando passar a noite inteira fazendo amor com você até que caíssemos exaustos.

– E não foi isso que fizemos?

– Foi, mas eu não esperava que seria uma vez só.

– Isso é porque você não imaginava ter que sair correndo para me resgatar antes mesmo de descer da sela.

Eric apertou Bethia com um pouquinho de força, lembrando-se do medo que sentira.

– Não mesmo, e agora eu estou com vontade de trancar você numa torre, protegida por homens armados até os dentes.

– É, eu até ficaria a salvo, mas fazer isso seria o mesmo que dar a vitória a William.

– O que deixaria você muito infeliz. Então são dois os motivos para que eu não ceda a essa vontade.

Bethia beijou o ombro de Eric, encostando o rosto nele logo em seguida.

– Tenho medo só de imaginar que ele ainda está por aí, planejando me matar. Ainda mais porque nada disso é culpa minha, mas dele mesmo. Mas não posso deixar esse medo tomar conta de mim, porque sei que já será difícil vivermos ressabiados, tentando tirá-lo da toca.

– Eu sei. – Ele beijou o topo da cabeça dela e fechou os olhos. – Nós vamos achar aquele desgraçado, e vamos matá-lo.

– Desculpe, Eric – disse ela.

– Por quê, coração?

– Por trazer tanto transtorno à sua vida. Por levá-lo a matar uma pessoa.

– Nada disso é culpa sua. O sujeito está fazendo por merecer. Só vou fazer justiça. Agora durma, meu bem. Você vai precisar estar descansada para nossa viagem.

Bethia ficou um bom tempo deitada no peito dele, ouvindo a respiração de Eric sossegar, sentindo seus braços ficando cada vez mais pesados à medida que ele adormecia. Quanto a ela, sentia o corpo exausto, mas a mente estava inquieta demais para se render ao sono. Cerca de um mês antes, suas maiores preocupações consistiam em verificar se as latrinas do castelo estavam limpas, ou em servir uma comida que o pai não fosse desaprovar. Agora havia um louco caçando não apenas ela, mas seu marido e um bebê.

Era difícil se desvencilhar da culpa que sentia por deixar Eric nessa situação. Sem dúvida, qualquer cavaleiro honrado escolheria de bom grado uma missão como aquela, mas Eric não tinha escolha. Ela o abraçou com mais força. A culpa que sentia naquele momento não era nada comparada à desolação que haveria de sentir se algo de mau acontecesse a ele. E só o que podia fazer era rezar para que a honra e o senso de justiça de Eric não lhe custassem caro demais. Pareciam uma arma risível diante da ameaça de um louco.

CAPÍTULO TREZE

*B*ethia fechou a cara quando a criada entrou no quarto para ajudá-la a se vestir para o banquete daquela noite. A corte, no fim das contas, não estava sendo muito empolgante. Consistia basicamente em fofocas, formalidades e refeições. *E mulheres que parecem não entender que adultério é pecado*, pensou ela, com raiva. Além disso, só havia dançado uma vez.

Devagar, Bethia sentou-se na cama, esparramada sem a menor elegância. Com o corpo imóvel, agarrou a beirada do colchão e respirou fundo várias vezes para afastar a náusea e a tontura súbitas. Já fazia quase um mês que os dois estavam na corte, e na última semana ela vinha sentindo esses sintomas toda noite, mais ou menos à mesma hora. Bethia se perguntou se estaria ficando doente por excesso de intrigas e comida chique.

– Posso arrumar uma poção para isso, milady – disse a criada, ajudando Bethia a vestir o espartilho e a saia azul-escuros.

– Uma poção?

– Isso, para tirar o bebê.

– O bebê? – Bethia arregalou os olhos ao considerar essa possível explicação para o estranho mal-estar.

– Ah. – A criada enrubesceu. – O filho é do seu marido, então?

Bethia olhou a mulher rechonchuda e fez que sim com a cabeça, estupefata. A oferta tão displicente para induzir um aborto, além de certa surpresa por parte da criada por Bethia estar grávida de seu marido legítimo – o que era pior ainda –, informavam mais sobre a imoralidade da corte do que ela de fato gostaria de saber. Bethia jamais se acostumaria àquele estilo de vida. Era um pouco surpreendente ver Eric tão confortável ali, mas ela começava a suspeitar de que na verdade ele apenas não prestava muita atenção. Os homens, concluiu ela, costumavam ter muito talento para ignorar o que acontecia ao redor.

– Temo que meu caso não renda nenhuma fofoca saborosa – disse ela para Jennet, a criada, com um sorrisinho. – É do meu marido. Não poderia ser de mais ninguém. – Ela franziu a testa enquanto Jennet puxava o cordão de sua sobreveste azul-clara. – Quero dizer, se eu estiver mesmo grávida. Não tenho certeza.

– Suas regras chegaram conforme o esperado?

– Não. Não vêm desde antes do casamento.

A criada assentiu, acomodou Bethia com delicadeza em um banquinho e começou a repuxar seus cabelos, compondo a trança intrincada que era moda na corte.

– E a senhora fica tonta e enjoada todo dia, no mesmo horário.

– Pois é, como estou agora. Embora ontem à noite, quando puseram na minha frente aquele prato de ovo com cheiro esquisito, também não tenha me sentido muito bem.

– Bem, algumas grávidas são muito intolerantes a certos aromas e alimentos.

– Parece cedo demais.

A criada deu uma risadinha.

– Algumas mulheres engravidam na noite de núpcias.

Bethia levou as mãos à barriga. Era bem possível que estivesse grávida. Sentiu uma onda de empolgação, mas fez um esforço para se conter. Ainda era cedo para ter certeza. Muito havia mudado em sua vida nos últimos tempos e ultimamente ela vivia sob constante ameaça. Coisas assim podiam facilmente afetar as regras. Embora fosse um pensamento terrível, lembrou a si mesma de que muitas mulheres perdiam o bebê nos primeiros meses de gravidez. Resolveu não dizer nada até ter certeza de que estava mesmo grávida e de que o bebê estava bem aderido ao útero.

– Ainda não falei com meu marido – disse ela.

– Minha boca é um túmulo, milady.

– Que bom. Vou ficar possessa se ele ouvir fofocas antes que eu decida compartilhar a novidade com ele.

– Que homem belo e gentil o seu, aliás.

– Obrigada. – Bethia sorriu e apreciou o penteado de tranças entrelaçadas pelo espelho de metal polido. Torceu para não parecer tão boba quanto se sentia. – Sem sombra de dúvida, eu o acho muito belo e gentil – disse, e em seguida engataram em uma conversa sobre moda e cabelos.

Quando já estava pronta para o banquete, Bethia dispensou a moça. Serviu um cálice de vinho e bebeu. Ajudaria a se preparar para a noite. Ela abriu um sorriso pesaroso, largou a jarra e saiu. Se passasse muito mais tempo na corte com Eric, talvez virasse uma bêbada.

No instante em que adentrou o salão, Eric veio ao seu encontro e a conduziu à mesa. Para o horror de Bethia, lady Catriona MacDunn sentou-se bem à frente dos dois. Desde a chegada deles, na semana anterior, a mulher não parava de perturbá-los, incapaz de disfarçar seu desejo de levar Eric para a cama. Bethia não conseguia um instante de privacidade com Eric fora do quarto. *Se essa mulher pudesse dar um jeito de invadir nossos aposentos, invadiria*, pensou, taciturna.

Quando lady Elizabeth MacFife se acomodou do outro lado de Eric, Bethia quase soltou um grunhido. Aquela era outra que também gastava um bom tempo flertando com Eric. Ao olhar para lady Catriona, Bethia percebeu um lampejo de raiva em seu belo rosto. Era evidente que também não apreciava as investidas de lady Elizabeth. Bethia desejou poder tirar algum proveito daquela situação. Em vez disso, uma noite longa e angustiante parecia esperar por ela. Se já não estivesse sofrendo do estômago, aquele jantar sem dúvida lhe traria uma bela indigestão.

Tentou se acalmar, pensando que era com ela que Eric se deitava toda noite. Além do mais, ele andava muito ocupado tentando chamar a atenção do rei para sua questão com William e os Beatons. O tratamento dispensado às moças que o rodeavam não revelava nada além de educação, indiferença e polidez, sem o menor encorajamento. O que não ajudava em nada. À medida que o jantar avançava, era difícil para Bethia manter-se calma e lúcida, e ela só conseguiria entabular uma conversa com seu marido se interrompesse as outras duas sem a menor delicadeza.

Estava pensando em desistir e voltar para o quarto para se entregar a uma bela choradeira quando Eric deu um beijo em sua bochecha. Bethia torceu para que o marido não tivesse sido motivado por seu semblante muitíssimo infeliz. As duas mulheres lançaram olhares aborrecidos, o que ajudou a suavizar um pouco sua mágoa.

– Você se incomoda de voltar para o quarto sozinha, coração? – perguntou Eric. – Lorde Douglas está me chamando e preciso ir lá ver o que ele quer. Talvez tenha enfim resolvido me ajudar. Se for o caso, logo vou conseguir o que vim buscar e poderemos ir embora deste maldito lugar.

– Acho que gosto da ideia – murmurou ela, alisando o belo bordado que decorava a frente do gibão do marido.

Eric sorriu, com o olhar terno e compassivo.

– Eu sei que este lugar é cruel e entediante.

– Mas é onde você tem que estar para recuperar o que é seu por direito. Só estou com saudade do pequeno James.

– É, eu também. – Ele se levantou, inclinou o corpo e beijou a testa de Bethia. – Só não se deixe afligir por nenhum desses depravados.

– Não, arrumei um porrete bem robusto para afastar essa gente – respondeu ela.

Ele riu, balançou a cabeça e foi depressa até lorde Douglas. Bethia não dava a mínima para os homens que tentavam flertar com ela. Uns poucos queriam afastá-la dele por pura maldade, ou para tentar levar o troféu de pivô de um adultério, mas muitos de fato se intrigavam com o aspecto e o ar de inocência de Bethia. Eric era incapaz de conter o orgulho e a satisfação a cada vez que ela entrava em um recinto e seu olhar se fixava nele e somente nele.

Ao olhar de volta para a mesa e ver lady Catriona e lady Elizabeth, com quem um dia tivera namoricos, Eric fez uma careta. Para ele, os romances já tinham terminado fazia muito tempo, mas, embora pensasse estar em bons termos com elas, ambas pareciam ver Bethia como um obstáculo. A esposa não o atormentava com rompantes de ciúmes, mas ele sabia que se irritava com joguinhos de outras mulheres. Mais um motivo para tirá-la dali assim que fosse possível. A última coisa que Eric queria era que suas antigas amantes apresentassem a Bethia detalhes sobre os casos e falsas insinuações de que ainda pudesse haver algo entre eles. Até Eric entendia que a tolerância de uma esposa tinha limites e que isso não dependia do grau de confiança de Bethia no marido.

Ao ver Eric desaparecer em meio à multidão, Bethia suspirou. Rezou para que ele estivesse certo, para que lorde Douglas estivesse disposto a ajudá-lo. Ela ficaria na corte quanto fosse necessário, mas queria muito voltar para casa. A dela ou a de Eric... não importava. Já estava farta daquilo tudo.

Ao se levantar para sair, apavorou-se ao ver lady Elizabeth e lady Catriona fazerem o mesmo, parecendo unidas pela primeira vez naquela noite. Bethia teve a nauseante sensação de que as mulheres queriam conversar com ela a sós. Por mais que Eric não tivesse dito nada a respeito das duas, Bethia tinha certeza de que em algum momento a relação entre eles havia ultrapassado os limites da formalidade. A bem da verdade, não tinha a menor vontade de ter suas suspeitas confirmadas. Saber que Eric tinha levado outras mulheres para a cama no passado era uma coisa, algo que ela era capaz de tolerar e relevar. Ouvir os detalhes sórdidos desses romances era outra, algo que poderia acabar entranhado em seus pensamentos como um veneno de ação lenta que destruiria seu casamento aos poucos.

– Vamos acompanhá-la até seus aposentos, lady Bethia – disse Catriona, com um sorriso doce.

– Que gentileza, mas não é necessário – murmurou Bethia, afastando-se da mesa.

– Não é incômodo algum – devolveu Elizabeth, ladeando Bethia junto a Catriona. – Seu quarto fica no caminho do nosso.

– Você precisa nos contar como conheceu nosso belo e formoso Eric – completou Catriona.

Resignada a encarar uma caminhada longa e decerto torturante até o quarto, Bethia contou às duas a história que combinara com Eric. Era verdade que ela e Eric tinham se conhecido a caminho de Dunnbea e que ele fora convidado a se juntar à caravana dela, pois viajava sozinho. A mentira estava em insinuar que a caravana consistia no costumeiro grupo de homens armados e criadas, não apenas nela e em James. Nem era uma mentira deslavada sugerir que o romance havia começado logo em seguida, pois ela, ao menos, ficara perdidamente apaixonada.

– Que romântico – murmurou Catriona –, mas Eric sempre foi um homem de paixões ardentes.

– Ah, sim – concordou Elizabeth, bastante expressiva.

– Buscava demais o amor, mas era muito seletivo.

Catriona tocou os cabelos loiros, arrumados em um penteado elaborado, então olhou de relance para o peito de Bethia e começou a alisar uma ruga invisível no corpete bem recheado.

Não muito sutil, pensou Bethia, esforçando-se para não se sentir uma garotinha andando ali entre as duas mulheres mais altas e de corpo mais curvilíneo.

– Muito seletivo – concordou Elizabeth. – As conquistas de Eric eram invejadas por muitos homens, mas imagino que você já tenha sofrido um pouco por conta disso. Percebi alguns inimigos de Eric tentando cortejar você.

Franzindo a testa, Bethia quase soltou que não tinha percebido o flerte de ninguém. A sugestão de que um homem faria isso apenas para se vingar de Eric era ofensiva, de modo que ela apenas assentiu. E ficou pensando se algum dos atuais amantes ou pretendentes de Elizabeth teria demonstrado o menor sinal de interesse nela. O fato de Bethia não ter correspondido às investidas, de nem sequer tê-las percebido, pouco interessava a Elizabeth. Bethia imaginou que ela fosse o tipo de mulher que encarava como um grande insulto a mudança de interesse de um homem.

– Verdade – concordou Catriona. – Poucos homens conseguiam tolerar as célebres habilidades de Eric como amante. Sir Lesley Moretón ficou uma fera quando Eric começou a me cortejar. É preciso ter muito cuidado com homens ciumentos – disse Catriona a Bethia, como se fosse uma boa amiga compartilhando uma grande pérola de sabedoria.

– Pois é, a mesma coisa ocorreu com lorde Munroe quando Eric voltou seu belo olhar a mim.

Bethia imaginou se as duas costumavam se sentar para tomar vinho e conversar sobre seus amantes em comum, mas repreendeu a si mesma pela indecência. Em seguida, pensou se poderia alegar um mal-estar súbito e violento e sair correndo para o quarto. As duas logo começariam a dar detalhes de suas histórias com Eric. Ela já via as confidências indesejadas e temerosas tomando forma em seus lábios.

Enquanto ouvia Catriona e Elizabeth parabenizarem-na por ter fisgado um homem tão cobiçado, Bethia tentou manter a calma e a educação. Os pedidos de desculpas pela intromissão e a delicadeza de perguntarem se não a estavam incomodando com tantas revelações, os únicos sinais de boa educação, eram de uma falsidade óbvia. As duas falaram dos galanteios de

Eric, de seus muitos encontros e até das doces palavras de amor com que ele tão habilmente as seduzira. Bethia ficou tão feliz quando chegaram à porta de seu quarto que quase gritou de alívio. As duas haviam esgotado todas as nuances mais sutis de suas aventuras com Eric, e Bethia temia que começassem a relatar pormenores como a frequência e os detalhes das relações sexuais, aparentemente os únicos tópicos que haviam ficado de fora.

– Pois eu bem que a invejo, lady Bethia – disse Catriona. – Como você consegue segurar um homão desses?

Olhando para aquelas duas mulheres que não tinham pudor algum em descrever à esposa de um homem as proezas que haviam feito com ele na cama, Bethia foi tomada por uma onda súbita de fúria. E não ajudava em nada perceber, no tom de voz de Catriona, a insinuação de que ela devia exercer algum estranho controle sobre Eric, porque, de outra forma, decerto ele não estaria com ela. Bethia não tinha feito nada àquelas duas. E, apesar das insinuações nada sutis, sabia que Eric não teria feito nenhuma falsa promessa a elas. Elizabeth e Catriona estavam tentando machucá-la – apenas isso. Se era por maldade, ciúme ou orgulho ferido, não importava. Estavam sendo cruéis sem a menor necessidade e, por isso, Bethia odiou as duas naquele momento.

– Eu pego no cabresto com bastante firmeza – retrucou ela, em um tom tão doce que quase ficou nauseada. – Com certeza as duas maiores vadias da corte do rei entendem o que estou querendo dizer.

Bethia entrou no quarto e bateu a porta na cara delas, ambas em estado de choque. Encostou o ouvido na porta e acompanhou as duas se afastando, incapaz de escutar suas palavras exatas, mas reconhecendo a fúria em seu tom de voz. Agora tinha dado a elas um motivo real para odiá-la. Bethia se perguntou por que isso não fazia com que se sentisse melhor.

Decidida a não chamar a criada, tirou ela mesma o vestido. Limpou-se depressa e resolveu não soltar os cabelos, apenas desamarrou as tranças e se deitou na cama. Esparramou-se de barriga para baixo, enfiou o rosto no travesseiro e concluiu que era hora de cair em prantos. Tinha esse direito depois da noite que enfrentara.

Por mais que tentasse, Bethia não conseguia esquecer as palavras de Catriona e Elizabeth. As duas eram loiras e voluptuosas, e era muito fácil e doloroso imaginá-las na cama com Eric. Também era fácil e doloroso comparar toda aquela abundância de curvas ao próprio corpo esguio, e Bethia começou a se sentir triste e inadequada. Suspeitava, inclusive, de que as habilidades das duas na cama excediam em muito as dela.

Apesar de lembrar a si mesma de que Eric se deitava na cama dela e na de mais ninguém, que ele ainda ardia de paixão por ela, Bethia não conseguiu voltar a se sentir confiante. Os dois eram recém-casados, eram amantes havia tão pouco tempo. O que aconteceria quando ela deixasse de ser novidade? O que aconteceria se ela engordasse por conta do bebê que talvez carregasse no ventre?

O rangido da porta e o som dos passos de Eric no piso de pedras arrancaram Bethia desses pensamentos sombrios. Ela virou a cabeça só um pouquinho e espiou o marido com um dos olhos. Ele parou junto à cama, levou as mãos à cintura e franziu a testa.

– Está chorando, Bethia?

– Por que você acha isso?

A habilidade que ele tinha de adivinhar o humor dela nem sempre era bem-vinda. Era bom ser misteriosa.

– Talvez por você estar aí deitada com a cara enfiada no travesseiro – devolveu ele, começando a se despir. – Estou começando a achar que, de tempos em tempos, você até gosta de se entregar a uma choradeira.

– Talvez eu goste. Não esperava que você fosse voltar tão cedo, achei que teria tempo de me dar a esse luxo.

– Minha conversa com lorde Douglas acabou sendo breve. Ele concordou em me apoiar, sem muitas delongas.

Só o fato de pensar em voltar logo para casa já foi suficiente para dar um toque de alegria em sua voz.

– Que maravilha.

– Pobrezinha. – Eric beijou-lhe a bochecha, largou o gibão e a camisa em um baú e foi se lavar. – Por que você está tão emburrada?

– Eric, por que você nunca me deu flores? – perguntou ela, odiando-se por revelar suas dúvidas e fraquezas.

– Não estamos na época de flores, nem estaremos até a primavera. Posso tentar encontrar umas flores de urze, mas não passaria disso. – Ele a olhou com atenção, esfregando o corpo com um pano seco. – Aquelas duas vadias encheram sua cabeça de besteiras, não foi?

Ela o encarou, meio surpresa.

– Que jeito indelicado de falar das suas amantes.

– Ex-amantes, coração, e além do mais você deve saber que um homem não precisa gostar nem respeitar as mulheres que leva para a cama. Antes de conhecer você, eu só buscava atração e disponibilidade. Catriona e Elizabeth ofereciam as duas coisas. Fiz meus galanteios, levei as duas para a cama, e pode acreditar que não precisei me esforçar muito para erguer as saias delas e conseguir o que queria antes de dar no pé. Achei que tivesse me saído tão bem nesse jogo quanto os outros amantes, mas talvez não. Porque claramente a intenção das duas é usar você para me causar problemas.

– Acho que elas estão um tantinho ressentidas por você ter se casado comigo... uma moça que as duas consideram inferior... Acho que ficaram com o orgulho ferido...

Eric deitou na cama e Bethia lhe lançou um olhar de culpa enquanto ele a abraçava.

– Acho que piorei ainda mais as coisas – disse ela.

– É mesmo? O que foi que você fez?

– Bem, elas insistiram em me acompanhar até o quarto. – Eric fez uma careta, e Bethia assentiu. – Mas não se preocupe. Chegamos aqui antes que elas tivessem a chance de dar muitos detalhes. Só que, de repente, eu fiquei com muita raiva.

– Me desculpe, Bethia. Eu queria poder apagar o passado.

Eric ergueu as sobrancelhas, surpreso, quando ela pôs os dedos sobre os lábios dele.

– Eu não fiquei com raiva de você, nem do fato de você ter dormido com outras mulheres antes de mim. É bem verdade que não gostei nem um pouco daquelas duas, mas, como você mesmo disse, nenhuma delas tomou seu nome ou seu coração. Você era um homem livre e nós nem nos conhecíamos ainda. Não, eu senti raiva delas. Não havia a menor necessidade de saírem me contando aquelas coisas. Nunca fiz nada contra elas. Mesmo assim, elas queriam me magoar, talvez até abalar nosso casamento, plantando dúvidas e ciúmes. Ainda acabei fazendo um comentário que deve ter garantido a inimizade das duas de uma vez por todas. O que, pensando bem, não foi muito educado da minha parte.

Ao ver Bethia hesitar e ruborizar profundamente, Eric ficou curioso.

– É? E o que foi que você disse?

Bethia respirou fundo e então reproduziu a pergunta de Catriona e a resposta que dera. Por um instante, Eric a encarou, estupefato, e Bethia temeu ter ido longe demais, talvez até ter enojado o próprio marido. Mas Eric deu uma bela gargalhada.

– Ah, garota, você deve ter deixado aquelas duas desconcertadas – soltou ele, por fim, abraçando-a outra vez.

– Pelo menos durante o tempo que levei para entrar no quarto e bater a porta. Mas não foi uma atitude correta.

– Não foi tão ruim assim, e aquelas duas mereceram. Do alto de tanta arrogância, elas olharam para você, viram uma moça pequenina, de rostinho doce, e acharam que podiam acabar com a sua raça. Você tem razão, elas foram muito cruéis. É muito indecoroso ficar contando as histórias do meu passado. Seja lá o que você tenha querido dizer ou fazer às duas, elas mereceram.

– Pode ser. – Bethia correu a mão pelo abdômen rígido de Eric. – Bem, agora elas não vão mais se dar o trabalho de fingir que gostam de mim, o que talvez não seja tão ruim assim. Sendo bem sincera, acho que esse é o máximo de honestidade que vou conseguir arrancar daquelas duas. Só espero não ter que me preocupar com isso por muito tempo. Vou precisar?

– Não, isso vai acabar logo. Agora, sobre a sua resposta...

– Eric, foi da boca para fora... Eu só estava muito nervosa.

– Ah, que pena. – Ele agarrou a mão dela e pôs bem em cima de seu membro rijo. – Eu estava torcendo para você me pegar pelo cabresto esta noite...

Bethia riu e o beijou, sabendo que às vezes a paixão o dominava com tanta força quanto a ela. Em pouco tempo ela já não sabia quem conduzia e quem era conduzido enquanto eles trocavam beijos e carícias cheios de desejo. Chegaram juntos ao clímax da paixão, e Bethia, mitigadas suas incertezas por um momento, caiu no sono antes mesmo que Eric saísse de dentro dela.

Eric puxou Bethia mais para perto e desfez suas tranças bem lentamente, imaginando o que dava nas mulheres para arrumarem o cabelo com penteados tão complexos. Ele havia trazido a esposa para a corte não apenas como companhia, mas para afastá-la da maldade dos pais. Pensou que se Bethia passasse um tempo longe dos constantes julgamentos e críticas, poderia ganhar alguma confiança e amor-próprio. Em teoria, seu plano tinha sido bom. Contudo, na realidade, ele a soltara bem no meio da crueldade e da mesquinhez das intrigas da corte.

Eric havia considerado a possibilidade de Bethia ficar sabendo de algumas de suas ex-amantes, talvez até vir a conhecer algumas, mas não imaginou que elas seriam um estorvo tão grande. Até uma mulher forte e confiante acharia difícil tolerar as fofocas maliciosas de Elizabeth e Catriona. Bethia, por sua vez, tinha a baixa autoestima de uma mulher que passara a vida sendo ignorada e levando a pior nas comparações com a irmã; quando chegava a ser notada, enfrentava as mais duras críticas. Para uma moça como ela, devia ter sido muito ruim escutar duas mulheres bonitas e voluptuosas se gabando de terem ido para a cama com seu marido. Não espantava que Bethia tivesse sentido necessidade de cair no choro.

Eric beijou a testa dela e correu os dedos por seu cabelo solto com um sorrisinho nos lábios. Achava atraente o fato de Bethia às vezes se entregar ao que ela chamava de "uma choradeira". Ela era encantadoramente honesta em relação às próprias emoções, tanto as boas quanto as ruins. Mais um motivo pelo qual era tão difícil para ela a vida na corte.

À medida que o sono vinha, Eric prometeu a Bethia que se esforçaria ainda mais para alcançar seu objetivo, para que os dois pudessem ir embora de uma vez. Até então, ele vinha engolindo desfeitas como se não fossem nada. Vinha aceitando com educação as desculpas pelos atrasos alheios e repetindo as mesmas coisas incontáveis vezes, tentando crer que o rei só queria ter certeza dos fatos antes de proferir seu julgamento acerca de William Drummond e sir Graham Beaton. Mas já bastava de ser tão gentil, tão educado. Ele queria afastar Bethia de mulheres como Catriona e Elizabeth antes que o veneno começasse a causar danos piores do que uma choradeira.

Bethia se espreguiçou, mas logo fechou a cara quando a mão estendida tocou a roupa de cama fria em vez do peito quente de Eric. Abriu os olhos e soube, pela luz fraca que banhava o quarto, que o sol havia acabado de nascer. Ao esticar o braço para roubar o travesseiro dele, encontrou um bilhete. Abriu um breve sorriso ao ler o pedido de desculpas do marido por ter saído tão cedo, mas ficou grata pelo evidente esforço que ele vinha fazendo para resolver a situação. Era difícil entender a hesitação do rei diante das fortes evidências contra William e Beaton. Ele não tinha nada que fazer alianças com homens como aqueles dois.

Bethia tornou a se espreguiçar, saiu da cama lentamente e tocou a sineta para chamar a criada. Depois de se lavar e secar os cabelos, viria o desjejum. Conteve o ímpeto covarde de pedir a refeição no quarto. Tinha que enfrentar as consequências do episódio com aquelas duas. A caminho do salão, pensou que, se tivesse sorte, ainda seria cedo demais para Catriona e Elizabeth estarem de pé.

Ao cruzar as portas pesadas do salão, Bethia quase esbarrou nas criaturas. Elizabeth não abriu a boca e tampouco a esnobou abertamente, mas manteve o olhar frio. Nada além do esperado. Catriona, no entanto, abriu um sorriso simpático, o que deixou Bethia bastante desconfortável.

– Não precisa fazer essa cara, menina – disse Catriona, abraçando Bethia pelo ombro e beijando o ar bem perto da bochecha dela. – Você ficou nervosa. A culpa foi nossa. Devíamos ter sido mais cuidadosas com as palavras.

– Isso não justifica minha falta de educação – devolveu Bethia, decidindo ser generosa ao se lembrar de que partiriam em breve.

– Para mostrar que estamos todas perdoadas, vamos tomar o desjejum com você, depois vamos nós três às compras.

– Não estou precisando de nada – argumentou Bethia enquanto era arrastada até uma mesa.

– Ora, lady Bethia, não se acanhe. Toda mulher gosta de fazer compras. Vamos nos divertir muito juntas.

Sem querer soar abertamente grosseira, Bethia viu-se levada pelos planos de Catriona, que não aceitou recusas. Já havia ofendido a mulher uma vez. Não havia como saber quais eram suas relações ou que tipo de poder ela teria nas mãos. Bethia não queria arriscar todo o esforço de Eric irritando Catriona a ponto de levá-la a agir contra ele. Querendo ou não, ela iria às compras. Só gostaria de não estar se sentindo tão desconfortável com aquele passeio, quase com medo.

CAPÍTULO CATORZE

– *C*atriona? Elizabeth?

Bethia franziu a testa ao olhar em volta e perceber que não avistava nenhuma das duas. Havia uma multidão no mercado e ela tentou se convencer a não ficar nervosa por conta do aparente sumiço. Talvez as duas só tivessem dado uma fugidinha para olhar outra coisa e se esquecido de avisar, ou talvez Bethia não tivesse escutado o aviso. Ela contou o dinheiro com cuidado, pagou a mulher que a ajudara a escolher uma fita e começou a procurar as duas.

Era difícil enxergar qualquer coisa naquele mar de gente. Bethia odiou ser baixinha e caminhou em direção a um banco logo à frente da taberna. Dando um sorriso nervoso para as pessoas ali reunidas, foi avançando por entre os homens e as mulheres de origem simples até que, enfim, alcançou o banco. Hesitou por um instante, sem saber se era adequado subir nele, mas logo concluiu que não tinha opção. Se quisesse encontrá-las, teria que procurar olhando de cima. Torcendo para não ser vista por ninguém que a reconhecesse como a esposa de Eric, Bethia subiu no banco.

Vários minutos depois avistou, enfim, os elaborados toucados de Catriona e Elizabeth. Parecia que as duas estavam correndo de volta para o castelo. Largá-la no meio do mercado era uma atitude bastante infantil, mas Bethia, descendo do posto de observação, disse a si mesma que deveria ter previsto algum esquema desse tipo. Era pouco provável que elas esquecessem o insulto da véspera sem maiores consequências.

Por mais irritante que fosse a situação, Bethia concluiu que tinha sido para o melhor. As duas haviam passado a manhã toda soltando provocações e alfinetadas sutis, fazendo-se de amigas interessadas em ajudá-la a se portar como uma dama e fazer jus ao marido que conquistara. Bethia começou a pensar que tinham muito em comum com lady e lorde Drummond, mas logo se repreendeu por pensar mal dos pais. Era difícil saber quanto tempo mais teria aguentado aquilo sem perder a cabeça.

– Tudo bem, lady Bethia? – perguntou uma voz que, por um instante, Bethia não reconheceu.

Virando-se devagar, deu de cara com Jennet, a criada que a ajudava a se vestir para o jantar quase todas as noites desde sua chegada.

– Acabei de perder minhas companhias – respondeu ela.

– Ah, aquelazinhas? – Jennet assentiu e tomou Bethia pelo braço. – Não é nada bom a senhora ficar circulando pelo mercado sozinha, e acho que elas sabiam muito bem disso. Aquelas duas não valem nada, milady. A senhora devia tomar cuidado com elas.

– É, estou vendo.

Eric vai ficar furioso, pensou Bethia, com um suspiro. Ao sair do castelo, ela estava acompanhada de quatro pessoas: Elizabeth, Catriona, uma criada e um cavaleiro. Parecera bastante seguro, e ela fizera questão de escrever isso no bilhete que deixara para Eric. Ao vê-la retornar sozinha, ele poderia pensar que ela mentira ou fizera alguma bobagem, como se perder do grupo. Por um instante, Bethia pensou em contar o que tinha acontecido, mas sabia que de nada adiantaria. Eric não poderia tomar nenhuma providência, e as duas, com certeza, negariam tudo. Concluiu que teria de se contentar em dizer que simplesmente havia se separado de suas companhias.

– Milady, posso levá-la de volta agora mesmo – ofereceu Jennet.

– Seria de fato melhor que eu retornasse ao castelo acompanhada, mas não precisa ser agora. Posso acompanhá-la enquanto você termina seus afazeres – respondeu Bethia.

– Já estou quase no fim, não vou demorar.

– Fique à vontade. Na verdade, eu mesma também não terminei de olhar tudo.

– Seu marido não estaria atrás da senhora?

– Eu deixei um bilhete avisando onde estava indo, mas não acho que ele vá voltar para o quarto antes de mim. Ele tem muito trabalho a fazer.

Jennet assentiu.

– Ouvi dizer que ele tem muito a reivindicar ao rei, e a bem da verdade, milady, Vossa Majestade sempre demora para resolver qualquer assunto, por mais legítimo que seja. Às vezes, acho que ele gosta de ver a nobreza suplicando e por isso estende as questões além do necessário. – Ela soltou um arquejo e olhou para Bethia com certa cautela. – Mas sou só uma criada. O que entendo de reis e tudo o mais, não é mesmo?

Bethia quis dizer à moça que ela entendia bem mais do que alguns homens, mas se limitou a sorrir. Jennet temia a imprudência de suas palavras e talvez até sentisse receio de ter arriscado a própria pele, ou, no mínimo, seu emprego no castelo. O melhor a fazer era simplesmente esquecer aquela história e não tocar mais no assunto.

Para deixar a criada à vontade, Bethia começou a pedir conselhos de moda. À medida que ajudava Bethia a escolher as cores mais adequadas e a aconselhava sobre os melhores tipos de tecido, Jennet foi relaxando, e as duas seguiram caminho pelo mercado apinhado. Embora Bethia jamais tivesse precisado se preocupar com essas coisas, agora era esposa do senhor de um

145

castelo, ou logo seria, se o rei deferisse a reivindicação de Eric. Já era hora de aprender umas coisinhas.

Torcia para que Eric não retornasse ao quarto antes dela, ou pior, visse Catriona e Elizabeth no castelo depois de ter lido o bilhete. Ele já tinha preocupações demais. No momento em que foi abandonada ali, Bethia sentira certo medo, mas agora, caminhando com a tagarela Jennet e rodeada dos animados fregueses do mercado, começava a relaxar. Seu único inimigo real era William, e seria muito difícil levar a cabo um sequestro ou um assassinato em um lugar tão cheio de gente.

– Não gosto disso – sussurrou Elizabeth quando Catriona mandou que a criada e o guarda esperassem um pouco e a arrastou até uma viela escura na estrada de volta ao castelo. – Eu ainda acho que a melhor vingança é dormirmos com ele e fazer isso chegar aos ouvidos da vadia.

– Eric não está interessado – retrucou Catriona. – Talvez porque os dois ainda sejam recém-casados ou porque ela é meio diferente. Ele nem olha para outras mulheres.

– Você só está dizendo isso porque ele não correspondeu às suas investidas. Talvez não esteja interessado em *você*.

– Tampouco em você. O que é meio estranho, considerando o fogo que aquele homem tem, você não acha?

– Talvez ele esteja apaixonado – respondeu Elizabeth, num tom de voz que indicava que as palavras quase lhe causaram ânsia de vômito.

– Por aquela magrela de olho esquisito? Duvido muito. Ele está é intrigado pela inocência dela, mas daqui a pouco a coisa esfria.

– Então vamos destruir essa impressão, como eu sugeri – insistiu Elizabeth enquanto as duas aguardavam o homem com quem tinham marcado um encontro.

– Eu venho observando essazinha desde que cheguei e ela não sai da linha, pode acreditar. Teríamos que inventar mentiras deslavadas sobre ela... falar coisas totalmente inverídicas. Eric perceberia com a maior facilidade. – Catriona, cada vez mais impaciente, cruzou os braços e bateu os pés no chão. – Onde está aquele idiota?

– Aqui, milady.

Elizabeth se aproximou de Catriona ao ouvir a voz rascante irromper das sombras, vinda de um sujeito grandalhão e muito necessitado de um banho e roupas limpas.

– Não estou gostando nada disso – sussurrou ela, encolhendo-se ao receber uma forte cotovelada de Catriona.

– Já estávamos quase indo embora, sir William – disse Catriona com frieza. – Não gosto que me façam esperar.

– É bom aprender, então. A paciência é uma virtude recompensadora. Onde ela está?

– Largada no mercado, como prometi. Está usando um vestido verde--claro e uma sobreveste verde-escura. Sem toucado.

– Lembra o que vai dizer se o marido perguntar por ela?

– Que ela insistiu em ficar mais um pouco para olhar as rendas. É melhor darmos cabo disso o mais rápido possível, porque acho que ele não vai acreditar nessa história. Ele vive de olho nela.

– Não se preocupe. Não vou precisar de muito tempo.

Ao ver o homem desaparecer em meio às sombras, Elizabeth estremeceu outra vez.

– Agora estou gostando menos ainda...

– Eu não sabia que você era tão covarde, Elizabeth.

– Onde você arrumou esse homem?

– Um dos meus cavaleiros o encontrou à espreita do lado de fora da taberna. Já faz dois dias que estou sabendo que ele está atrás da desgra-çada. Eu só não tinha ideia de como usar essa informação até ontem à noite.

Catriona começou a sair da viela.

– Acho que ele pretende fazer mal a ela – soltou Elizabeth, correndo para alcançá-la.

– Ah, espero que sim.

– Estou dizendo que talvez ele tenha intenção de matá-la.

– E daí?

– Eu não sei se quero ser cúmplice de um assassinato.

– Bem, pense que logo mais pode haver um viúvo desconsolado dando sopa por aí.

❧ —— ❧

Ao ler o bilhete que Bethia deixara em seu travesseiro, Eric franziu a testa. Era meio preocupante saber que ela havia saído com Catriona e Elizabeth. Depois dos impropérios da véspera, ele se questionava sobre a motivação de tal convite. A última coisa que aquelas duas iriam querer era fazer amizade com Bethia.

Tentou afastar a desconfiança. Sabia que as ex-amantes fariam de tudo para atormentar Bethia com mais histórias de seus romances, talvez insultá-la. Mas se Bethia não se achasse capaz de suportar essas coisas, não teria ido, certo? Eric só torcia para que não revelassem nada muito íntimo. Não gostava nem um pouco de imaginar a esposa ouvindo suas façanhas na cama com outras mulheres.

Como não podia fazer nada a respeito, deixou o assunto de lado e foi almoçar. Esperava ter a companhia de Bethia e compartilhar as boas notícias, mas teriam tempo para isso depois que ela retornasse. No instante em que adentrou o salão, contudo, Eric esqueceu por completo a comida, pois viu à mesa as mulheres com quem Bethia deveria estar.

Lutando para se acalmar e afastar o súbito mau presságio, aproximou-se de Elizabeth e Catriona, que gargalhavam ao lado de dois cortesãos.

– Miladies – murmurou ele, meneando a cabeça para os homens. – A minha esposa não está com vocês?

– Ora, não! Deveria? – devolveu lady Catriona.

– Ela me deixou um bilhete avisando que tinha ido ao mercado com vocês.

– Ah, e foi mesmo, mas não voltou conosco.

– E por que não?

– Ela estava indecisa em relação a umas fitas. Não foi isso, Elizabeth?

– Exato, mas na verdade ela estava procurando rendas.

– E ninguém ficou para acompanhá-la de volta?

– Não. Era necessário? – perguntou Catriona. – Ela insistiu em que tomássemos nosso rumo e falou que nos alcançaria logo mais. Deve estar no quarto a esta altura.

– Não está. Eu acabei de descer.

– Então eu lamento, mas não sei onde ela está.

Não foi fácil, mas Eric resistiu ao ímpeto de sacudir Catriona até que ela dissesse exatamente onde Bethia estava e garantisse que estava segura. Por mais que sentisse que Catriona não dizia toda a verdade, sabia que ela não entenderia o motivo pelo qual ele precisava saber do paradeiro de Bethia ou por que sua esposa corria tanto perigo ao circular sozinha.

Eric dispensou uma breve mesura ao pequeno grupo e saiu correndo do salão. Planejava dar outra olhada no quarto, depois seguir para o mercado. Era possível que Catriona e Elizabeth, em uma atitude infantil, tivessem simplesmente largado Bethia por lá, na intenção de assustá-la um pouco e deixá-la se sentindo mal por ter sido abandonada. Mas, se Bethia tivesse de fato cometido a tolice de dispensá-las para circular sozinha e desprotegida, ele teria de levá-la a entender o tamanho dessa insensatez antes de permitir que ela saísse de sua vista outra vez.

De cara fechada, Bethia olhou as sombras da pequena viela à sua frente. Jennet estava no meio de uma acirrada discussão acerca do preço das mercadorias de um vendedor de ervas. No começo estava divertido, mas Bethia acabou se afastando para dar um descanso a seus pobres ouvidos. O súbito ímpeto de retornar para perto da criada e voltar a ouvir aquele falatório não fazia o menor sentido.

No instante em que decidiu obedecer sem questionamento ao instinto de se afastar da viela, uma mão cobriu sua boca e puxou-a para as sombras. Bethia agarrou o braço de quem tentava sufocá-la e ouviu um xingamento. Aquela voz áspera e masculina, tão perto de seu ouvido, gelou seu sangue.

– Desgraçada – grunhiu William, apertando o pescoço de Bethia. – Você vai pagar por tudo o que me causou.

– Você deve estar louco por achar que pode me matar aqui – sibilou Bethia, estrangulada. – Todo mundo vai saber que foi você.

– Acha que estou ligando? Seu marido está fazendo de tudo para me transformar em um criminoso... um homem que qualquer outro pode matar sem hesitação, que precisa viver fugindo e se escondendo. Quero mais é que ele saiba quem matou você e depois tente proteger o menino.

Bethia fez o possível para desacelerar William, que a arrastava para longe da praça do mercado, mas se esforçava em vão.

– Então por que você não foge e se esconde? Pelo menos assim vai continuar vivo.

– Não por muito tempo. E quero ter a satisfação de ver você morta antes de enfrentar meu destino.

– Lady Bethia? – gritou Jennet.

Bethia tentou gritar de volta, mas a voz não passava de um grasnido.

– Você nem sequer vai conseguir sair da cidade – soltou ela.

– Quem é essa?

– Minha criada.

– Até parece que vou ter medo de uma putinha ignorante. Sei que seu marido não está aqui. Aquelas duas me garantiram que ele está na corte, acha que você está segura. Uma criada não é capaz de salvar você.

Era meio surpreendente que Catriona e Elizabeth tivessem orquestrado aquilo tudo, mas elas eram as únicas mulheres a quem ele poderia estar se referindo. Bethia jamais teria imaginado que as duas estavam com tanta raiva a ponto de desejar sua morte. Mandar um assassino atrás dela parecia uma punição severa demais para um insulto.

– Lady Bethia? A senhora está aí?

Por favor, rezou Bethia, sentindo-se mais fraca à medida que William apertava o passo. Mesmo a pequena Jennet seria de alguma ajuda. A ideia de morrer era péssima de qualquer modo, mas pensar que levaria junto o bebê em seu ventre era insuportável.

Eric ouviu o nome de Bethia e foi avançando pela multidão em direção à voz. Levou um minuto para reconhecer a criada que gritava e se aproximou dela, tentando se lembrar de seu nome.

– Jennet, onde está minha esposa?

– Ah, sir Eric, que bom ver o senhor – respondeu Jennet. – Ela estava aqui agora mesmo...

– Você viu alguém com ela?

– Não. Acho que foi por ali, mas não faço ideia do motivo.

Eric olhou a viela escura e no mesmo instante ouviu um barulho fraco, feito alguém ou algo sendo arrastado. Desembainhou a espada e saiu correndo pela viela. No meio do caminho, avistou os dois e soltou um xingamento baixinho. Não seria fácil tirar Bethia das garras daquele homem.

– Chega, William. Solte a moça – gritou Eric, aproximando-se.

– Ah, o grande sir Eric. Chegou bem a tempo de assistir à degola.

– Então se prepare para ser degolado também, antes mesmo que ela caia no chão.

– Você me acusou de criminoso. Já sou um homem morto de qualquer forma.

Eric tentou imaginar como William tinha ficado sabendo disso.

– Se soltar a moça, você pode ganhar um pouco mais de tempo.

– E ser um alvo mais fácil para você? – devolveu William, com uma risada. – Está achando que eu sou idiota?

William desembainhou a espada, preparando-se para uma possível investida de Eric, e Bethia sentiu o braço do homem afrouxar um pouco ao redor de seu pescoço. Respirou fundo várias vezes, tomando cuidado para que William não percebesse que ela se recuperava do sufocamento. É claro que Eric não poderia agir enquanto ela estivesse na frente. Ver Eric e conseguir oxigenar o cérebro ajudaram Bethia a afastar o medo por um instante. Então ela se lembrou de um ensinamento de Bowen.

Torcendo para que Eric agisse depressa caso ela conseguisse se desvencilhar de William, Bethia cerrou o punho e acertou o sujeito na virilha com toda a força. O grito de dor que ele soltou quase a ensurdeceu. Por reflexo, ele soltou Bethia para se proteger, e ela desabou no chão. Tentou correr para longe, mas estava tão fraca que só conseguiu rastejar. No instante em que ouviu William recuar, atrapalhado, Bethia desabou novamente.

Eric embainhou a espada e se ajoelhou ao lado dela.

– Vá atrás dele! – arquejou ela.

– Jennet! Venha aqui ajudá-la – gritou Eric.

Assim que ouviu os passos ligeiros da criada, ele saiu correndo atrás de William.

– Milady – gritou Jennet, ajoelhando-se junto a Bethia para ajudá-la a se sentar. – O que houve?

– Eu vou ficar bem – disse Bethia, em um sussurro áspero.

– Meu Deus, parece que a senhora foi estrangulada.

Bethia quase riu enquanto Jennet a ajudava a se levantar.

– É porque eu fui mesmo.

Bethia não se surpreendeu ao ver Eric retornar antes mesmo que as duas tivessem conseguido deixar a viela. Bastou ver o semblante sombrio do marido para saber que tinha perdido William de vista. O homem estava se revelando impossível de capturar.

Ela levou um momento para convencer Eric de que não era preciso carregá-la no colo até o castelo. Com a ajuda de Jennet, ele a guiou até o quarto. Eric voltou a sair logo em seguida para mandar os homens em busca de qualquer sinal de William, e Jennet ficou para ajudar Bethia a tomar um banho e se acomodar na cama. A criada tinha acabado de trazer para Bethia uma cerveja com especiarias, adoçada com bastante mel para acalmar a garganta, quando Eric retornou.

Bethia ficou ali sentada, tomando goles curtos da cerveja, enquanto Eric entregava várias moedas na mão de Jennet e agradecia pela ajuda. Assim que a criada saiu, ele foi se sentar na cama com Bethia. Pela expressão em seu rosto ao olhar o pescoço dela, Bethia soube que estava bastante machucada.

– Eu quero muito matar esse desgraçado – murmurou ele, abraçando Bethia e beijando seu cabelo.

– É, eu também.

– Por que você ficou sozinha no mercado?

Ele parecia mais confuso que irritado, e Bethia desejou poder contar a história toda. Mas não tinha provas de que Catriona e Elizabeth estavam por trás do ataque de William. Só sabia que as duas a haviam deixado sozinha e desprotegida de propósito e que William fizera menção a elas. Eric tinha muitos inimigos. Era bem provável que outra pessoa pensasse em William como um instrumento perfeito para atingi-lo. Ela não podia acusar Catriona e Elizabeth de serem cúmplices da tentativa de homicídio mediante provas tão escassas.

– Acabei me perdendo delas – respondeu Bethia, tentando não se afastar demais da verdade. – Na hora de voltar para o castelo, encontrei Jennet e achei que ficar com ela seria melhor do que retornar sozinha.

– Catriona e Elizabeth disseram que você ficou indecisa em relação a umas rendas e mandou as duas voltarem sem você.

– Bem, elas devem ter percebido que você estava preocupado e não quiseram que se aborrecesse com elas.

– Talvez.

Eric sentia que Bethia não estava contando tudo, mas resolveu não pressioná-la.

152

– Elas não tinham como saber que um louco tentaria me matar. Não tinham como imaginar que seria perigoso me deixar sozinha. Nós não contamos a história a muitas pessoas. Mas o que aconteceu? Você encontrou as duas e resolveu vir me procurar?

– Exatamente. Admito que fiquei um pouco intrigado quando soube que você tinha saído com elas, para começo de conversa.

Bethia deu um sorrisinho.

– Eu não queria, mas achei que já as tinha insultado demais. Para ser sincera, fiquei com medo de alguma delas ter contato com alguém que pudesse prejudicar você. Já que falta pouco para irmos embora, achei que seria melhor não contrariar mais aquelas duas.

– É, falta pouco mesmo para irmos embora.

– Jura? – indagou Bethia, ficando mais alegre só de pensar em dar o fora dali.

– Juro. – Eric sorriu e deu um beijinho nela. – Eu esperava que partíssemos amanhã, mas...

– Eu vou ficar bem.

– Eu sei que vai. Sobreviver a um estrangulamento não é motivo para se preocupar...

Bethia ignorou o sarcasmo.

– Você conseguiu o que queria?

– Consegui. William foi declarado criminoso. Ele estava certo quando afirmou que já era um homem morto, mas eu gostaria de descobrir como ele ficou sabendo da condenação, já que eu mesmo tinha acabado de saber.

– Deve ter ouvido falar a respeito da sua reivindicação e não teve dúvidas de que você teria êxito.

– Pode ser. Ele já devia estar circulando aqui pelos arredores há um tempo se encontrou você com tanta facilidade. Estou até pensando em prender você outra vez – sussurrou Eric.

– E eu acho que estou começando a concordar com essa ideia. E quanto a suas outras reinvindicações?

– Sou oficialmente senhor de Dubhlinn. Sir Graham Beaton foi formalmente convidado a se retirar e a me entregar o castelo e as terras. Caso contrário, ele próprio pode ser declarado criminoso. A última coisa que solicitei será uma surpresa e tanto para você, assim espero. Não contei antes porque não queria ver você triste caso eu não conseguisse.

153

– O que você pediu?

– Fui nomeado guardião de James.

Bethia ficou sem palavras, tomada de surpresa e alegria, incapaz de verbalizar tudo o que lhe passava pela cabeça. Sentiu lágrimas brotando nos olhos, e mais que depressa apoiou a bebida na mesa e jogou-se nos braços de Eric.

Ele riu baixinho, abraçou Bethia e beijou sua bochecha, sentindo as lágrimas úmidas.

– Era para você ficar feliz.

– Ah, mas eu estou. – Ela esfregou as mãos no rosto, tentando em vão conter as lágrimas. – Eu estava com tanto medo do que poderia acontecer a James agora que, mesmo sem liderar o clã, ele se tornou o senhor do castelo. Tentei não ficar pensando nisso, pois é muito doloroso imaginar a possibilidade de perdê-lo. Mas agora ele é nosso e vamos criá-lo. Você não podia ter me dado um presente melhor.

– A não ser, talvez, irmos para casa e darmos a boa notícia a ele?

Ela o encarou e abriu mais o sorriso.

– Sim, a não ser isso.

CAPÍTULO QUINZE

–Você é mesmo arrogante a ponto de achar que pode criar o filho de Sorcha melhor do que nós? – perguntou lady Drummond.

Bethia encarou os pais e quase respondeu sem meias-palavras que sim. Fazia uma hora que ela retornara a Dunnbea, e só tivera tempo de limpar a poeira de três dias de viagem e dar um beijo em James. Ela mesma solicitara a reunião com os pais, mas achava uma enorme falta de consideração que o encontro tivesse sido marcado no solário, tão pouco tempo depois de sua chegada da corte. Ela nem tivera chance de avisar Eric, que fora acomodar seus homens e supervisionar o esvaziamento das malas. Bethia ficou pensando se não teria sido intencional.

– Eric e eu somos jovens – começou ela.

– E nós não estamos com o pé na cova.

– Eu sei, mãe. Só que vocês já criaram duas filhas... três filhos, contando com Wallace. A esta altura deveriam descansar. Uma criança ativa como James pode ser uma provação, mesmo com uma babá e mais gente para ajudar.

– Vocês nem sabem ainda onde vão morar – disse o pai de Bethia. – Aquele sujeito nunca nos contou onde pretende acomodar você e a criança. Acho que devíamos saber onde nosso neto vai viver antes de entregá-lo a você.

– Nós vamos morar em Donncoill – respondeu Eric, adentrando o recinto e plantando-se ao lado de Bethia. – Em um castelo bom, forte, mais ao sul. Propriedade do clã Murray. Meu irmão Balfour é o senhor de lá.

– Seu irmão? Achei que você fosse um MacMillan.

Bethia ficou calada enquanto Eric dava uma rápida e sucinta explicação sobre sua linhagem. Ela não acreditava que seu pai ainda não soubesse de tudo aquilo. Eric com certeza já tinha contado, mas lorde Drummond obviamente não prestara a menor atenção. Na verdade, ele parecia não ter muito interesse no homem com quem ela se casara; só importava o fato de que os dois haviam sido flagrados na cama. *O que não é nenhuma surpresa*, pensou ela. O pai havia deixado bem claro todo o desprezo que sentia por Bethia, seu casamento e até seu marido, de certa forma, ao não oferecer nenhum dote por ela.

– Então em breve você será o senhor de Dubhlinn? – perguntou lady Drummond, de cara fechada para o casal.

– Sim, e em plenas condições de criar James para que se torne senhor de Dunncraig.

– Bem, espero que você tenha mais talento para cuidar das terras dele do que teve para cuidar das suas.

Bethia segurou a mão de Eric, tentando em silêncio suavizar o golpe do insulto de sua mãe. Ela não entendia por que seus pais tratavam Eric tão mal. Muitos pais e mães gostariam de ter um homem como ele como genro. Belo, forte, saudável... senhor de um castelo e com uma linhagem impressionante. O casamento trouxera novos aliados aos Drummonds. Mesmo assim, quando o lorde e sua senhora se dignavam a dirigir-se a Eric, falavam como se ele fosse um indigente miserável.

– Eu já pedi a meu primo, sir David MacMillan, que administre Dunncraig até que James tenha idade para isso – respondeu Eric em um tom frio, revelando sua ira à flor da pele. – Ele não só é meu parente, como é um dos aliados mais antigos de vocês. Extremamente confiável.

Bethia e Eric foram alvo de mais perguntas, mais insultos e mais reclamações, depois foram friamente dispensados. Bethia estava tão confusa quanto envergonhada. Além disso, percebeu que seus pais nunca, nem sequer uma vez, haviam chamado James pelo nome. Ela olhou para Eric, que a acompanhava até o quarto do menino para que ela ficasse mais um tempinho com ele, e estremeceu ao ver a raiva estampada em seu rosto.

– Me desculpe, Eric. Eu não sei por que meus pais tratam você... – Ela hesitou, procurando a palavra certa. – Com tanta hostilidade. Não faz o menor sentido.

Eric mordeu a língua para controlar os impropérios que queriam escapar de sua boca. Queria dizer a Bethia que seus pais eram hostis porque sabiam que Eric tinha plena consciência de estar diante de dois grandes imbecis, arrogantes e insensíveis. Ele enxergava a crueldade com que tratavam a própria filha, e percebia que não tinham dado a mínima para o próprio neto até Bethia expressar o desejo de levá-lo embora. E sabia também que os dois se ressentiam dele por tê-los privado da jovem mansa e submissa na qual haviam tentado transformar Bethia. Essas verdades só magoariam Bethia. Por mais que ele quisesse livrá-la daquela influência maligna e levá-la a enxergar como era indigno o tratamento que recebia dos pais, não queria deixá-la triste. Além do mais, percebia que ela mesma já começava a enxergar essas verdades. O momento da epifania já seria bastante intenso sem a raiva dele.

– Talvez eles não me perdoem por ter seduzido você – respondeu ele, enfim, mesmo acreditando que o único incômodo provocado por isso tinha sido a obrigação de preparar um casamento.

– Muitos pais ficariam secretamente felizes – soltou ela, com um sorriso tímido. – Eu escolhi o senhor de um castelo rico e bonito para me fazer cair em pecado, e ainda o arrastei até o padre. Me espanta que nenhuma outra mulher tenha sido tão esperta assim.

– Algumas tentaram, mesmo antes do burburinho de que eu me tornaria senhor de Dubhlinn. Aprendi rápido a reconhecer os perigos.

Bethia estava prestes a perguntar por que ela própria não havia representado perigo, mas os dois chegaram ao quarto de James e ela logo foi distraída pelos gritinhos dele. Em silêncio, a babá sorriu e deixou os dois a sós com o bebê. Bethia sentou-se no chão e observou Eric brincar com James. *Ele vai ser um pai maravilhoso*, pensou, com um suspiro.

– Garota, o que está preocupando você? – perguntou Eric, balançando James no joelho; o menino gargalhava.

– Não é nada. Só estava aqui pensando mais uma vez em como estou feliz por você ter sido nomeado guardião de James. Você será um bom pai para ele.

– Obrigado. Mas, na verdade, a guardiã deveria ser você. Afinal, você é irmã gêmea da mãe dele.

– Ninguém concederia isso a uma mulher, mesmo que quisessem. O destino de James é ser o senhor de Dunncraig. Nenhuma corte e nenhum rei entregaria um menino desses a uma mulher.

– Triste e injusto, mas é verdade. – Eric respirou fundo para se recompor. – Quero ir para Donncoill.

– Claro. Eu já esperava por isso. É o seu lar, afinal – respondeu ela, baixinho.

– Agora. Quero sair daqui quanto antes. Se eu pudesse, partiria hoje mesmo.

– É seguro viajarmos? Nesta época do ano o tempo pode ficar ruim de um dia para o outro.

– Acho que por sorte teremos uma estação bem branda. O que foi? Você está nervosa, com medo de ir para um lugar estranho?

– É claro que estou, mas acabei de sobreviver a um mês na corte do rei da Escócia. Acho que dou conta de conhecer uns Murrays.

Eric riu, e Bethia abriu um sorriso.

– Eles vão adorar você – garantiu ele. – Tem certeza de que quer mesmo sair de Dunnbea? Afinal de contas, aqui é a sua casa, e depois que você for comigo para Donncoill e se estabelecer como senhora de Dubhlinn, ficará um bom tempo sem vir aqui.

Bethia escutou atentamente seu coração e não lhe veio o menor pesar ou relutância em deixar o lar. Sentiria muito a falta de algumas pessoas, mas essas sempre poderiam ir até lá visitá-la. Quanto mais olhava para dentro de si, mais ansiosa ficava para sair de Dunnbea, e sentia uma enorme alegria ao pensar que logo estaria livre – de quê, no entanto, não sabia dizer ao certo.

– Vou sentir muito a falta de algumas pessoas – confessou ela –, mas só isso. Eu sou sua esposa. Vou com você para onde for... sempre.

Eric deu um beijinho em Bethia. As palavras não eram nenhum juramento de amor, mas traziam em si uma convicção tranquila e sincera que o alegrava.

157

Não havia um tom de dever, embora ele não imaginasse que outra emoção estaria por trás daquela prontidão em permanecer ao lado dele. Era o bastante por enquanto.

— Talvez você não precise ficar tanto tempo longe delas — sussurrou Eric, com um sorriso.

Antes que Bethia pudesse questioná-lo, Wallace chegou para avisar que estavam prontos para começar as buscas por William. Ela pegou James, abraçou-o com força e observou Eric partir com o primo. Sentia um aperto no peito só de ouvir o nome daquele homem. Tentou se consolar com o fato de que William, embora tivesse tentado matá-la e conseguido fugir, não havia chegado perto de James desde a morte dos filhos.

Eric se remexeu na sela e correu os dedos pelo cabelo. Queria gritar para tentar aliviar a frustração. Tudo indicava que William estava perto, que os havia seguido desde a corte, mas nada de encontrar o sujeito. Nem Thomas tinha descoberto um rastro que pudesse seguir até o fim.

— Estou começando a achar que esse desgraçado sabe voar — resmungou Wallace, chegando perto de Eric.

— Ou que se desintegra quando lhe convém — acrescentou Bowen, parando do outro lado. — Thomas está achando que perdeu suas habilidades, coitado. Está desconsolado.

— Não imaginei que esse sujeito fosse tão sagaz — retrucou Eric, balançando a cabeça. — Talvez tenha sido arrogância minha, mas realmente não pensei que ele seria assim tão difícil de caçar e matar. Ele nunca demonstrou grande inteligência, nem habilidades marcantes.

— De fato — concordou Bowen. — O desgraçado usava veneno, a arma dos covardes, e só tinha sucesso porque lidava com idiotas que não enxergavam um palmo diante do nariz. Isso é o mais louco.

— Você acha que *ele* ficou louco?

— Sim. Acho que sempre foi, na verdade. É a única explicação para ter matado tanta gente. Sem dúvida, é a única explicação para o fato de continuar caçando Bethia e James. Qualquer outro homem já teria fugido a esta altura, e estaria tentando salvar a própria pele.

– Ele simplesmente aceitou que é um homem morto – disse Eric, relembrando as palavras de William quando segurou Bethia na viela. – Já aceitava isso mesmo antes de ser declarado criminoso. Parece que a única coisa que ele quer é levar Bethia com ele. Fala de James, também, mas não sei muito bem se ainda pensa tanto no garoto. É Bethia quem ele quer.

– Foi ela quem interrompeu os planos dele – observou Wallace. – Ele a culpa por seu fracasso.

– Nada ainda – suspirou Thomas, aproximando-se. – Quando encontro uma pista, logo ela some. Não consigo saber para onde foi o desgraçado.

Eric quase sorriu enquanto observava Thomas seguir até o cavalo e montar. A raiva e o desespero que sentia estavam evidentes dos pés à cabeça do rapaz. Quando Thomas simplesmente começou a rumar de volta para Dunnbea sem dizer uma palavra, Eric virou-se para Bowen:

– Acho que terminamos por hoje. – Wallace e Bowen riram, e ele abriu um sorrisinho. – Mas começo a temer que Thomas jamais me perdoe por isso.

– Ele está com o orgulho ferido – concordou Bowen, e, junto do restante do grupo, virou o cavalo na direção de Dunnbea.

– Precisaremos ficar ainda mais atentos a Bethia – disse Wallace.

– Pois é – concordou Eric, com um suspiro. – Pretendo partir para Donncoill em breve, se o tempo ajudar.

– Há uma boa chance de William seguir você até lá.

– Eu sei, mas ele vai estar em terreno desconhecido. Talvez isso me dê vantagem. Mas, seja como for, não importa. Preciso tirar Bethia daqui.

– Vai fazer bem à moça – disse Bowen. – E você é o marido. Ela deve ir aonde você for.

– Sim, é verdade, mas Bethia não foi criada para ir a lugar algum, não é mesmo? Ao contrário da maioria das moças, ela não foi preparada para sair da casa dos pais, para ter a própria família. Bethia foi criada para fazer o trabalho que a mãe deveria estar fazendo.

Wallace fez uma careta e assentiu.

– É verdade. Isso já estava bem claro quando Bethia era menina. Cabia a Sorcha fazer um bom casamento, e Bethia foi ficando para trás, para cuidar das necessidades dos pais. O estranho era que os dois sempre demonstravam muita ingratidão, mesmo sendo essa a vontade deles. – Ele olhou para Eric e abriu um sorriso. – E eles nunca vão gostar de você, pois está levando a serva deles embora.

Eric riu enquanto cruzavam os portões de Dunnbea.

– Ah, isso eu percebi desde o início. Mas vou tirar Bethia daqui e talvez ela consiga, enfim, se libertar da influência deles.

– Vai precisar de homens para lutar por Dubhlinn?

– Vou.

– Conte com isso.

– E vai precisar também de uns bons homens para guarnecer seu novo castelo – disse Bowen enquanto desciam dos cavalos e os entregavam aos garotos do estábulo.

– Vou – respondeu Eric com cuidado, olhando para Wallace. – E qualquer um que deseje ficar será muito bem-vindo e terá um bom dinheiro e boas acomodações.

– Pois conte comigo e com Peter. Com toda a certeza lutaremos por você, nem que seja só para que Bethia possa ter seu próprio castelo.

– Ficarei muito satisfeito em receber vocês, e não preciso nem dizer que Bethia vai amar.

Eric observou Bowen adentrar o estábulo, então se virou para Wallace enquanto os dois partiam rumo às portas altas e pesadas do castelo.

– E você, o que diz? Porque vai perder dois bons homens se eles resolverem ficar comigo em Dubhlinn.

– Vou mesmo, e acho que mais alguns vão acabar indo também, se você de fato se vir tão desprovido de homens capazes e confiáveis quanto imagina. – Wallace abriu um sorrisinho triste. – Bowen e Peter nunca foram meus homens, nem sequer do meu tio. Sempre foram de Bethia. É verdade que me treinaram, e sempre lhes serei muito grato por isso, mas quero mais é que encontrem um lugar onde seus serviços sejam bem recompensados. Porque aqui não serão.

– Dunnbea não é um castelo pobre.

– Não, e é por isso que temos tanta gente saudável aqui; não há tantas mortes quanto em outros lugares. Especialmente por termos passado tanto tempo sem batalhas. Dunnbea agora é um lugar pacífico, então temos gente de mais e serviço de menos. Muitas dessas pessoas poderiam se dar bem melhor se fossem buscar sustento em outro lugar. Então quero mais é que Bowen e Peter tomem o rumo deles, se assim desejarem, porque os dois merecem a chance de ganhar bem por sua destreza. Aqui não há ganho para eles.

– Nem gratidão por seus esforços – sussurrou Eric enquanto os dois entravam no castelo, mal sendo notados por lorde e lady Drummond quando cruzaram com eles na escadaria.

– Isso aí, então, sempre foi muito escasso.

– Não encontrou nada, certo? – indagou Bethia ao ver Eric entrar no quarto.

Não foi nenhuma surpresa quando ele balançou a cabeça e começou a se aprontar para o jantar no salão. Eric adentrara o quarto com um olhar sombrio e decepcionado. Bethia afastou sua decepção e sua raiva.

Enquanto o ajudava a tirar as roupas sujas de terra, falou de James e de como ele estava crescendo rápido. Arrancou sorrisos de Eric com histórias sobre as novas habilidades e palavras que o menino aprendera. Quando os dois estavam prontos para se dirigir ao salão, sentiu que o havia animado. Então, antes de deixarem o quarto, ele a puxou para perto e lhe deu um beijo rápido e intenso.

– Por que isso? – perguntou Bethia, tentando acalmar o coração acelerado.

– Pelo seu esforço para melhorar meu humor.

– Ah. – Ela fez uma careta. – Vejo que descobriu meus planos.

– Não se culpe. Acho que essa é uma das atribuições de uma esposa. Eu me sinto tentado a pedir que você vá falar com Thomas, de tão furioso que ele ficou por ter tido o orgulho ferido.

– Como William consegue escapar desse jeito? Nunca imaginei que ele fosse inteligente ou habilidoso a ponto de se esquivar de nós por tanto tempo.

– Eu também não, mas Bowen acha que é a loucura que aguça a perspicácia dele.

– É, pode ser. Já ouvi dizer que a loucura pode deixar um homem forte, astuto e escorregadio como nunca. Talvez precisemos atraí-lo para uma armadilha – disse ela, franzindo a testa.

– Uma armadilha requer uma isca, e se você está pensando em se oferecer, acho melhor repensar.

– Pode funcionar – sussurrou Bethia, meio incomodada ao vê-lo descartar a ideia antes que ela sequer tivesse a chance de falar.

– E você pode acabar morta. Não estamos lidando com o homem que pensávamos, nem com o homem que William costumava ser. Ele some e reaparece. Nem Thomas, que tem um faro excelente, consegue acompanhar o sujeito. Os rastros de William surgem e depois desaparecem e aí ressurgem em outro lugar, como se ele avançasse aos saltos. Sei que o atrairíamos se ele soubesse que você está solta por aí, aparentemente desprotegida, mas já tenho minhas dúvidas de que conseguiríamos mesmo impedir que ele mate você e torne a escapar, ileso.

Bethia estremeceu e grudou-se mais um pouquinho em Eric enquanto os dois adentravam o salão. Estava tão consumida pela questão de William que ocupou seu lugar à mesa principal ao lado do marido, mas mal percebeu a habitual carranca de seus pais. Perto da ameaça que William representava, seu pai e sua mãe não passavam de um pequeno estorvo. Os dois tinham um verdadeiro talento para magoá-la e fazê-la se sentir inútil, mas William era capaz de matá-la.

– Quer dizer então que você, não contente em levar todos os vestidos da sua irmã – começou lady Drummond, em seu tom duro e frio – e o nosso neto, agora está planejando levar também nossos homens.

– Eu não planejo levar homem nenhum – devolveu Bethia, arrancada tão abruptamente de suas reflexões que de fato não estava entendendo qual era a queixa de sua mãe.

– Wallace fez a gentileza de oferecer alguns homens de Dunnbea para me ajudarem a ocupar e controlar Dubhlinn – respondeu Eric.

A ideia tinha cheiro de conflito e Bethia fechou a cara. Não se permitira pensar em como Eric tomaria Dubhlinn de sir Graham Beaton. O rei entregara as terras a Eric e convidara sir Graham a se retirar, sim, mas Bethia imaginou ser extremamente ingênuo de sua parte achar que tudo estava resolvido. Sir Graham passara treze anos recusando-se a entregar a Eric um lugar que era dele por direito. Claro que o homem não iria simplesmente concordar em deixar as terras agora.

– Não é a melhor estação para uma batalha – disse lorde Drummond.

– Não pretendo ir até os portões amanhã e exigir que sir Graham saia ou lute. – Eric tomou um bom gole de vinho para se acalmar, recusando-se a deixar que eles o irritassem. – Eu, sua filha e seu neto, no entanto, precisaremos do apoio de alguns homens na viagem até Donncoill. Já que a primavera não tarda a chegar, parece razoável aceitarmos a ajuda dos homens de Wallace nesse meio-tempo. Assim, eles poderão treinar com os homens que os MacMillans estão mandando e também com os homens do meu irmão.

162

– Eu não fui consultado a respeito disso.

– Os Murrays agora são nossos aliados, e os MacMillans sempre foram – respondeu Wallace. – Não achei que tivéssemos qualquer razão para recusar um pedido de ajuda deles.

Bethia sabia que aquela argumentação tão serena irritava seu pai. Por mais que temesse sequer pensar em uma batalha, não entendia a relutância de lorde Drummond em oferecer ajuda. Ela sabia que Dunnbea não ficaria desassistida e que isso não pesaria quase nada nos cofres do castelo.

– Vou me esforçar ao máximo para que seus homens não sejam jogados em uma batalha desnecessária – disse Eric –, e cuidarei para que sejam devolvidos ao senhor o mais rápido possível.

Ele arriscou uma olhadela para Bethia, mas a expressão dela não era muito reveladora. Ela sempre assumia um semblante calmo e submisso na presença dos pais. Eric percebeu que tinha adquirido um profundo desgosto por essa visão. No momento, seu maior desejo era saber como ela estava recebendo a conversa sobre a batalha, um assunto do qual ele tentara preservá-la. Diante de sua expressão impenetrável, concluiu que teria de esperar uma ocasião a sós para falarem a respeito.

Naquele instante, Bowen chegou, acompanhado de sir David MacMillan. Bethia ficou estupefata ao ver como o jovem era parecido com Eric. Não era de surpreender que todos os MacMillans tivessem duvidado de que Eric fosse um Murray assim que ele atravessara os portões. Depois das apresentações, sir David sentou-se à frente dela e de Eric, e Bethia se viu, a contragosto, diante de mais conversas a respeito de uma possível batalha para reaver Dubhlinn.

Bethia suspirava e se esforçava para terminar a refeição. Nenhum dos homens parecia particularmente sedento de sangue, mas estava claro que tinham certa expectativa em relação à batalha, que todos consideravam ser por uma causa justa. Achavam que estavam do lado certo. Bethia queria sentir o mesmo, mas a única coisa que enxergava eram homens, inclusive o seu amado, prestes a arriscar a própria vida e a de outras pessoas por um pedaço de terra.

– Talvez seja melhor você deixar Bethia e o menino aqui até que tudo esteja organizado – disse lorde Drummond.

– Não – retrucou Eric com firmeza, estendendo o braço e tomando a mão dela. – Minha esposa e James vão comigo.

Para o total espanto de Bethia, seu pai não discutiu.

– Quando iremos embora? – perguntou ela, baixinho.

– Amanhã, se o tempo permitir – respondeu Eric.

Bethia abriu a boca para argumentar, mas desistiu. Era melhor não questionar Eric na frente dos pais. Sua intuição dizia que tentariam tirar vantagem de qualquer demonstração de desavença, o que só faria aumentar a tensão que ela já percebia no marido. Para ser sincera, ela não tinha queixas em relação à data da partida; simplesmente reagira ao tom de comando de Eric. Isso a surpreendeu um pouco, porque ao longo dos anos ela refinara bastante a arte de aquiescer ao sinal do indiscutível tom arrogante de comando. Os pais costumavam falar assim.

– Bem, parece que seu marido insiste em enfiar você bem no meio das confusões dele – disse o pai de Bethia. – Espero que esteja preparada para se comportar como uma esposa. Está na hora de largar sua imprudência e sua rebeldia e acompanhar seu marido.

– Imprudência? – sussurrou Bethia, imaginando de onde seu pai havia tirado a ideia de que ela era imprudente.

Lorde Drummond olhou para Eric.

– Receio que não tenhamos preparado a moça muito bem para o casamento. Nunca achamos que um homem pudesse querer essa coisinha esquisita. Mas tenho certeza de que você pode ensinar a essa criança o necessário para que seja uma boa esposa. Nós fizemos o possível. É desonra nossa que não tenha sido suficiente.

Eric se levantou bruscamente e puxou Bethia.

– Acho que vocês fizeram mais do que o suficiente. Partiremos amanhã bem cedo. Talvez ainda encontremos vocês para nos despedirmos.

Arrastada pelo salão, ela saiu tropeçando atrás de Eric. Algo o havia deixado furioso, e Bethia tinha a sensação de que tinham sido os comentários de lorde Drummond a seu respeito. Estava tão acostumada a ouvir críticas a sua aparência e seu comportamento que já nem prestava atenção.

– Talvez eu deva começar a fazer as malas – disse ela a Eric quando os dois entraram no quarto.

– Já está quase tudo pronto – respondeu ele, muito ríspido, então soltou um suspiro e abraçou Bethia. – Me desculpe, não é de você que eu estou com raiva.

Ela o abraçou pela cintura e o encarou.

– Eu sei, mas não entendi direito o que deixou você tão furioso.

– Quando eu vejo que você está tão acostumada a ouvir certas coisas que já nem sente raiva, acabo ficando ainda mais furioso.

– Eu sou uma decepção para meu pai desde o dia em que nasci, ou pelo menos desde o instante em que ele percebeu que eu não era exatamente igual a Sorcha. Se eu desse ouvidos ao que ele fala, a esta altura já teria enlouquecido.

Ele abriu um sorrisinho e começou a empurrá-la para a cama.

– Quem vai enlouquecer sou eu se continuar aqui engolindo esses insultos. Então, pela nossa sanidade mental, é melhor irmos embora quanto antes.

Ela riu e soltou um arquejo de surpresa quando Eric a jogou na cama.

– Se formos mesmo partir de manhã cedinho, acho melhor descansar-mos – disse ela, mas não o impediu de despi-la.

– Ah, nós vamos descansar – sussurrou ele, bem perto dos seios dela. – Depois.

CAPÍTULO DEZESSEIS

Encolhida sob um cobertor e espremida junto a Grizel, com James enfiado no meio das duas, Bethia olhou os homens que cavalgavam com elas. Pareciam sentir tanto frio quanto ela. Durante os últimos três dias, o grupo avançara com o maior esforço possível, sempre à espera de que o tempo virasse. Enfrentaram apenas o frio, mas Bethia começava a achar que a baixa temperatura podia ser tão perigosa quanto a neve ou uma chuva de granizo.

Seria uma grande alegria chegar a Donncoill. A timidez e o desconforto trazidos pela expectativa de conhecer a família de Eric já haviam sido aniquilados pela baixa temperatura. Sua primeira preocupação seria se aquecer.

A carroça começou a desacelerar, e Bethia se debruçou para a frente e olhou o céu. Era tarde, e, contrariada, percebeu que passariam mais uma noite ao relento. As enormes fogueiras preparadas pelos homens, as tendas e a proximidade de todos aliviavam um pouco o frio, mas Bethia estava ávida por uma cama quente.

– Só mais uma noite, coração – disse Eric, que seguia a cavalo atrás da carroça.

– Tudo bem – disse Bethia, e então, quando Eric estendeu a mão e a chamou para montar à sua frente, ela aceitou. – Connor ficaria muito feliz com um estábulo – murmurou ela, já acomodada, dando um tapinha no pescoço do animal.

– Se tivéssemos um estábulo no momento, ele teria que disputar espaço com os homens.

– Pelo menos não caiu uma tempestade. Toda vez que sinto vontade de reclamar, tento me lembrar disso.

– Pois é, eu também. – Eric balançou a cabeça, começando a se afastar do acampamento que os homens montavam. – Mesmo assim, pode não ter sido muito sábio viajar agora. Eu devia ter esperado mais.

– Você está ansioso para chegar em casa. Tenho certeza de que todo mundo entende isso.

– Ah, garota... você sabe que parte da minha ansiedade em voltar correndo para casa veio de quão irritado eu já estava com seus pais.

Bethia suspirou e se aproximou do marido, deixando escapar um murmúrio de satisfação ao ser envolvida em seu tartã e receber um pouco de calor.

– Eu sei. Não é muito fácil lidar com meu pai.

– Wallace consegue.

– Não, Wallace só decidiu ignorá-lo a maior parte do tempo. E ele não precisa aturar tanta coisa, porque passa muitas noites alojado com os outros homens e, como já foi nomeado herdeiro, meus pais relutam em criticá-lo demais. Se o fizessem, isso poderia minar a confiança dos homens em Wallace, e meu pai acabaria tendo que ele mesmo conduzir todos à batalha, se fosse necessário.

Eric quase deu um beijo nela. Ele podia ver que Bethia estava meio irritada, e pela primeira vez ela não se apressou em desculpar-se por suas palavras nem tentou justificar os atos do pai. Eric não queria que ela os odiasse, mas ficou muito satisfeito com aquele indício de que Bethia começava a enxergar os dois com mais clareza. À medida que percebesse as falhas deles, Bethia começaria a entender como estavam errados em relação ao que pensavam dela e a se dar conta de como a haviam levado a pensar mal de si própria também.

– Aonde estamos indo, Eric? – perguntou ela ao perceber que ele conduzia o cavalo para longe do acampamento e da vista de todos.

– Quero mostrar Dubhlinn a você – sussurrou ele, e deu um beijinho na testa de Bethia.

– É perto?

– Logo adiante, depois daquelas árvores.

– Que estranho podermos chegar tão perto sem criar problemas.

– Nós já fomos vistos. Sir Graham já recebeu a notícia de que o rei acolheu minha reivindicação. Ele não vai ousar me incomodar. Ao menos não por ora.

Bethia olhou para Eric.

– Imagino que ele ainda não tenha saído do castelo.

– Não. – Eric beijou a pontinha do nariz frio e vermelho dela. – Ainda está lá dentro. Vou dar um tempo e esperar que ele saia, mas não muito. Ele já passou bastante tempo exaurindo tudo o que essas terras tinham de mais valioso.

Bethia não disse nada, e Eric ficou um pouco decepcionado. Esperava seu apoio irrestrito no momento de ir à luta. Ele concordava com Bethia: ninguém deveria morrer em disputas por terras ou dinheiro. De modo geral, pensava o mesmo. Contudo, a tomada de Dubhlinn envolvia mais do que isso. Era por essa razão que, apesar do tempo frio, ele queria mostrar a Bethia o que reivindicava.

– O castelo fica ali – disse ele, puxando as rédeas.

Bethia avistou o castelo grande e sombrio. A construção assentada sobre o solo árido era rodeada por um imenso vazio, realçado pela extensão de terra morta em decorrência do inverno. Os portões estavam fechados, e não havia ninguém do lado de fora. Ela abraçou Eric com força. Dubhlinn não parecia muito acolhedora. A bem da verdade, era arrepiante.

– Você quer mesmo ser dono desse lugar?

Bethia ficou quase aliviada ao vislumbrar um movimento nas ameias da muralha externa porque, mesmo que isso significasse que Dubhlinn estava sob forte guarda, ao menos era um sopro de vida. Eric deu uma risadinha.

– Eu sei que o lugar não parece muito aconchegante ou convidativo. Foi construído para defesa, afinal de contas. E o inverno acabou com o verde... Durante toda a minha vida e por muitos anos antes de eu nascer, esse castelo não passou de uma área onde os urubus vinham se empoleirar e se alimentar de quem estivesse por perto.

167

– Esses urubus seriam os Beatons?

– Exatamente. O lugar reflete a escuridão de seus senhores. Só estive lá dentro uma vez, quando meu pai me fez prisioneiro. Ele ainda olhava para mim como se eu fosse bastardo, mas precisava de um filho homem. Não tinha tido nenhum e achava que estava à beira da morte, mas mesmo assim não queria deixar o castelo para um parente distante. Então me capturou na intenção de me transformar no homem que achava que eu deveria ser.

– E você não se ajustou ao treinamento.

– Passei a maior parte do tempo na masmorra, até que ele prendeu minha meia-irmã Maldie, e ela conseguiu nos libertar. Minha lembrança mais nítida... que ainda me dá pesadelos... é o momento em que ele me fez assistir à morte de um Murray. Eu não tinha nem treze anos e vivia, de certa forma, protegido. Ele torturou o homem até a morte, e eu fui forçado a assistir cada agressão, a ouvir cada grito. Ele achou que a experiência fosse me endurecer.

– Mas isso só despertou o seu ódio, não é?

Bethia suspirou, horrorizada com a história que acabara de ouvir, tentando conter as lágrimas por aquele menino de outrora.

– Exatamente. Depois de testemunhar tamanha crueldade, não fiquei nem um pouco contente ao descobrir que ele era meu pai de verdade.

– Você tem medo de ter alguma semelhança com ele? Ou de algum dia isso vir a acontecer?

– Não, mas confesso que isso me preocupou por um tempo. – Eric virou o cavalo e começou a rumar para o vilarejo. – Foi bom ter conhecido outro fruto da mesma semente, ver que Maldie não tinha sido envenenada por aquele homem. Ainda mais por ela ter levado uma vida muito mais difícil que a minha, com uma mãe completamente incapaz de cuidar de uma criança. Mesmo sendo filha de duas pessoas horríveis, Maldie não era má. Então como eu seria?

– É por isso que você continua chamando a si mesmo de Murray, não é? Porque não tolera usar o nome daquele homem.

– Pois é. E os antepassados e os outros descendentes dele também não merecem nenhuma honra. Meu avô era tão perverso que meu pai foi induzido a matá-lo.

Bethia soltou um arquejo de horror, e Eric deu de ombros.

– Além do mais, eu continuo me sentindo um Murray. Não conheci outra vida, outra família.

– Então que seja Murray. – Bethia observou os poucos aldeões que não haviam se entocado em casa enquanto ela e Eric percorriam lentamente o vilarejo. – Está planejando fazer toda essa gente adotar esse nome também?

– Não, por mim eles são livres para ser o que quiserem. Vai haver uma mistura estranha de pessoas e nomes por aqui durante um tempo. Alguns MacMillans sem sombra de dúvida vão permanecer, bem como alguns Drummonds. Se for preciso, teremos também a companhia de uns Murrays.

– Um recomeço.

– Assim espero.

Ao fim da estreita estradinha de terra, Eric parou em uma pequena encosta, e Bethia observou o vilarejo. Por mais que não estivesse em posição de julgar, visto que raramente deixava Dunnbea, ela sentiu um misto de tristeza e abandono ali. Mesmo que já fosse tarde e estivesse frio, deveria haver o mínimo de atividade. O único movimento vinha de poucos aldeões com pressa de chegar em casa. A presença de um casal a cavalo bastava para que o povo resolvesse se esconder.

Em face da escuridão crescente, Bethia aguçou um pouco mais o olhar. Não havia cavalos nos estábulos, nem o som de qualquer animal. As chaminés de umas poucas casas emanavam fumaça, revelando lareiras acesas. O telhado de inúmeros chalés estava parcialmente destruído. Era um vilarejo moribundo. Bethia começou a pensar que sir Graham tinha sugado toda a vida que havia ali.

– Estou achando que você vai ter mais problemas do que vantagens se ficar com este lugar – sussurrou ela enquanto Eric começava a retornar ao acampamento.

– Eu sei. Vou precisar de tempo até conseguir alguma melhora.

No caminho de volta, foi difícil não pensar em tudo o que vira. Era triste que um lugar que poderia ter sido tão próspero estivesse quase em ruínas. Pouco havia restado de Dubhlinn; as condições gerais eram deploráveis.

Assim que chegaram ao acampamento, Bethia correu para se sentar com Grizel e James diante de uma grande fogueira. O mingau ralo deu para o gasto, pois Bethia consolou a si mesma lembrando-se de que no dia seguinte desfrutaria de um banquete. Os homens montavam guarda. Sua postura rígida informava que o grupo não passara despercebido; estavam sendo observados.

– Acha que os Beatons vão tentar atacar? – perguntou Grizel, fechando a cara em direção à mata por onde seu marido acabara de desaparecer.

– Eric acha que não – respondeu Bethia.

– Ah, então sir Graham vai entregar a terra e pronto?

– Não, isso não deve acontecer. Mas acho que não vai atacar Eric aqui nem agora. A esta altura, ele já deve saber que perdeu, mas obviamente precisa de tempo para decidir se vou lutar, e como.

Grizel suspirou.

– Bem, isso não me surpreende. Nenhum homem gosta de abrir mão de terras e riquezas. Sir Graham pode não ter direito a este lugar, mas ainda está aqui e acho que só vai sair à força.

– Pois que seja – concordou Eric, parando junto à fogueira para dar um beijinho de boa-noite em James.

– Está montando guarda? – perguntou Bethia a Eric, devolvendo o beijo.

– Sim, por um tempo, depois vou sentar diante da maior fogueira de todas para me aquecer.

Bethia sorriu e observou enquanto ele se afastava. Ajudou Grizel a limpar James depois da refeição, depois se juntou à criada e ao sobrinho na carroça. Alguém posicionara o veículo bem ao lado da fogueira, e lá dentro, sob a proteção das cobertas, estava até meio abafado.

– Estou quase me sentindo culpada por estar aqui dentro enquanto os homens estão lá fora – disse Grizel, acomodando-se ao lado de James na cama improvisada com cobertores.

– Quase.

Bethia trocou um sorriso com Grizel e também se aconchegou sob as cobertas. Deitou-se de barriga para cima e olhou a viga de madeira que sustentava o teto da carroça, como uma tenda improvisada.

– Amanhã de manhã vou querer me deitar em uma cama decente. Acho que não vou nem esperar escurecer.

– Eu vou me atirar em qualquer cama que nos derem, sem banho nem nada! Não vou nem esperar Peter. Não, a única coisa que vou fazer antes vai ser acender uma bela fogueira.

– Na verdade, acho que vou arrastar a cama para perto da fogueira. – As duas riram baixinho, e Bethia suspirou. – Por mais afetuosos que sejam você e James, também vou gostar de ter Eric de volta ao meu lado.
– Eu entendo. Os homens são criaturas peludas e barulhentas, mas é muito bom ficar grudada neles. – Grizel e Bethia trocaram sorrisos por sobre a cabecinha de James. – Está ansiosa para conhecer a família dele?
– Um pouco. Eles devem saber que eu trouxe problemas para a vida de Eric – respondeu ela, tocando os cachinhos do adormecido James –, e que já impus a ele o fardo de cuidar de uma criança.
– Fardo que ele parece muito feliz em carregar. Pelo jeito com que sir Eric trata James e as outras crianças, imagino que Donncoill aceite mais um pequeno de braços abertos. Só trata bem assim o filho de outro homem alguém que cresceu aprendendo a apreciar a dádiva que são as crianças.
– Acho que você tem razão. Enfim... amanhã de manhã estaremos lá. É bom saber que James será bem recebido. Só torço para que o povo de Donncoill esteja disposto a aceitar mais uma mocinha também.

Montada à frente de Eric e observando os arredores, Bethia logo percebeu as diferenças entre Dubhlinn e Donncoill. No lar de Eric havia vida e calor. Os homens correram adiante para guardar os cavalos e cuidar dos companheiros de Eric. Havia sons. Havia o cheiro dos cavalos, dos fogões a lenha e de muita, muita gente. Alguns cheiros não eram tão bons, mas dessa vez Bethia os recebeu de bom grado.

Assim que Eric a ajudou a descer, Grizel veio lhe entregar James. A criada logo desapareceu em meio à multidão, sem dúvida à procura do marido para que fossem em busca de uma cama quentinha onde dormir. Wallace e sir David acompanharam de perto enquanto Eric conduzia Bethia rumo às portas do castelo, imensas e cravejadas de pregos. No instante em que Eric pisou na escadaria da frente, as portas se escancararam, assustando Bethia levemente.

Segurando firme a mão do marido, ela adentrou o calor do castelo e foi apresentada a várias pessoas: um sujeito grande e moreno chamado Balfour; sua bela e pequenina esposa, Maldie; um homem chamado Nigel, quase tão bonito quanto Eric, e sua linda esposa, Gisele, que estava grávida. Bethia organizava as ideias enquanto criadas e pajens surgiam às pressas para conduzir todos aos seus quartos no andar de cima, onde poderiam se lavar e trocar de roupa. Antes mesmo de entender o que estava acontecendo, Bethia estava banhada, vestida e acomodada diante de uma grande fogueira, com uma taça de vinho quente muito forte na mão.

Com uma risada, Eric se juntou a ela, aceitou também uma taça de vinho e beijou seus lábios crispados.

– Você parece meio atordoada, garota.

– Acho que nunca cheguei a um lugar, recebi as boas-vindas e fui mandada para o quarto com tanta rapidez. – Ela fez uma careta e balançou a cabeça. – Ah, é claro que não... eu nunca estive com ninguém antes de você.

– Bem, foi tudo muito rápido, mesmo. Até eu fiquei impressionado. Ainda que eu tenha enviado um mensageiro para avisar que estávamos chegando com muito frio depois de três dias e três noites ao relento. Acho que todos por aqui ficaram assustados. Gisele, em especial, odeia o frio.

– Ah, Gisele. A grávida. Esposa de Nigel – disse Bethia. – Ela tem algum parentesco com Maldie, esposa de Balfour?

– Não. Essa semelhança entre as duas já foi motivo de uns probleminhas no passado, pois Nigel certa vez acreditou que estivesse apaixonado por Maldie. Ele passou sete anos afastado, e quando voltou, voltou com Gisele.

– Ah, meu Deus.

– Pois é. Ah, meu Deus.

– O castelo é lindo, Eric.

Bethia enroscou os pés no tapete macio diante da lareira, então mais que depressa tornou a calçar as chinelas.

– É assim que eu quero ver Dubhlinn – respondeu Eric.

Bethia olhou as tapeçarias que aqueciam as paredes, a imensa lareira que aquecia as pessoas, os tapetes que aqueciam o chão. Meio cautelosa, encarou Eric.

– Eu sei que dinheiro não lhe falta, mas será que você tem tanto assim?

– Não, mas planejo usar boa parte do que tenho em telhados para os chalés, arados, sementes e outras necessidades. Vai bastar.

– Claro. Eu queria que meu pai não fosse um homem tão avarento. Você deveria ter recebido meu dote. Teria ajudado.

– Você vai me ajudar. É só disso que eu preciso.

– Você contou aos seus parentes toda a verdade sobre nós?

Eric assentiu, levantou-se, pegou Bethia pela mão e a levantou.

– Aqui não precisamos encenar o teatrinho da corte.

– Aquela história fez com que parecêssemos um pouco mais comportados do que fomos na verdade. Não foi tão ruim.

– Não precisa ter medo de ser repreendida pelas circunstâncias do nosso casamento. A nossa história deve ser a mais entediante e corriqueira de todos os Murrays nos últimos tempos, pode acreditar.

Bethia não sabia ao certo se acreditava, mas não discutiu. Agarrou com força a mão de Eric e foi conduzida ao salão, onde, a julgar pelos aromas, um banquete de boas-vindas os aguardava. Ficou vermelha quando ouviu o próprio estômago roncar, mas achou graça ao ouvir o de Eric fazer o mesmo.

No salão, por um breve período, comer foi mais importante do que conversar. Logo depois, Bethia ficou surpresa com quanto conseguiram falar apesar da barulheira de tantas pessoas comendo ao mesmo tempo. Quando o vinho quente e doce foi servido, a conversa de fato engatou. Ela ficou sentada, saboreando uma maçã cozida adoçada com mel e bebendo seu vinho, enquanto Eric contava à família tudo o que acontecera desde sua partida.

Conseguiu contar muita coisa sendo breve, pois vinha mantendo todos bem informados mesmo a distância. Mas então vieram à tona William e a questão de Beaton e Dubhlinn. A caçada a William ainda não havia acabado. Bethia queria acreditar que ele seria encontrado em breve, mas tinham sido tantas as falhas – cometidas por homens decentes, perspicazes e habilidosos – que ela não levava muita fé nisso. Pensar em William também significava confrontar a ideia de que desejava fortemente a morte de uma pessoa. Por mais que poucos no mundo merecessem a morte como William, isso a perturbava.

Quando os homens começaram a falar na expulsão de sir Graham de Dubhlinn e na batalha iminente, Bethia perdeu o que restava do apetite. Mais uma vez escutava homens bons, homens que ela jamais consideraria ambiciosos ou sedentos por sangue, conversando sobre batalhas para reconquistar um pedaço de terra. Também havia aquela pontinha de expectativa, quase de empolgação, diante da possibilidade de enfrentar uma batalha estando do lado certo.

– Se eu fosse você, tentaria não dar ouvidos – disse Maldie, aproximando-se de Bethia depois que Gisele se retirou discretamente para se deitar.

– É isso que eu faço.

– Pode ser prudente, de fato. Eu não consigo entender essas coisas, milady.

– Por favor, apenas Maldie. Nós agora somos irmãs, não é?

– Obrigada, Maldie. E você, entende?

Maldie deu de ombros.

– É uma causa justa. Dubhlinn precisa se libertar do jugo de tantos péssimos Beatons. Agora, por que os homens parecem gostar tanto da ideia de sir Graham levá-los a lutar pela terra? Isso também me intriga, mas os homens são assim mesmo. Eles tampouco devem entender por que eu me empolgo tanto quando ofereço um bom jantar ou descubro uma poção nova. Acho que homens e mulheres estão fadados a essa incompreensão mútua.

– Eu não queria que lutassem. Não quero que ninguém morra por causa de um pedaço de terra.

– Nem eu, Bethia, mas as coisas são assim.

Concluindo que nem aquela agradável mulher entenderia seus sentimentos, Bethia mudou de assunto:

– Eric me contou que você é curandeira.

– Eu faço o possível. Não quero soar presunçosa, mas acho que tenho certos conhecimentos e habilidades.

– Não é presunção reconhecer seus dons. Eu comecei a aprender um pouco. A Velha Helda, curandeira de Dunnbea, me ensinou umas coisas, mas eu gostaria de aprender mais. Estou começando a achar que Dubhlinn vai ter que ser reconstruída em muitos aspectos, não apenas com pedras, argamassa e novos arados, mas também com novos saberes.

– Vai ser um prazer ensinar tudo o que eu puder antes que você parta para seu novo lar.

Já era tarde quando Eric e Bethia retornaram ao quarto. Apesar da conversa com Maldie, fora impossível ignorar por completo o assunto da guerra. Enquanto observava o marido se despir, ela se pegou imaginando quantos pontos daquele lindo corpo poderiam ser perfurados, quantos ferimentos poderiam ser fatais. Praguejou baixinho e se acomodou na cama. Quando Eric se enfiou sob as cobertas e veio abraçá-la, Bethia retesou brevemente o corpo antes de relaxar ao toque quente dele.

– Parece que você e Maldie têm bastante assunto – disse Eric, alisando as costas dela e notando que Bethia parecia angustiada, quase distante.

– Ela vai me ensinar sobre curas. Acho que pode ser um conhecimento útil quando chegarmos a Dubhlinn.

– Ah, Dubhlinn. Bethia, eu não quero lutar...

– Não... – Ela o beijou, para impedi-lo de falar. – Não diga nada. Já chega de conversas sobre Dubhlinn, sir Graham e batalhas. Faz três longas e frias noites que não nos deitamos na mesma cama. Acho que temos assuntos mais interessantes a tratar, não acha?

– Acho, mas dentro em breve vamos realmente precisar falar sobre isso.

Com as duas mãos, Bethia puxou o rosto de Eric e lhe deu um beijo, expressando todo o seu desejo e o medo crescente em seu coração. Em pouco tempo os dois já estavam sem ar. A paixão acalmava os ânimos dela e a deixava mais alegre; com a cabeça cheia depois de todo o falatório dos homens sobre a batalha, Bethia agradeceu muito a sensação de liberdade trazida pelo contato físico. O prazer dessa sensação de esquecimento e entrega seria curto, mas ela se permitiu senti-lo.

Eric logo foi arrebatado pela investida apaixonada de Bethia. Sentiu que, de alguma forma, ele e o desejo que os dois compartilhavam eram usados por ela, mas o ardor era tão intenso que não se importou. Os dois batiam de frente a cada carícia e a cada beijo, disputando quem dominaria quem naquele ato. Era uma batalha que ele amava travar com ela, pois mergulhava de tal forma no prazer que não queria saber quem sairia vencedor. Com o corpo unido ao dela, desfrutando da tensão que somente Bethia tinha o poder de lhe trazer, Eric concluiu que, enquanto fosse levado a experimentar aquela sensação tão doce, sempre sairia vencedor.

Exaurido e feliz, ele se deitou de costas e puxou Bethia, igualmente lânguida, para perto.

– Bem-vinda a Donncoill, Bethia Murray – disse ele com a fala arrastada, e abriu um largo sorriso quando ela sorriu.

CAPÍTULO DEZESSETE

—*A*cho que sua esposa não gosta muito disso – murmurou Balfour, observando Bethia sair às pressas do pátio de treinamento.

Eric suspirou e bebeu um longo gole do odre que Bethia havia trazido.

– Não, não gosta. Já tentei conversar com ela, mas... – Ele fez uma careta. – Ela tem talento para desviar do assunto.

Balfour riu, entendendo muito bem.

– Pelo menos ela não repreende você, nem chora para tentar fazê-lo mudar de ideia. Do que é que ela não gosta, exatamente?

– Pois é – soltou Nigel, aproximando-se e aceitando um gole do odre de Eric. – Qual é a preocupação dela em relação à batalha? É uma luta justa.

– Ela acha que é uma disputa por terras, não gosta de ver ninguém lutando e morrendo por causa dessas coisas – respondeu Eric. – De um modo geral, eu tendo a concordar com ela.

– Está dizendo que ela não aceita a sua reivindicação de Dubhlinn?

– Não, isso ela aceita. Bethia não tem dúvida de que sir Graham está errado, sabe que ele não tem direito a Dubhlinn e que precisa me devolver tudo.

– Ah, entendi – devolveu Balfour, com uma risadinha. – E por um milagre isso vai acontecer sem que ninguém precise empunhar uma espada...

– É uma ideia boba, e sei que Bethia não é boba. Mas a respeito disso ela pensa com o coração, e aí qualquer argumento fica muito difícil.

– Então deixe estar. Deixe que ela resolva esse assunto dentro do peito.

– Talvez seja melhor mesmo, porque ela conhece os fatos. Eu até já mostrei a ela como está a situação de Dubhlinn. Não tenho mais nada a dizer. Agora cabe a ela aceitar ou não.

– Ou então... – disse Nigel, abrindo um sorriso ao ver Gisele e Maldie se aproximarem. – Ou então as amigas podem ir conversar com ela.

Quando Maldie e Gisele adentraram o quarto, Bethia franziu a testa. Pela batida suave à porta, achou que pudesse ser Grizel, porque sabia que as duas tinham ido visitar seus maridos. Deixou de lado a camisetinha que estava fazendo para James, serviu um pouco de vinho às duas e puxou os banquinhos diante da lareira. Fazia um mês desde que chegara a Donncoill, e era a primeira vez que as duas vinham procurá-la daquele jeito. Bethia ficou meio tensa, tentando entender qual seria o motivo.

– Está tudo bem? – perguntou ela, sentando-se ao lado de Gisele, mas posicionada de modo a enxergar com clareza as duas.

– Sim – respondeu Maldie, e então suspirou. – E não.

– Fiz alguma coisa errada?

– Por que você sempre acha isso?

– Como assim?

– Toda vez que algo sai um pouco do prumo você pede desculpas, ou se alguma de nós vem procurá-la para conversar um pouco mais a sério, como agora, você sempre pergunta se fez alguma coisa errada.

– Por experiência própria, sei que costuma ser o caso – murmurou Bethia.

– Pare com isso – devolveu Gisele. – Não vi você fazer nada de errado desde que chegou aqui. Eric também não, sem sombra de dúvida. Você não tropeça. Quando oferece alguma ajuda nos afazeres do castelo, é sempre muito gentil e demonstra muito talento para liderar. Se alguém andou tentando levar você a achar que não tem valor, seria bom ignorar essas pessoas, certo? Porque claramente são uns idiotas.

Bethia quase sorriu. Gisele parecia tão firme, e além do mais era muito lisonjeiro ouvir elogios.

– Mas vocês parecem muito sérias... – disse Bethia.

– Nós viemos falar com você sobre Eric. Imagino que não seja sua intenção, mas você está deixando o homem infeliz.

Maldie franziu a testa.

– Essa não é a melhor forma de colocar a questão, Gisele.

– Por que não? Ele está infeliz. Mas não é com você exatamente... – Gisele apressou-se em esclarecer, ao ver a agonia no rosto de Bethia. – É com uma ideia sua, um pensamento seu.

– Bethia – disse Maldie, tocando as mãos cerradas dela –, de certa forma, sua desaprovação da batalha que virá está magoando Eric.

– Ele pediu a vocês que viessem me dizer isso?

– Não, foram nossos maridos. Eric acha que só pretendíamos falar da batalha e tentar ajudar você a enxergar que a situação não é tão ruim quanto parece... por mais que você não concorde. Eric acha que você está se deixando levar pelo coração, e pensou que talvez você aceitasse conversar com outras mulheres. Afinal de contas, naquela cabecinha de homem – concluiu ela, dando um breve sorriso –, ele já disse tudo o que podia. E como você ainda está reticente, ele está em desvantagem.

– E isso o magoa?

– Ele não disse isso. Disse que não gosta da angústia que essa situação está causando em você. Mas acho que ele está um pouco magoado, sim. Ele entende seu lado, mas ao mesmo tempo queria que você entendesse o dele.

Bethia suspirou e tomou um bom gole de vinho, para ganhar força.

– Eu jamais vou ficar contra ele.

– Muito bem dito – murmurou Gisele.

– Vamos lá, garota, não tente nos enrolar – disse Maldie, com um sorriso delicado. – Nós já somos casadas há muito tempo. A resposta que não é bem uma resposta, a promessa que não é exatamente uma promessa... nós conhecemos muito bem esse joguinho e sabemos detectá-lo de longe. Só nos diga o que está passando pela sua cabeça e talvez possamos ajudá-la a chegar a uma conclusão, a encontrar alívio para essa angústia e para a sensação de mágoa do pobre Eric.

– Eu não me conformo em ver gente lutando e morrendo por causa de terras – respondeu Bethia.

– Não se trata apenas disso, e acho que você sabe muito bem. Dubhlinn pertence a Eric. Ele tem direito às terras. O que está deflagrando uma batalha é a recusa de sir Graham em cumprir as ordens do rei e abdicar da propriedade.

– E isso não é uma disputa de terras?

– De certa forma, sim, mas as terras não são de Eric por direito? Além do mais, você viu o estado de Dubhlinn. Os aldeões estão desconsolados. Os últimos três senhores não deram a mínima para o povo. Abusaram deles, puseram todos à míngua, descartaram suas vidas em rixas inúteis contra clãs vizinhos e ainda os deixaram famintos, pobres e aterrorizados, transformaram o povo em um mero rebanho.

– Acho que você já sabe de tudo isso – completou Gisele. – Portanto, talvez valha a pena olhar com mais atenção para o motivo de toda essa angústia. Acho que não é tanto pela real motivação da batalha, mas sim por conta de quem estará na linha de frente.

– Eu não quero que Eric vá lutar, claro. Nem Bowen, Wallace ou Peter. Mesmo assim, nunca achei certo alguém morrer disputando terras. Foi esse tipo de ambição que custou a vida da minha irmã, do marido dela e da tia dele. E foi essa mesma ambição que pôs um louco atrás de mim. Dá para me culpar por achar tudo isso horrível?

– De forma alguma – respondeu Maldie. – Mas você não acha que Eric tem qualquer semelhança com esse sujeito, acha?

– Não, é claro que não.

– Mas quando você deixa transparecer seu desgosto, pode dar a entender que sim.

O pensamento horrorizou Bethia.

– Eu já disse a ele que não o considero nada parecido com William.

– É, mas às vezes só falar não adianta.

– Vocês estão tentando fazer com que eu me sinta culpada.

– Um pouquinho. – Maldie sorriu. – Só estou pedindo que você escute seu coração e tente acessar o verdadeiro motivo de tanto sofrimento por Eric ter de lutar para reaver Dubhlinn. Acho que Gisele tem razão, o medo por Eric e pelos outros está superando a importância da motivação dessa batalha.

– Bem, admito que não penso nos outros homens nem no povo de Dubhlinn quando a batalha me vem à mente. Só penso em Eric, Peter, Bowen e meu primo. Não suportaria se qualquer coisa acontecesse a eles... se morressem lutando por um pedaço de terra. – Ela fechou a cara. – Foi exatamente o que Gisele disse, não foi?

– Quase – disse Maldie. – Imagino que não tenhamos ajudado a suavizar seus medos, mas talvez seja melhor você parar de expressar o que pensa. Se precisar dizer qualquer coisa, diga apenas que teme pela segurança dos seus amados.

– Está me pedindo que eu esconda meus sentimentos?

– Só os que fizerem Eric se sentir repreendido pelo que talvez seja forçado a fazer.

Bethia refletiu por um instante. O medo por Eric e pelos outros representava uma parte considerável de seu ódio por aquela situação. Não seria tão difícil organizar as ideias e empurrar para o fundo da mente o desgosto que sentia pela motivação daquela disputa. Não era como se ela fosse mentir para Eric.

– Tudo bem – disse ela, por fim. – Se vocês acharem por bem contar essa conversa a ele, então contem. Se ele ouvir de vocês, talvez não me pressione para ficar falando dos meus sentimentos.

– E talvez não induza você a dizer o que não deve. – Maldie assentiu, pôs-se de pé e ajudou Gisele a se levantar. – Eu entendo, Bethia. Estamos todas com medo. Nenhuma de nós quer ver o marido partir para a batalha, sabendo que vai haver alguém tentando matá-lo. Esse medo não é só seu.

No instante em que as duas saíram, Bethia correu para a cama. A noite já vinha chegando, e ela começou a sentir um desconforto na cabeça e na barriga. Deitada, pensou em tudo que havia acabado de ouvir. A última coisa que queria no mundo era ver Eric magoado ou achando que ela desaprovava sua postura em relação à batalha que ele seria forçado a lutar.

Bethia concluiu que estava sendo egoísta. Preocupada com os próprios sentimentos, havia desconsiderado os sentimentos dos outros. Ela suspirou, muito constrangida. Era hora de deixar de agir feito criança. As outras mulheres de Donncoill também estavam enfrentando a possível perda de seus maridos, parentes e amados que logo partiriam para enfrentar sir Graham e seus homens.

Já passava da hora de demonstrar um pouco da coragem que via nos outros. Isso não significava ser falsa consigo mesma, apenas guardar alguns sentimentos em consideração aos demais. Mesmo assim, ela ainda rezaria todas as noites para que sir Graham fosse acometido por uma onda de heroísmo e entregasse Dubhlinn pacificamente a seu verdadeiro dono.

– Você está grávida – disse Maldie, limpando o suor do rosto de Bethia.

Profundamente constrangida por ter passado mal na frente de Maldie, Bethia se limitou a assentir. O enjoo havia atacado pela manhã, não à noite, como de costume, pegando-a de surpresa. Bethia ficou grata por ter acabado de receber Maldie em seu quarto, por Eric estar longe e por ela não estar em um salão cheio de gente ou na praça de armas. Bebendo de golinho em golinho a sidra que Maldie lhe servira, ela refletiu se a irmã de Eric receberia bem o pedido de guardar segredo.

– Eu ainda não contei a Eric – disse ela.

– Não precisava nem dizer. Eric seria incapaz de guardar uma notícia dessas. O que eu não entendo é... por que você está escondendo?

– Por motivos bem bobos, com certeza. Eu quis me assegurar de que estava grávida, e depois de que o bebê vingaria.

– Isso não é tão bobo – devolveu Maldie, sentando-se na beirada da cama. – Bem, a esta altura você já deve ter certeza.

Bethia soltou uma risadinha e fez uma careta.

– Quando eu estava na corte, e até mesmo aqui, por um tempo, os enjoos vinham à noite. Era sempre assim: antes do jantar eu me sentia fraca, tonta e nauseada. Será que aconteceu alguma coisa para os enjoos começarem a vir pela manhã?

– Duvido muito. Deve ter sido só uma alteração no seu corpo. Pode até ser que eles voltem a vir à noite também. Sentir enjoo duas vezes por dia não é nada anormal. Ou pode ter sido alguma coisa que você comeu ontem e não caiu bem. A gravidez às vezes transforma a refeição mais leve em uma tortura digestiva. Com quanto tempo você acha que está?

– Dois meses, talvez um pouquinho mais. Não lembro bem quando foi a última vez que minhas regras vieram. Só sei que não vêm desde que conheci Eric.

– Então eu contaria a partir da primeira vez que vocês se deitaram. Não é tão incomum uma mulher engravidar na primeira vez, mas se não foi esse o seu caso, deve ter sido logo depois.

– Então já devo estar chegando ao terceiro mês.

– E daqui a pouco não vai mais enjoar. A maioria para de vomitar lá pelo terceiro ou quarto mês. Depois disso é só relaxar e engordar.

– Gosto dessa ideia.

– Quando você pretende contar a ele?

Bethia suspirou e acariciou a barriga.

– Quero esperar mais um pouco. Não sei se é uma notícia apropriada para um homem que está praticamente com os pés no campo de batalha. Para ser bem sincera, passei as últimas seis semanas grávida e ele nem percebeu. Acho melhor não contar agora, para não gerar excesso de preocupação.

Maldie soltou uma risada e se levantou.

– Sim, esse é o tipo de notícia que queremos dar na hora certa e no lugar certo. Por outro lado, vocês estão cheios de problemas. É bom ter em mente que a hora e o lugar certos podem estar bem longe, e que talvez seja melhor contar logo do que ele acabar descobrindo sozinho. Os homens às vezes pensam besteira quando acham que estamos escondendo algo importante. Você não ia querer que esse momento fosse maculado por uma discussão.

Depois que Maldie foi embora, Bethia concluiu que aquele era um conselho sábio. Ela dera muita atenção aos conselhos de Maldie e Gisele em relação ao que ela sentia pela batalha iminente, pois tudo provara ser bastante sensato. Eric sabia que talvez não tivesse o total apoio de Bethia em relação ao que faria para recuperar Dubhlinn, mas Bethia tinha certeza de que ele já não achava que ela abominava sua decisão. Nas poucas ocasiões em que seus medos e desconfortos eram notados ou mencionados, ela se limitava a demonstrar preocupação pela segurança de Eric.

Na verdade, Bethia começava a perceber que era exatamente isso. Quanto mais atenção dava ao medo que sentia por Eric, menos se exasperava quanto às motivações da disputa. Concluiu que havia deixado medos e opiniões se misturarem. No fundo, sabia que Eric não tinha escolha e que não havia comparação entre o que ele estava prestes a fazer e o que sir Graham e William tinham feito. Sir Graham era um ladrão, e já passava da hora de abdicar do que não lhe pertencia.

Ainda faltam algumas semanas para que o clima permita uma batalha, pensou ela, fechando os olhos. Jamais deixaria que Eric partisse sem um beijo, um sorriso e votos de boa sorte, mas talvez fosse hora de deixá-lo perceber que ela acreditava na causa.

O tempo em Donncoill passou depressa e, para o grande alívio de Bethia, em paz. Ela brincou bastante com James e os sobrinhos e sobrinhas de Eric, adquiriu muitos conhecimentos de cura com Maldie e tentou estudar francês com Gisele. Embora ainda não aprovasse abertamente a batalha para a qual os homens se preparavam com tanta diligência, vinha tentando, com pequenos gestos, acalmar o coração de Eric.

Duas sombras, no entanto, ofuscavam sua sensação de alegria. William espreitava. Estava bem claro que ele os havia seguido desde Dunnbea. Apesar de ele se encontrar em terreno desconhecido, permanecia elusivo. Todas as buscas provaram-se infrutíferas, deixando Eric cada vez mais frustrado – uma sensação que Bethia compartilhava totalmente.

A outra questão era o casamento. Ela e Eric permaneciam companheiros e apaixonados como no início, mas não havia indício de que os sentimentos dele por ela haviam se intensificado. Às vezes ela se reconfortava com a lembrança de que pouquíssimos casais tinham mais do que isso – e de que vários tinham muito menos. Observava os irmãos de Eric e suas esposas, via o amor profundo que compartilhavam e se corroía de inveja e ciúme. Era isso que desejava, mas ainda não possuía.

Bethia largou o bordado e foi espiar pela janela da sala de costura. O sopro da primavera já pairava no ar. Os dias eram mais longos e mais quentes; o solo, mais macio, enlameava facilmente com a circulação de homens e cavalos. Até o burburinho das mulheres na sala de costura parecia mais intenso. Era uma época do ano que em geral Bethia amava. Agora, no entanto, a primavera lhe trazia a lembrança de que em breve Eric partiria para enfrentar sir Graham.

Bem devagar, ela tocou a própria barriga e sentiu o bebê que crescia ali dentro começar a se mover. Estava com pelo menos quatro meses de gestação, mas Eric não percebera qualquer mudança em seu corpo. Se o movimento na barriga aumentasse, contudo, ele acabaria notando. O momento de contar sobre a gravidez estava cada vez mais próximo. Àquela altura, ela já esperava ter recebido algum sinal de que ele retribuía seu amor, imaginava momentos carinhosos e românticos em que os dois falariam de seus sentimentos e ela contaria a Eric que ele seria pai. Por fim, Bethia aceitou que a notícia teria de ser dada sem muitos rodeios. Mais uma vez, precisaria conter as palavras de amor que tanto ansiava dizer a ele.

– Ah, como a primavera é linda, não? – disse Maldie, aproximando-se de Bethia.

– Sempre amei esta estação, apesar da lama e dos insetos – disse ela, retribuindo o sorriso de Maldie. – Mas agora só consigo pensar no início da guerra. Sir Graham se recusa a sair de Dubhlinn, está desafiando Eric abertamente.

– Bem, os Beatons sempre foram uns idiotas arrogantes.

– É uma pena que não sejam covardes a ponto de sair correndo em face da investida dos nossos homens. – Quando Maldie começou a argumentar, Bethia ergueu a mão. – Eu sei que isso não vai acontecer, e ultimamente venho achando reconfortante ver o esforço de todos na preparação para esse momento.

– E eles terão mesmo que lutar. É por isso que você anda tão tristonha?

– Não, eu estava só pensando que pouca coisa mudou entre mim e Eric, e que a esta altura eu já esperava mais.

– Ah, você queria que ele amasse você como você o ama...

– E que mulher não deseja isso? Mas não aconteceu.

– Tem certeza?

– Ele não fala de amor. E eu não ouso tentar adivinhar os sentimentos dele. Se a esperança me induzir a um palpite errado, sei que vou me magoar. – Ela acariciou a barriga e abriu um fraco sorriso. – Eu tive uns devaneios bobos sobre o momento de contar a ele a respeito da gravidez.

– Eu sei bem. Você o imaginou se ajoelhando, declarando amor eterno, dizendo que você é o mundo para ele e que o filho que você está carregando é um milagre, fruto desse amor?

– Por mim, ele não precisava nem se ajoelhar – resmungou Bethia, soltando uma risada.

– Talvez a cena não seja tão melosa assim, mas não pense que Eric vai desgostar de saber que será pai.

– Eu sei. – Ela suspirou. – E isso não é pouca coisa. Só que... bem... eu queria o que você tem.

– Um morenão?

Bethia, surpresa, soltou uma risada.

– Maldie, acho que você não está me levando a sério.

– Ah, estou, sim, e me solidarizo. Só não tenho nenhum conselho a dar. Sugiro apenas que continue amando seu homem como sempre. Eric muitas vezes também já disse que gostaria de ter um casamento como o meu e de Balfour. Ou seja, ele está disposto a tentar. Talvez esteja tentando neste exato instante e você pode não estar percebendo. Eric mergulhou nesse casamento com muita serenidade para que fosse apenas fogo de palha. Vocês estão casados há pouco tempo, às vezes demora um pouco para conquistarmos tudo o que desejamos. Mas nada do que eu disse vai fazer com que você se sinta melhor, não é?

– Não, não. Eu concordo. Acho que uma vez ou outra preciso ser arrancada de minha melancolia. Para ser bem sincera, talvez esteja na hora de uma choradeira.

– Como é? – perguntou Maldie, achando graça.

– Bom, eu não faço isso desde que cheguei aqui, mas acho que gosto de me entregar a uma choradeira de tempos em tempos. Eu me jogo na cama, penso em todos os meus problemas, em tudo o que me entristece, chafurdo um pouquinho nesse sofrimento e depois emerjo novinha em folha.

Maldie abriu um sorriso.

– Não sei bem se isso se aplica a mim, mas penso que faz muito sentido. – Ela riu com Bethia, então a abraçou. – Vamos ver as crianças. Quando nossos ouvidos estiverem saturados de tanta barulheira, vamos visitar nossos maridos.

Bethia se permitiu ser conduzida. Maldie era uma boa companhia, e, apesar dos doze anos de diferença, Bethia sentia que as duas vinham se aproximando. Ao contrário do que ocorrera em Dunnbea, ela sabia que sentiria imensa tristeza quando fosse a hora de deixar Donncoill. O único consolo era que Dubhlinn não ficava muito longe. Sendo Eric tão próximo de seus irmãos e da irmã, Bethia imaginava que haveria muitas visitas para lá e para cá.

Passaram uma hora brincando com as crianças. James se adaptara rapidamente às brincadeiras com seus pares, o que Bethia achava ótimo para o desenvolvimento de sua fala. Estava cada vez mais fácil compreender as palavrinhas dele. Quando se instalassem em Dubhlinn, ela cuidaria para que James não ficasse sozinho no quarto infantil, para que tivesse sempre a companhia de outras crianças, ainda que não fossem da mesma idade.

Depois de uma hora, Maldie quis ir embora. Com tamanho falatório e tantas crianças exigindo atenção, Bethia percebeu que uma hora também era o máximo que ela conseguia suportar. Amava estar com os pequenos, mas em Donncoill havia tantas crianças, de todas as idades e cheias de energia, que em pouco tempo ela se sentia assoberbada.

– Pois bem, vamos procurar nossos maridos – anunciou Maldie, começando a descer a escada. – E o enjoo? Passou?

– Não. Durante um tempinho veio de manhã e à noite... e foi um pequeno pesadelo.

– Você devia ter me falado. Eu teria lhe dado alguma coisa para aliviar.

– Eu devia ter pensado nisso... Agora só está vindo de manhã, e acho que está melhorando um pouco. Já não me enfraquece tanto.

– Deve estar sendo difícil esconder de Eric.

– Seria se eu acordasse no mesmo horário que ele, mas ando dormindo muito tarde. E tenho o sono muito pesado. Ele já veio reclamar, com a maior delicadeza, dizendo que eu devo estar trabalhando demais, porque está difícil me acordar de manhã.

Ela e Maldie riram, pois sabiam exatamente por que ele tentava acordá-la.

Ao chegarem à praça de armas, Bethia respirou fundo. Quase sentia o cheiro da primavera. O inverno não fora muito rigoroso, mas era bom ver o frio indo embora.

Uma comoção junto aos portões fez Bethia e Maldie pararem. De olhos arregalados, Bethia avistou uma pequena carroça, muitíssimo decorada, chegando a Donncoill, escoltada por três homens corpulentos e armados. Ao reconhecer a voz da mulher que disparava ordens, levou um susto.

Eric, Balfour e Nigel aproximaram-se para cumprimentar a visitante, e Bethia precisou conter o ímpeto de sair correndo e agarrar o marido. De uma hora para outra, trancá-lo no quarto pareceu uma atitude bastante razoável. Soltou um impropério ao ver lady Catriona sair da carroça e se atirar nos braços de Eric.

– Quem é essa? – indagou Maldie.

– Lady Catriona, ex-amante de Eric.

– O que ela está fazendo aqui, em nome do bom Deus?

– Obviamente, isso é Deus querendo me provocar. Mandou lady Catriona junto da primavera só para ela repetir aqui o que fazia, e muito bem, na corte.

– E o que era?

– Transformar minha vida em um inferno.

CAPÍTULO DEZOITO

– Olhe só para ela – resmungou Gisele, com os olhos cravados em Catriona, do outro lado do salão.

– Nojenta – murmurou Maldie, e as duas encararam Bethia com o semblante muito sério. – E então? Você não vai fazer nada?

Bethia suspirou e observou Catriona, toda empenhada em bajular Eric. Ela parecia ter muita prática. Desde a chegada daquela mulher indesejada aos portões de Donncoill, Bethia só via o marido no quarto do casal. Quando ele não estava treinando seus homens ou à procura de William, encontrava-se acompanhado de Catriona, que não saía de cima dele. O que trazia muitas lembranças ruins do período em que estiveram na corte.

– O que vocês sugerem? Que eu vá até lá e dê um murro naquele belo sorriso? Que arranque meia dúzia daqueles lindos dentes brancos? – perguntou Bethia.

– Eu faria isso – respondeu Gisele, com uma mãozinha cerrada e a outra alisando a barriga redonda.

– É tentador – concordou Maldie. – Mas seria falta de educação.

– E você acha que aquela vadia demonstra alguma educação tentando seduzir um homem bem na frente da esposa dele?

– Esse tipo de coisa sempre deixa Gisele meio destemperada – explicou Maldie a Bethia. – Acho que é o sangue francês.

– Ah, é? – Gisele estreitou os olhos para Maldie. – Ignorar tranquilamente uma mulher que está lambendo seu marido como se ele fosse um doce só para não ser mal-educada me parece um comportamento bastante inglês.

– Inglês? – questionou Maldie. – Está me acusando de agir feito uma maldita *sassenach*?

– Se a carapuça serviu... – disse Gisele, dando de ombros.

As duas começaram a discutir, e Bethia voltou a atenção a Catriona. Maldie e Gisele discutiam bastante. Não levou muito tempo para Bethia perceber que adoravam aquilo. Uma fala de Gisele, porém, ecoava em sua mente. Catriona podia não estar lambendo Eric como se ele fosse um doce, mas estava bem perto disso. Uma barreira havia sido ultrapassada, sem dúvida, mesmo que tivesse sido apenas a fronteira entre os bons e os maus modos.

O que espantava Bethia era a completa audácia da mulher. Catriona agia como se tivesse algum direito sobre Eric. Vivia mencionando que os dois tinham quase sido noivos. Além do mais, Catriona parecia não se lembrar da importância de seu papel no ataque de William a Bethia durante o período na corte. Quanto mais Bethia examinava os eventos daquele dia, mais culpa enxergava na outra; Catriona, por outro lado, agia com a maior inocência, como se o incidente tivesse ficado para trás e devesse ser esquecido. Bethia não fazia ideia de como lidar com alguém assim.

– Ah, olhe só nós duas – disse Gisele. – Aqui discutindo enquanto a pobre Bethia está com o coração em frangalhos.

– Na verdade, acho que ela está parecendo meio confusa – murmurou Maldie.

– É exatamente assim que estou me sentindo – devolveu Bethia, balançando a cabeça. – A audácia dessa mulher desafia minha compreensão. Ela insinua que chegou a viver com Eric algo além do desejo, diz que havia até planos de um noivado. – Ao ouvir as duas sussurrarem negativas com veemência, ela assentiu. – Eu sei que é mentira. Mesmo assim, ela não pode estar imaginando que ele me largaria. Nos casamos diante de um padre. Será que ela está disposta a voltar a ser amante dele? Não faz o menor sentido. E ainda houve o incidente na corte... – Bethia revelou tudo sobre a participação de Catriona no ataque de William. – Ainda assim, lá está ela, esperando que eu a trate bem e aja como se nada tivesse acontecido.

– Você contou a Eric o que ela fez? – perguntou Maldie.

– Não, porque não tenho provas. Na verdade, às vezes me pergunto de onde eu tirei essa ideia, mas meu instinto diz que aquela história teve a mão dela.

– Ah, eu acredito. Você precisa lutar por esse homem, Bethia.

– Lutar por ele? Vocês já deram uma boa olhada em Catriona? – Ela parou, e as outras duas assentiram. – E uma boa olhada em mim?

– Tudo bem, a ordinária é belíssima e tem um corpo escultural, e daí? Ela também é a mulher que jogou você nas mãos de um assassino, que tem mais amantes do que dá para contar nos dedos e está tentando incitar um homem ao adultério na frente da própria esposa. Meu irmão não é bobo, Bethia. Ele sabe muito bem o lobo que se esconde ali embaixo. Mas, mesmo sabendo que pode confiar nele, você não ganha nada permitindo que essa mulher aja como bem entende. O que você acha que Eric vai pensar?

Bethia suspirou.

– Que eu não dou a mínima. Eu sei, e não quero que ele pense isso, é claro. Mas também não quero fazer o papel da víbora ciumenta.

– Ninguém está sugerindo tal coisa – argumentou Gisele. – *Non*, seria uma péssima ideia. Mas você precisa, pelo menos, deixar Eric ciente de que essa afronta não está passando despercebida. E a vadia também.

– Uma pitadinha de ciúme não faz mal a ninguém – disse Maldie. – Pode acreditar, Eric também ficaria enciumado se visse um homem dando em cima de você como Catriona está fazendo com ele.

Lembrando-se da insistência de Eric em que ela afirmasse ser dele antes do casamento, Bethia assentiu.

– É, às vezes ele é meio possessivo. Imagino que mal não faça eu ser um pouquinho também... Preciso deixar bem claro para Catriona que não vou tolerar esse absurdo calada.

– Talvez agora seja um bom momento para revelar seu amor por ele – sugeriu Gisele.

– Ora, o que faz você pensar que eu amo aquele tonto?

Exasperadas, as duas olharam para Bethia, que, enfim, suspirou. Ela já havia confessado isso a Maldie, afinal.

– Vocês não acham que está todo mundo percebendo, acham? Não gosto de pensar que ando circulando por aí com cara de apaixonada.

– Não – disse Maldie, dando um tapinha reconfortante no ombro de Bethia. – Eric não percebeu.

Bethia concluiu que era perda de tempo argumentar que Eric não era sua única preocupação, sobretudo porque as duas sabiam que isso era mentira.

– Acho que não é uma boa hora para falar de amor. Eric talvez pense que estou sendo motivada pelo ciúme, que minha intenção é apenas afastá-lo de Catriona. Se algum dia eu disser que o amo, quero que ele acredite em mim mesmo que não retribua.

– Bethia tem razão, Gisele – concordou Maldie. – Soltar uma coisa dessas agora enfraqueceria o poder das palavras.

– Talvez seja melhor ser um pouco mais amorosa, lembrá-lo com mais frequência da paixão que existe entre vocês – disse Gisele.

– Se eu demonstrar mais paixão, o homem vai acabar sem condições de andar – devolveu Bethia.

– Funcionaria...

Bethia e Maldie encararam Gisele e as três caíram na risada. As concunhadas de Bethia ofereceram muitas outras sugestões para tirar Eric das garras de Catriona, algumas muito bobas, e as três gargalharam outra vez. No fim, ela decidiu que apenas ficaria bem perto do marido. Quando começou a se aproximar de Eric, torceu para que Catriona não dissesse nem fizesse nada que despertasse sua ira muito mal contida. Ávida para dar um bote e acabar com Catriona, a víbora ciumenta que ela não desejava ser espreitava logo abaixo de uma superfície tranquila.

De repente, Eric se viu ladeado pelos irmãos. Balfour o abraçou pelos ombros enquanto Nigel distraía a irritante e obstinada Catriona. Esperando não ouvir um sermão sobre a santidade dos votos matrimoniais nem ser insultado por insinuações de que considerava rompê-los, Eric olhou o irmão mais velho com cautela.

– Imagino que você esteja com sérios problemas, rapaz – disse Balfour.

– Como assim? – retrucou Eric, sem entender muito bem.

– Maldie e Gisele andaram falando com sua esposa, dando conselhos, eu acho.

– Ah, sim – devolveu Eric, olhando para as mulheres; as três, de cara fechada, rapidamente desviaram o olhar. – Devo convocar uma guarda armada para proteger Catriona?

– Ela levaria os guardas para a cama, seriam todos inúteis. – Eric sorriu, e Balfour abriu um sorrisinho. – Nigel e eu achamos melhor falar com você. Quando nossas esposas se juntam, arrumam confusão suficiente para uma dúzia de homens. Não conheço a sua muito bem, mas como ela caiu nas graças de Maldie e Gisele, imagino que vá engrossar esse caldo. Veja, parece que estão tomando uma decisão... Acho melhor eu e Nigel voltarmos aos nossos lugares.

– Estão com medo de sujar as belas roupas com meu sangue?

– Na verdade, rapaz, acho que não é seu sangue que vai ser derramado.

– Covardes – soltou Eric bem alto, de modo a chegar aos ouvidos dos irmãos, que já se afastavam.

Ele viu quando Bethia assentiu para Gisele e Maldie e começou a se aproximar. No instante em que Nigel saiu de perto, Catriona o tomou pelo braço e começou a contar os detalhes de um caso de amor tórrido e notório que vinha escandalizando a corte. Eric assentiu e sussurrou, muito educado, acompanhando com os olhos a aproximação de Bethia e tentando adivinhar seu estado de humor.

A única coisa que ele sabia ao certo era que Bethia não gostava de Catriona e queria vê-la longe de Donncoill. Maldie e Gisele sentiam o mesmo e pouco faziam para disfarçar sua antipatia. Catriona parecia alheia a tudo aquilo, ou talvez não desse a mínima. O que Eric não entendia bem era a verdadeira fonte da aversão de Bethia. Ciúme? Ou o fato de Catriona ser uma criatura extremamente desagradável, coisa que Eric se espantava por não ter percebido até ali?

Quando Bethia chegou, Eric sorriu e examinou bem de perto seu semblante. O sentimento, fosse lá qual fosse, era intenso. Ela o encarava com firmeza no olhar, um leve brilho, mas exibia a expressão tranquila, doce e aérea que reservava aos pais. Embora Eric não desejasse uma cena ou discussão, achou que uma pontinha de ciúme seria bom.

– Ah, Bethia – murmurou Catriona. – Vejo que você enfim deixou a companhia das matronas.

Visto que em termos de idade Catriona estava mais próxima de Maldie e Gisele do que dela, Bethia achou o comentário bastante estúpido.

– Não acho sensato chamar as damas assim na frente delas – devolveu ela, enganchando o braço no de Eric.

– Me desculpe. É que, com tantas crianças entre elas, posso ter confundido as idades. – Catriona olhou Gisele, incapaz de esconder por completo seu desgosto. – Está claro que pelo menos uma ainda tem idade para tornar a engravidar.

Não, concluiu Bethia, eliminando naquele momento qualquer dúvida que tinha em relação às alegações de Catriona. *Eric não teria pensado em se casar com esta mulher.* Ele amava crianças, e Catriona não tinha sequer o bom senso de esconder sua completa antipatia por elas. Eric dissera a Bethia que nenhuma mulher havia conquistado seu coração, nem seu nome. Ela seguiria acreditando nisso.

– Você não chegou a explicar o que está fazendo aqui, lady Catriona – disse Bethia, agarrando-se a Eric e esfregando de leve o rosto na manga de sua camisa de linho.

– Bem, ouvi dizer que Eric está prestes a entrar em guerra com sir Graham – explicou Catriona.

– Ah, e ficou com medo de perder a carnificina.

Bethia se animou quando Eric tomou a mão dela e entrelaçou delicadamente os dedos nos seus.

– É claro que não – rebateu Catriona, que arruinou sua pose de ultraje um pouquinho cedo demais. – Será um conflito muito violento?

– Ainda torço para que sir Graham se retire e entregue Dubhlinn a Eric sem que nenhuma espada seja empunhada.

– Isso não vai acontecer. Por que sir Graham abriria mão de uma terra que já ocupa?

– Porque o rei ordenou e porque Eric tem direito às terras.

– Ah, é claro. – Catriona escancarou um sorriso para Eric. – Você será um belo senhor de terras, Eric.

– Obrigado, Catriona – sussurrou ele, então olhou para Bethia. – Sobre o que você, Gisele e Maldie ficaram tanto tempo conversando?

Bethia refreou o ímpeto de dizer a verdade, inclusive de repetir a sugestão de Gisele de que ele precisava de mais sexo. Era óbvio que ele imaginava que o assunto da conversa fora Catriona e sua audaciosa perseguição. Não era preciso dar a Eric a satisfação de ter essa suspeita confirmada. O fato de ela estar ali, quase tão dependurada nele quanto Catriona, era o máximo que Bethia pretendia oferecer à vaidade do marido.

– Maternidade – respondeu ela, com um sorrisinho –, boas maneiras... – Então, incapaz de resistir, Bethia olhou Catriona bem nos olhos. – E dentes quebrados. – Ela ouviu Eric abafar uma risada. – Gisele ficou especialmente interessada nesta última parte.

– Posso imaginar – disse Eric, que conhecia o temperamento de Gisele.

– Gisele está com problemas nos dentes? – indagou Catriona.

Ao ver Eric disparar um olhar incrédulo para Catriona, Bethia sentiu alívio. Não queria pensar que achava a outra burra só porque estava enciumada. Ou Catriona não percebia quanto enfurecia outras mulheres ou era arrogante demais para dar atenção à animosidade que provocava tão facilmente. Catriona sabia usar sua beleza para seduzir os homens, e sua completa falta de moral a transformava em uma inimiga mortal. No entanto, Bethia começava a achar que sua sagacidade não ia muito além disso.

– Bem... não – disse Eric, pensando que obviamente não fora a inteligência de Catriona que o atraíra para a cama. – Até onde sei, Gisele tem dentes ótimos.

– Que bom. Dentes ruins são um tormento, uma coisa terrível e dolorosa. Eu fui abençoada com dentes excelentes.

– Sim, dá para ver – retrucou Bethia. – Lá do outro lado do salão eu percebi a brancura desse belo sorriso. Para ser sincera, quando captam o reflexo das velas chegam a ser ofuscantes. Admito que até me arderam os olhos.

– Bethia – advertiu Eric, sufocando uma risada.

Ao ver a irritação de Catriona, Bethia resolveu considerar a advertência do marido. As boas maneiras exigiam que ela não insultasse a visitante, por mais indesejável, inconveniente e mal-educada que fosse. Além do mais, Bethia sabia que finalmente havia vestido a carapaça em Catriona, e, por mais prazeroso que fosse perturbá-la, não queria criar uma cena.

Um instante depois, Bethia concluiu que já havia suportado aquilo por muito tempo. Sua presença ao lado do marido podia informar Eric de que ela não pretendia deixá-lo ser levado por outra qualquer, mas parecia inspirar Catriona a alcançar patamares de ousadia ainda mais altos. O enorme constrangimento de Eric era sua única fonte de conforto. Ela supôs que deveria resgatá-lo daquela situação claramente muitíssimo incômoda, mas pediu licença para ir até o quarto. Era isso ou desferir um soco naquele rosto que tanto orgulhava Catriona. Bethia imaginou que essa opção fosse constranger Eric ainda mais.

Depois de se despir e ficar apenas de combinação, Bethia serviu um pouco de vinho e se deitou na cama. Enquanto bebia, lutou para acalmar os ânimos;

não queria se indispor com Eric. Ele entrou no quarto; ela bebeu um gole de vinho e observou enquanto ele se preparava para deitar. *Não posso culpar Catriona por desejá-lo*, pensou, com um suspiro.

– De arder a vista, é? – perguntou Eric, de pé junto à cama, então tomou a taça da mão dela, bebeu um gole e apoiou-a sobre a mesinha.

– Admito que comecei a perder a cabeça – respondeu Bethia enquanto ele se deitava ao lado dela.

– Eu não a culpo. A mulher é difícil de aguentar. – Ele beijou a orelha de Bethia, sorrindo ao vê-la se arrepiar, e mais que depressa tirou sua combinação. – Eu inclusive andei pensando que devia estar muito cego quando a conheci, porque Catriona é extremamente desagradável. E, apesar de sedutora e dissimulada, é burra feito uma porta. Não sei o que vi nela.

– Ah, eu posso pensar em duas coisas bem fartas que talvez tenham despertado seu desejo.

– Ah, sim. – Eric tocou os seios pequenos e firmes de Bethia e brincou com os mamilos até enrijecê-los. – Tolos que somos, nós homens tendemos a achar que quanto maior, melhor. – Ele correu a língua pelos mamilos, agora rijos. – Mas nem sempre quanto maior, mais doce. Definitivamente...

Bethia suspirou de prazer e enroscou os dedos nos cabelos cheios de Eric enquanto ele lambia e sugava seus seios. Ela se contorceu de desejo debaixo dele. Ele beijou todo o seu corpo, descendo por uma perna e subindo pela outra. Ao sentir os lábios dele nos pelos entre suas pernas, Bethia contraiu o corpo de leve, ainda desconfortável com aquele nível de intimidade. Com uma simples carícia da língua, ele afastou sua timidez. Bethia entrelaçou os dedos nos cabelos de Eric e abriu-se para seus beijos. Ele brincou com ela até quase levá-la ao clímax, e Bethia mal conseguiu conter os gritos.

Quando ele se sentou e ergueu-a no colo, Bethia mais que depressa esquivou-se de ficar de frente para ele. Deitou-se de barriga para baixo, entre as pernas de Eric, e o colocou na boca. Durante o maior tempo possível, ofereceu a ele o mesmo tormento, esforçando-se para prolongar seu prazer. Ele enfim grunhiu o nome de Bethia, puxou-a pelos braços e deitou-a por cima de si. A agonia do desejo era tanta que não foi surpresa quando os dois estremeceram no instante seguinte com a força de um clímax simultâneo.

Depois de se lavarem e darem boas gargalhadas por conta dos pudores de Bethia, Eric se esparramou na cama e puxou-a para junto de si.

– Você sabe como exaurir seu homem, hein, coração...

Sonolenta, ela beijou o ombro dele.

– Olha só que curioso, essa foi uma das sugestões de Gisele para afastar você das garras de Catriona. Ela disse que eu deveria demonstrar mais paixão.

Eric riu, e ela abriu um sorriso.

– Meu Deus, Bethia, se você demonstrar mais paixão, vou acabar não conseguindo mais andar.

– Foi exatamente o que eu disse a ela.

Uma coisa da qual Bethia não duvidava era da paixão ardente que havia entre os dois.

– E Gisele, o que disse?

– Disse que funcionaria... – respondeu Bethia, rindo com ele.

– Ah, Bethia, eu sinto muito por aquela oferecida idiota.

– Você não tem culpa por ela estar aqui.

– Não, mas ficou bem claro que eu estava enganado em relação ao caráter dela. Na minha época de mulherengo na corte, eu era arrogante a ponto de achar que sabia quais mulheres evitar, quais poderiam me trazer problemas. Sempre soube que me casaria e largaria aquela vida, não queria que o passado interferisse no futuro que eu teria com minha esposa, mas isso acabou acontecendo com toda a força, não foi?

O jeito como ele falava dos casos que tivera – como se fossem brincadeiras praticadas por um jovem belo e desimpedido – aliviava a persistente preocupação de Bethia em relação ao passado de Eric. Era desagradável pensar nele nos braços de outra mulher, mas ela sabia que nenhuma delas jamais significara algo. Ele as usara, e sem sombra de dúvida também fora usado por elas.

– Tenho certeza de que ela irá embora quando perceber que não vai tirar nenhuma vantagem do joguinho que está tentando fazer – disse Bethia.

– Bem, acho que não sou tão paciente assim. Enquanto ainda estávamos na corte, eu deixei bem claro que não toleraria mais esse tipo de joguinho. Só que ela é vaidosa ou burra demais para me levar a sério. As leis da hospitalidade não permitem que eu a jogue na lama só porque ela atormenta todo mundo. – Bethia deu uma risadinha, e Eric sorriu. – Mas ao mesmo tempo não há lei que me obrigue a ser educado a ponto de tolerar toda e qualquer bobagem que venha dela. Eu já tentei ser gentil, cortês, mas Catriona está se valendo da minha postura para conseguir o que quer. Então vou mudar minha forma de agir.

— Se você prefere assim...

Bethia se contorceu por dentro. Catriona não toleraria esse comportamento por muito tempo sem dar um escândalo.

— O que foi que você disse a ele a meu respeito?

Dois dias, pensou Bethia, virando-se para encarar Catriona, que parecia irritadíssima. Estava realmente surpresa com quanto a outra havia demorado para reagir à mudança de atitude de Eric. Ao ver o vestido de Catriona todo enlameado, Bethia concluiu que ela devia estar mesmo muito furiosa para ter ido caçá-la ao ar livre, visto que costumava ser bastante exigente em relação à própria aparência. Cruzou os braços, esperando que Catriona não se demorasse muito. Bethia enfim arrumara tempo para olhar com atenção o herbário de Maldie. Queria replicá-lo em Dubhlinn e não desejava perder o pouco tempo que tinha com o chilique de Catriona.

— Não sei se estou entendendo muito bem — respondeu Bethia.

— Eric mudou comigo, está mais frio, quase grosseiro, e eu acho que a culpa é sua.

— Talvez ele tenha cansado de se constranger com suas investidas indesejadas.

— Indesejadas? Pois saiba você que...

— Eu já estou sabendo — retorquiu Bethia, surpresa em ver como estava calma, apesar de agressiva. Decidiu que já bastava daquela mulher, que não podia mais fingir educação. — Você e Eric foram grandes amantes, ele a adorava, vocês compartilharam uma paixão sublime e quase noivaram. Bem, eu não acho que vocês tenham chegado nem perto de noivar. Quando Eric se casou comigo, ele me disse que nenhuma mulher havia conquistado seu coração nem seu nome. Eu prefiro acreditar nele.

— Ah, sim, é claro. Você é ingênua demais para saber que os homens falam qualquer coisa para conseguir o que querem.

— Assim como as mulheres. Você não tem amor-próprio, Catriona? Ele não quer você.

As duas seguiram discutindo, alheias à aproximação de Eric. Ainda longe, ele parou e observou a ex-amante e a esposa. Que tolo havia sido quando não imaginou que Catriona culparia Bethia por suas esquivas. Uma parte dele quis intervir antes que Catriona ferisse Bethia, mas Eric hesitou. Seu instinto dizia que a antipatia de Bethia por Catriona escondia algo além de ciúmes, e ele achou que a discussão poderia revelar o que era.

– Mas já quis. Por que não quereria mais?

– Porque agora ele está casado? – retrucou Bethia, como se desse explicações a uma completa idiota.

– Com você... Mas olha só você. É magrela, tem um cabelo esquisito que não é nem castanho, nem vermelho, e olhos de cores diferentes.

– Tenho dentes ótimos – disse Bethia.

Catriona a ignorou.

– Que homem desistiria de mim para ir atrás de você?

– Talvez eu seja muito boa na cama. Leve, fácil de botar em várias posições. Acho que os homens gostam disso.

– Que ridículo. Não, você fez a cabeça de Eric contra mim contando a ele o que aconteceu naquele dia no mercado.

– Ah, o dia em que você me largou com o homem que queria me matar?

– Ora, ele não disse que tinha essa intenção. Disse apenas que queria estar a sós com você.

– Por favor, seja ao menos honesta – disse Bethia, com a voz carregada de desdém. – Você não quis nem saber o que ele pretendia fazer comigo.

– Não, não quis – retrucou Catriona. – Ele devia ter degolado você, sua maldita. Você me insultou.

Catriona concluiu a frase sufocando um engasgo ao ver Eric subitamente se interpor entre ela e Bethia. Ele encarou as duas, então cravou os olhos em Catriona, pálida e aterrorizada. Agora ele sabia o motivo do imenso desgosto que Bethia sentia por Catriona. Assim que a outra fosse embora, pretendia descobrir por que a esposa não lhe contara sobre aquele dia no mercado.

– Você estava disposta a deixar minha esposa ser morta por orgulho ferido, Catriona? – perguntou ele, furioso e incrédulo.

– Não, Eric querido – disse ela, tentando agarrá-lo pelo braço –, você entendeu tudo errado.

Ele se desvencilhou.

– Não, acho que não. Quero você fora de Donncoill... agora!

– Mas Eric, já está muito tarde... – argumentou Catriona.

– Agora. – Ele disparou um olhar firme para Bethia. – Quero falar com você no solário feminino. Daqui a uma hora.

Bethia não acreditava que ele fosse tirar Catriona de Donncoill tão rapidamente, mas, depois de uma análise brevíssima e inapropriada do herbário de Maldie, seguiu para o local. Surpreendeu-se ao desviar das criadas que corriam para expulsar Catriona. *Quando Eric disse* agora, *estava falando sério mesmo*, pensou. Sabendo que a verdade sórdida a respeito de Catriona fora enfim revelada e que decerto jamais precisaria tornar a vê-la, Bethia sentiu que aguentaria qualquer bronca que Eric pretendesse lhe dar.

Menos de uma hora depois, Eric chegou e bateu a porta com força ao entrar. Empertigada na cadeira, Bethia observou a aproximação dele. Torceu para que tivesse aproveitado para se acalmar um pouco antes daquela conversa, mas assustou-se ao vê-lo parar subitamente, com os olhos cravados nela.

– Por que você não me contou que Catriona entregou você a William? – inquiriu ele.

– Eu não tinha provas, Eric. Só sabia que ela e Elizabeth estavam sendo estranhamente amigáveis comigo mesmo depois dos meus insultos. Elas me levaram até o mercado e me largaram lá. Quando William me pegou, ele disse que havia me encontrado com a ajuda de duas mulheres. Parecia coisa delas, claro, mas também podia ter tido a mão de outras pessoas.

– Mesmo assim, você deveria ter me contado.

– Talvez, mas nós estávamos de partida e, como imaginei que não fosse vê-la outra vez, não vi vantagem em ficar criando confusão. – Ela o encarava, cautelosa; Eric se inclinou e agarrou os braços da cadeira, prendendo-a na posição. – Eu só queria sair daquele lugar horrível, e achei que, se fizesse acusações, nós acabaríamos não conseguindo ir embora.

– Muito justo, mas nunca mais esconda um segredo desses de mim.

Bethia assentiu, mas recriminou-se por dentro porque naquele exato momento escondia dois segredos: o bebê e o amor que sentia por seu marido. Torcia para que Eric entendesse tudo quando fosse a hora de revelá-los, que entendesse o motivo para tanto mistério. Ao perceber que ele continuava ali parado, encarando-a, Bethia ficou confusa.

197

Ele estendeu a mão e puxou o lábio dela.

– É, você tem razão – sussurrou ele. – Seus dentes são bons, mesmo.

– Ah, não – grunhiu Bethia, se dando conta de que Eric devia ter escutado bem mais da conversa dela com Catriona.

– Outra coisa que você falou me deixou pensando... – Ao ver Bethia soltar um xingamento baixinho, ele abriu um sorriso. – Leve, você disse, fácil de botar em várias posições.

Reconhecendo o brilho nos olhos de Eric, Bethia se enfiou por debaixo de seus braços e escapou da cadeira. Saiu correndo para fora do solário, gargalhando porque conseguia ouvi-lo em seu encalço. Decidiu que não demoraria muito a se deixar capturar. O herbário ficaria para outro dia.

CAPÍTULO DEZENOVE

*F*oi difícil, mas Bethia tentou não gritar com Eric. Não estava pedindo muito. Só queria ir à vila com Maldie. Já tinham concordado em levar seis homens armados. Olhando Eric andando pelo quarto, ela ficou se perguntando se ele estava mesmo sendo superprotetor ou se era ela quem estava sendo tola por ignorar a ameaça de William.

– Você não está precisando de nada – disse Eric, parando e encarando-a de testa franzida. – Se estiver, é só mandar uma criada buscar.

– Levaremos seis homens armados. Você acha mesmo que um sujeito desvairado conseguiria passar por eles, por Maldie e por todas as pessoas da vila para me pegar?

Praguejando, Eric correu as mãos pelo cabelo. Nem ele entendia o que estava acontecendo, mas William vinha assumindo proporções míticas em sua mente. Só de pensar em Bethia do lado de fora ele trincava os dentes. Mas isso era tolice e Bethia tinha razão. Haveria gente de sobra vigiando-a. Se William conseguisse passar pelos guardas, pelos acompanhantes e pela turba de curiosos que haveria na vila, ele seria capaz de pegá-la em qualquer lugar, até dentro das muralhas de Donncoill.

– Não gosto nada disso – resmungou –, mas tudo bem. Você pode ir.

Bethia correu para abraçá-lo, então ficou na ponta dos pés para dar um beijo nele.

– Obrigada.

– Ah, agora que você já conseguiu o que queria, virou um amorzinho – provocou ele.

– Isso mesmo – admitiu ela, rindo quando ele fez uma careta. – Eric, não pense que eu estou ignorando a ameaça. Já estive diante dele, ouvi seus delírios, já quase fui morta por ele duas vezes.

– E ainda assim você quer sair.

– Quero, e sozinha, ou sem proteção. É primavera – disse ela, torcendo o nariz diante daquela explicação pífia. – Em Dunnbea, antes de William amaldiçoar nossas vidas, eu estaria passando mais tempo fora das muralhas do que dentro. Sei que não posso passear por aí à toa ou caçar pelos campos, mas eu quero.

– Você quer passear pelos campos? – perguntou ele, achando graça.

– Eric, preste atenção – disse Bethia com firmeza, suprimindo a vontade de rir. – Sinto como se ele estivesse me mantendo prisioneira. Donncoill é um ótimo lugar e as pessoas aqui são muito boas, mas, se você não pode sair de um local, ele é uma prisão, por mais que seja uma prisão linda e com captores gentis. Não sou burra o suficiente para sair por aí desafiando o sujeito a vir me pegar, mas você acha certo que eu viva aprisionada pelo medo?

– Eu entendo, coração. – Ele tomou o rosto dela nas mãos e deu um beijo suave em seus lábios. – Vá, mas fique atenta.

Bethia saiu correndo antes que ele mudasse de ideia. O vilarejo sob a proteção de Donncoill ficava bem próximo. Apesar de pequeno, era próspero. Talvez ela até precisasse comprar algumas coisas, mas o real objetivo de sua saída era tentar entender de onde vinha a prosperidade do lugar. Também queria entender o que aquele vilarejo tinha para que Maldie e Gisele dissessem que atendia boa parte de suas necessidades. Em Dubhlinn, Eric faria de tudo para trazer o vilarejo de volta à vida, mas talvez ele não soubesse o que torna um lugar atrativo e útil para as mulheres.

Além disso, ela precisava sair de trás das muralhas de Donncoill e ponto final. A vontade de sair cavalgando, mesmo que por um curto trajeto, era ainda maior justamente por Bethia se ver tão privada de liberdade ultimamente. Ao ver Bowen segurando sua montaria, ela sorriu, radiante. Fazia tempo que não o via.

– Então ele deixou você sair, hum? – falou Bowen, botando-a na sela.

– Deixou. E você vai ser um dos meus *seis* guarda-costas? – perguntou ela, arrumando a saia.

– Vou, sim. Não gosto muito dessa história, porque já vimos alguns sinais de que o desgraçado pode estar por perto, mas entendo que você esteja precisando. Um trote ligeiro e um passeio pela vila ajudarão você a aplacar um pouco esse aborrecimento.

Bethia aquiesceu.

– Eu me sinto confinada, sabe? Não estou acostumada.

– Eu sei. Não se preocupe. O desgraçado não tem como se esconder de nós para sempre – disse ele, montando em seu cavalo e rumando para os portões de Donncoill.

– Imagino como você deve estar se sentindo, Bethia – disse Maldie, cavalgando ao lado dela. – Eu sempre fui muito livre. Quando vim para cá e virei esposa do senhor, passei a precisar de escolta o tempo inteiro e foi muito difícil me acostumar. Antes, ninguém dava a mínima para onde eu ia ou o que eu fazia, e então, de repente, eu me vi cercada de gente que gostava de mim e que, portanto, se preocupava comigo e zelava pela minha segurança.

Bethia teve dificuldade até de assentir. Sentiu-se fraca de repente, atordoada pela revelação que surgiu em sua mente. Maldie não devia sequer imaginar a importância do que tinha acabado de dizer, mas Bethia entendeu com muita clareza. Desde o instante em que aprendera a andar, sempre tivera liberdade para fazer o que queria e ir aonde queria. Só Bowen e Peter, e depois Wallace, tinham tentado controlá-la de alguma forma. O que ela antes via como liberdade ganhava, de repente, contornos de pura negligência. A verdade era que seus pais não se importavam com o que poderia acontecer a ela. Bethia e Wallace tinham sido criados por Bowen e Peter, que protegiam e cuidavam de ambos. Sorcha, por sua vez, mal podia ir até a praça de armas sem que alguém a vigiasse. Bethia costumava pensar que era uma vida triste, mas agora começava a entender que, com essa proteção, os pais mostravam quanto se importavam com Sorcha.

E isso dói, pensou ela, lutando contra a vontade repentina de chorar. Bethia sempre havia pensado que as críticas dos pais demonstravam insatisfação com seu comportamento. Porém, na verdade, desde o primeiro momento em que a deixaram sair engatinhando para a praça de armas sem um único lacaio vigiando-a, o que ficara patente era o desprezo que sentiam pela própria filha. Bethia passara a vida inteira se desdobrando para tentar agradá-los, mas tudo fora em vão, porque, no instante em que a viram e a tacharam de imperfeita, ela foi posta de lado para sempre. Sorcha sempre foi a filha celebrada, e a pobre e magricela Bethia, com seus olhos de cores diferentes, a rejeitada. Bethia começava a entender que se os pais tinham vivido a criticá-la e a menosprezá-la, era porque ela mesma continuava insistindo em tentar fazer parte da vida deles – porque se recusava, à sua maneira pueril, a ser esquecida.

Então, mesmo a contragosto, Bethia começou a pensar no que aquilo tudo dizia a respeito de sua irmã. A resposta veio com uma rapidez avassaladora: Sorcha a desprezava tanto quanto os pais. Sorcha – sua irmã gêmea, a pessoa que deveria tê-la amado de forma incondicional – nutria por Bethia a mesma consideração que tinha pelas criadas. As palavras gentis e os sorrisos que Bethia sempre atribuíra ao afeto fraterno eram, na verdade, puro reflexo de uma mulher que passara a vida aprendendo a ser uma lady. Durante todos aqueles anos, vestida no mais puro luxo em seus aposentos confortáveis, sempre esperando pacientemente que uma criada viesse trançar seus cabelos, Sorcha olhava para a irmã suja e esfarrapada e não sentia absolutamente nada. A única ocasião em que Sorcha dera alguma atenção a Bethia fora justamente no momento em que precisava de alguém para cuidar de seu filho.

– Bethia? Está tudo bem? – perguntou Maldie.

Como era possível responder que não, que não estava nada bem, pois acabara de descobrir que havia passado a vida inteira enganando a si mesma? Como dizer que sentia vontade de gritar até ficar sem voz por ter sido tão boba? Como contar que tinha acabado de entender que não fora apenas por egoísmo ou crueldade que seus pais e sua linda irmã tinham passado a vida inteira ignorando-a e insultando-a, mas sim porque simplesmente preferiam que ela não existisse? Se dissesse tudo isso em voz alta, a pobre Maldie certamente acharia que Bethia tinha ficado louca.

– Está, sim – respondeu Bethia, sem se surpreender ao notar uma certa rispidez na voz.

– Está se sentindo mal?

– Não. Eu estava pensando em umas coisas desagradáveis, só isso.

– Tem certeza? Porque, com a cara que você está fazendo, devem ter sido coisas realmente desagradáveis. – Maldie se esticou por cima dos cavalos e tocou as mãos de Bethia, que estavam pálidas, tamanha a força com que ela apertava as rédeas. – Vamos voltar, podemos ir à vila outro dia.

Bethia respirou fundo para se controlar e balançou a cabeça.

– Não, não é preciso, vou ficar bem. Só estava pensando em como o dia está lindo e me lembrei de uma coisa que gelou meu sangue. Uma daquelas lembranças ruins que a gente tenta deixar enterradas no fundo da mente, mas que, de vez em quando, voltam para nos assombrar. Mas agora já passou, vou ficar bem.

– Uma dessas lembranças sobre as quais convém não perguntar?

– Principalmente depois que elas já se foram.

– Espero que não tenha sido um mau augúrio.

– Acho que não.

Quando chegaram à vila, Bethia sentiu que Maldie ainda a observava com atenção, mas conseguiu se distrair olhando as casas e as lojas. Logo ficou claro que o vilarejo era de fato bem próspero, mesmo sem compará-lo com a sombria vila de Dubhlinn. Maldie ia de loja em loja, parando para falar com os moradores e também para admirar um bebezinho recém-nascido. E o grupo de seis homens armados nunca se afastava das duas. Bethia imaginou que a comitiva devia ser uma visão curiosa.

Quando Maldie parou para conversar com uma vendedora de cerveja, Bethia olhou para Bowen e se surpreendeu ao vê-lo, no alto de sua montaria, tentando apreciar uma seleção de fitas que uma mulher mostrava a ele. Bethia foi até lá.

– Se está pensando em um presente para sua mulher, Bowen – falou ela –, acho que ela ia gostar da vermelha.

– Tem certeza? Moira usa mais cores neutras – resmungou ele, inclinando-se para tocar, cheio de cuidado, a fita vermelha com os dedos calejados.

– Na verdade, acho que ela não tinha muita escolha. Um tecido de cores vivas é muito mais caro do que, digamos, um bege, e sei que ela mesma tece boa parte das roupas de vocês. Enfim, eu acho que a fita vermelha combinaria muito bem com os olhos e os cabelos escuros de Moira. E talvez um rolo de linha vermelha, para que ela possa decorar suas roupas com uns pontos coloridos.

– A jovem tem razão, senhor – disse a mulher. – Eu tenho fios dessa cor, se o senhor quiser ver.

– Moça, você terá que trazer aqui para mim. – Ele franziu a testa de leve na direção de Bethia. – Eu tenho que ficar de olho vivo nessa garota.

– Bem, essa garota vai voltar para junto de Maldie – disse Bethia enquanto a vendedora ia buscar as linhas. – Ela ainda está conversando com a vendedora de cerveja? Tem tanta gente ali, não consigo ver.

– Está, sim, mas parece mais que ela está discutindo do que conversando.

– Meu Deus, Maldie gosta mesmo de uma boa discussão.

Sentindo o olhar de Bowen às suas costas, Bethia abriu caminho em meio à multidão que tinha se formado para ver Maldie e a cervejeira negociando o preço do barril. Bethia arquejou ao sentir uma dor aguda em seu braço. Praguejando, pôs a mão e sentiu algo molhado. E foi então que viu, horrorizada, os dedos cobertos de sangue. Quando olhou através da multidão, deu de cara com os olhos cruéis de William Drummond.

Ouviu-se um berro ensurdecedor e, num instante, Bowen estava ao lado dela, com a espada desembainhada. Ele segurou Bethia pela cintura com o braço livre enquanto os homens de Donncoill e vários outros transeuntes corriam atrás de William. Bethia tentou acompanhar a fuga dele, mas logo o perdeu de vista.

– Não vão conseguir pegá-lo – falou ela enquanto Bowen a colocava sentada no banco diante da cervejaria, e estremeceu quando Maldie rasgou sua manga para avaliar o ferimento. – Foi só um arranhão.

– Sim, sim – falou Maldie, limpando o ferimento com a água que a vendedora de cerveja tinha acabado de trazer e enfaixando-o com uma tira que rasgara de sua própria combinação. – Aquele louco pretende matar você aos poucos?

– Não. Acho que ele queria que eu me virasse para me atingir em um lugar mais letal. – Quando um dos homens de Donncoill voltou para onde eles estavam, Bethia disse a Bowen: – Volte lá e compre o presente para Moira.

– Ah, é? Pois veja só o que aconteceu no instante em que eu tirei os olhos de você – resmungou ele, apontando para o braço enfaixado dela.

– Ele não vai voltar. É sempre assim, ele tenta agir e foge tão logo notam sua presença.

– Não se mexa – ordenou Bowen, e correu até a vendedora de fitas.

– Será que ele acha que eu vou ficar sapateando no meio da rua assim, machucada? – sussurrou Bethia, olhando o guarda que estava ao lado de

203

Maldie, pois teve a impressão de ouvi-lo rir. – Agora é que vou ficar trancada no castelo para sempre.

– Como assim? – perguntou Maldie, sentando-se e passando um caneco de cerveja para Bethia.

– Da última vez que esse doido quase me matou, Eric disse que estava com vontade de me trancar em uma torre protegida dia e noite.

– Que amor...

– Como?

– Ele só quer proteger você, Bethia. E eu duvido que ele faça mesmo isso.

– Talvez ele não faça, mas agora acho que só vão me deixar sair de Donncoill quando William estiver morto.

Maldie não tentou contradizê-la, e Bethia suspirou, resignada.

– Eu vou trancar você em uma torre protegida dia e noite! – gritou Eric, ajudando-a a desmontar.

Bethia olhou de soslaio para Maldie, de sobrancelha erguida. Maldie cobriu a boca e saiu correndo, atravessando o pátio interno na direção do castelo. Eric abraçou-a de lado com firmeza e continuou assim enquanto Bowen relatava o ocorrido.

– Será que vale a pena ir atrás dele? – perguntou Eric a Bowen.

– Duvido muito, mas talvez seja bom. Vou ficar morto de raiva se depois descobrirmos que ele foi visto aqui por perto e deixou um rastro que poderíamos ter seguido.

Eric assentiu. No mesmo instante, Grizel se aproximou e ele sugeriu a Bethia que fosse com a criada.

– Vá descansar, Bethia – completou, então suspirou e balançou a cabeça. – Eu não vou demorar. Não tenho muitas esperanças, mas sinto que preciso pelo menos dar uma olhada.

Bethia não conseguiu oferecer nenhuma palavra de consolo. Ela mesma não tinha muitas esperanças. Depois de dar um sorriso triste de encorajamento e um beijinho na bochecha do marido, ela seguiu com Grizel para o castelo. Nigel e Balfour chegaram para auxiliar Eric. Com tantos homens no encalço de William, era difícil entender como ele sempre conseguia fugir. Talvez *ele* é que fosse o bruxo, pensou ela.

Na manhã seguinte, Bethia constatou que tinha mesmo razão. Eric não permitiria que ela pusesse meio pé para fora de Donncoill até que William não estivesse morto. No salão principal, enquanto fazia seu desjejum, ela ficou ouvindo pacientemente o marido explicar tudo o que ela podia e não podia fazer, o que a transformava, para todos os efeitos, em uma prisioneira. Não era culpa dele, muito menos dela, mas Bethia estava possessa.

Assim que Eric saiu do salão, ela se levantou e voltou para o quarto. Era hora de uma choradeira. Caminhava devagar, pois se sentia levemente dolorida. Na noite anterior, Eric fizera amor com ela de uma forma maravilhosa, mas um tanto bruta, como se estivesse meio desesperado. Bethia percebeu que ele estava apavorado, temendo verdadeiramente por sua vida. Parecia estar comprometido com algo além do dever e da promessa de proteger a ela e James e que isso motivava sua busca incansável por William.

Ao entrar no quarto, sorriu para Grizel, que trocava a roupa de cama, e foi até a janela. Os homens na praça de armas treinavam com afinco. Eric duelava com o primo, David, e ela estremecia a cada clangor do choque das espadas. Eric era hábil, rápido e muito forte, o que lhe dava certo consolo. Por outro lado, naquele momento não estava lutando com uma pessoa que queria matá-lo. Sua tensão aumentou ao avistar a pilha de armamentos que só crescia ao lado da armaria.

– Eles vão partir em breve – falou Grizel, parando ao lado de Bethia para observar os homens lá embaixo.

– Em breve quando? – perguntou Bethia, sentindo o medo drenar toda a força em sua voz.

– Em alguns dias, no máximo. Só estão esperando reforços, alguns parentes de lady Maldie que estão a caminho. Peter disse que os Kirkcaldys estão ansiosos para enfrentar os Beatons. A irmã do senhor do clã foi seduzida e abandonada por Beaton.

– É, eu sei. A mãe de Maldie. Bem, ao menos Eric terá um exército grande e forte ao seu lado quando chegar a hora de os Beatons tentarem acabar com dele.

Grizel deu um sorriso triste.

– Eu também estou morta de preocupação, ainda que não tenha o mesmo jeito com as palavras que você tem. Tento me lembrar de que é só mais uma luta na vida de Peter.

– Mas no fim das contas é só uma luta por terra.

– É fácil dizer para uma pessoa que já nasceu destinada a possuir terras, seja por casamento ou herança. É só terra, sim, mas essa terra é do seu marido, direito dele. O meu Peter luta por você e por sir Eric, mas também por nós dois. Ele vai para a batalha porque, no fim, é uma chance para que nós e nossos filhos possamos ter uma vida melhor. Um casebre com mais de um cômodo. Talvez uma algibeira um pouco mais pesada. É a chance de que ele e nosso filho, se Deus nos abençoar com um menino um dia, se tornem mais do que meros soldados.

– Eu não sabia que vocês tinham uma vida tão dura assim em Dunnbea – falou Bethia, baixinho.

– Não era dura, mas não tínhamos nenhuma perspectiva de crescimento. Peter tem quase trinta anos e ainda não foi nomeado cavaleiro. Quando ele e Bowen chegaram a Dunnbea, havia muitos conflitos, os dois viviam arriscando a vida para proteger o povo do castelo e do vilarejo. Eles podem até ser bastardos, mas não são homens simplórios. São filhos de cavaleiros. Acho que não era esperar muito que seu pai os tivesse nomeado também.

– Não mesmo. Eu ainda era criança, mas me lembro muito bem de que Peter e Bowen foram essenciais na defesa de Dunnbea.

– Exatamente. Mas não aconteceu. Nem naquela época nem depois. Seu pai deixou Bowen e Peter treinarem e até comandarem os homens porque, na opinião dele, para isso eles servem. Para serem cavaleiros, não.

– Mas Eric vai nomeá-los.

– Vai. Se eles lutarem bem, vai, sim. – Grizel deu de ombros. – Serem precedidos pelo título de sir não vai deixá-los ricos, mas fará com que sintam orgulho e sejam respeitados até por quem não os conhece. Meu coração quase para ao pensar em Peter indo para a guerra, mas não vou tentar segurá-lo aqui. O que ele mais quer é ser cavaleiro. Não vou deixar que o meu medo o impeça de lutar pelo que deseja.

Assim que Grizel foi embora, Bethia se largou nos lençóis recém-trocados e enterrou a cabeça no travesseiro. A guerra contra sir Graham Beaton tornava-se mais complexa a cada dia. Eric queria reaver o que era direito dele. Os Murrays iriam ajudá-lo a livrar o castelo vizinho de um homem em que ninguém confiava. Os MacMillans lutavam por Eric, e também para se vingar de sir Graham pelas mentiras que havia contado, mentiras que alienaram o senhor de seu próprio sobrinho. Os Kirkcaldys lutariam porque Beaton tinha desonrado uma mulher da família e porque Eric era meio-irmão de Maldie. Os Drummonds lutariam por ela, porque se sir Eric virasse senhor de Dubhlinn, Bethia seria a senhora. Homens como Peter e Bowen lutavam por uma honraria que lhes vinha sendo negada havia muito e, sobretudo, pela perspectiva de construir uma vida melhor para suas famílias. Bethia suspeitava de que havia outros que lutariam pelo mesmo motivo, e achava que também havia os que fariam isso pelo simples prazer de lutar.

Pensar em tudo que fora negado a Bowen e Peter fez com que ela se lembrasse de seu pai, de sua família. As lágrimas brotaram quando ela enfim admitiu que nunca tinham sido sua família. Era culpa dela ter sido cega e burra demais para enxergar. Bethia suspeitava que todas as outras pessoas já reconheciam essa dinâmica muito bem. Isso explicava a raiva que Eric sentia dos pais dela, que era a mesma raiva que às vezes ela via em Bowen, Wallace e Peter. Pensar nisso só fez com que se sentisse mais estúpida.

Estava tão absorta em sua tristeza que nem notou que havia alguém ao lado dela na cama, acariciando suas costas. Antes mesmo de olhar, já sabia que era Eric. Apressou-se em enxugar as lágrimas com a manga do vestido, mas sabia que era tarde demais. Eric notou que ela estava chorando.

– O braço está doendo? – perguntou ele, dando um beijinho na face molhada de lágrimas.

– Não. Juro que não – insistiu ela, quando ele franziu a testa. – Foi só um arranhão.

– Então eu devo ter pegado você no meio de uma choradeira.

– Ah, sim, e foi das grandes. Tanto que nem sei há quanto tempo estou aqui.

– Já está na hora do almoço.

– Meu Deus! – Bethia se levantou aos tropeços. – Só preciso de um instante para me arrumar um pouquinho.

Eric ficou observando Bethia lavar o rosto, alisar o vestido amarrotado e arrumar o cabelo. Queria perguntar por que ela estava chorando, mas temia a resposta. Mais cedo, avistara a esposa na janela, observando os homens praticando. E agora ela estava ali, chorando. Sempre que tentava falar da batalha, Bethia dizia se tratar apenas da preocupação que toda mulher sentia pela segurança de seus entes queridos. Ele acreditava, mas achava que não era só isso.

Eric suspirou, admitindo para si mesmo que era um covarde. Se Bethia ainda achava que um pedaço de terra não era motivo para arriscar a vida, ele não ia querer saber. Principalmente não na véspera da batalha.

– Amanhã? – perguntou Bethia, chocada, sentando-se na cama e encarando Eric. – Vocês vão para Dubhlinn amanhã?

– Isso. Ao raiar do dia.

Isso explica muita coisa, pensou Bethia, ainda o encarando. Depois do almoço, Eric havia desaparecido. Como ainda estava chateada, Bethia passara o restante do dia brincando com James e costurando roupas para o menino. Quando Eric pedira que o jantar fosse servido no quarto, achou simpático da parte dele querer passar um tempo a sós com ela. Contudo, agora ciente da notícia, apostava que ele queria evitar que ela ouvisse o assunto no salão principal, ou que ficasse sabendo pela chegada dos Kirkcaldys. O que também explicava a rapidez com que ele a levara para a cama e a intensidade com que fizera amor com ela. Eric devia estar torcendo para deixá-la sonolenta e satisfeita demais para reagir.

– Em que você está pensando, garota? – perguntou Eric, enfim, um pouco desconfortável diante do olhar firme dela.

– Estou pensando que você é um espertalhão – murmurou ela.

Bethia precisou de toda a força para reprimir o impulso de gritar com Eric, exigir que ele não fosse. Seu sangue gelava nas veias só de pensar, mas precisava encarar o fato de que talvez fosse a última noite que passariam juntos. Não pretendia arruiná-la com lágrimas, apelos ou recriminação.

– Bethia, eu preciso ir.

Ele franziu a testa, surpreso, quando ela o calou com um beijo e se aninhou em seus braços.

– Não quero falar sobre isso – pediu ela, baixinho.

– Você não pode ignorar minha partida, coração.

– Só por hoje eu posso, sim. Hoje, eu só quero esquecer.

– Não sei se é possível...

– Bem, então sua obrigação é me ajudar. Quero que você faça amor comigo até me deixar desnorteada. Quero que deixe minha mente tão turva de paixão que eu não consiga pensar em nada, só em você. E quero que faça amor comigo até eu cair em um sono pesado e sem sonhos.

Eric sorriu, contente com o jogo dela. Era muito melhor terminar a noite assim do que com lágrimas ou discussões. Desse modo, ele mesmo levaria lembranças muito mais agradáveis para a guerra no dia seguinte.

– Faça amor comigo até me levar a me esquecer de tudo – pediu Bethia. – Prefiro me despedir de você agora, com você me deixando tão exausta que talvez eu nem consiga me levantar amanhã na hora em que você estiver saindo. E quando eu acordar, que eu saiba ter sido tão bem amada a ponto de só conseguir pensar nas lembranças maravilhosas desta noite. Pode me fazer essa gentileza, Eric?

– Ah, com toda a certeza – disse ele, deitando-a na cama e beijando-a avidamente.

CAPÍTULO VINTE

– *C*adê sua esposa?

Eric deu um sorriso preguiçoso para Maldie e Balfour no instante em que Nigel também veio se juntar a eles nos portões da fortaleza. Pela expressão de todos, ficou claro que imaginavam que Bethia estava manifestando sua desaprovação. Já tinham conversado a respeito da opinião dela e todos entendiam seu modo de pensar, mas também achavam que Bethia devia, pelo menos, fazer um esforço para fingir que apoiava o marido. Embora Eric também fosse ficar contente se ela lhe desse seu apoio total e irrestrito, pensou que seria divertido explicar à família por que ela não estava ali.

– Gisele também não veio – observou Eric, incapaz de resistir à provocação.

– Gisele está gravidíssima – retrucou Nigel. – Ainda está dormindo. Acho que vai levar pelo menos uma hora para começar a acordar, e não quero esperar.

Nigel deu um sorrisinho quando Maldie e seus irmãos riram.

– Pois bem, minha mulher também ainda está dormindo. E acho que ela não ia acordar nem com o barulho de um exército.

– Ela também está grávida?

– Não que eu saiba. O motivo da exaustão dela foi o pedido que me fez ontem à noite e que eu zelosamente cumpri.

Balfour revirou os olhos.

– Você se despediu da sua mulher como quase todos nós fizemos. Não precisa ficar todo prosa. – Como a esposa dele parecia bem desperta, Balfour fez uma careta para ela de brincadeira. – Você não teve nenhuma dificuldade para acordar hoje... Meu vigor não foi suficiente?

– Imagino que sua esposa não tenha pedido que fizesse amor com ela até deixá-la desacordada. – Eric sorriu ao ver a expressão de espanto no rosto dos demais. – É sério. Bethia me pediu especificamente que fizesse amor com ela até que ela ficasse completamente exaurida. E eu, marido obediente que sou – ele ignorou os murmúrios zombeteiros dos irmãos –, obedeci. E, de fato, antes de se entregar inteiramente ao cansaço, Bethia disse que eu tinha me saído muito bem e que ela estava tão cansada que talvez só conseguisse abrir os olhos quando a batalha já tivesse chegado ao fim.

– Ora, desse jeito eu vou ficar com medo de você não ter forças para lutar contra sir Graham – brincou Nigel enquanto todos se encaminhavam às montarias que Bowen e o cavalariço já haviam preparado. – Quem sabe não pedimos a Beaton que dê a você umas horinhas para descansar antes da batalha.

Maldie interrompeu a troca de provocações para beijar todos e desejar sorte na batalha. Em um instante, os homens já atravessavam os grandes portões de Donncoill. À luz suave da aurora que tingia tudo com tons quentes e suaves era difícil aceitar que, em poucas horas, estariam no auge da batalha, arriscando as vidas e dando cabo de tantas outras. Eric sentia um misto de empolgação e tristeza. A empolgação, ele sabia bem, era a que todo verdadeiro soldado sentia diante de uma boa briga. A tristeza, no entanto, vinha da desaprovação que Bethia teimava em expressar.

Balançou a cabeça, tentando ignorar que estava chateado com a recusa da esposa em compreender suas ações. Às vezes ela até fizera com que ele duvidasse da própria motivação. Mas Eric em vários momentos analisara o seu coração e sempre concluíra que não era a ganância que norteava suas decisões. Achava que Bethia tinha a mesma impressão. Dubhlinn era dele. Antes daquela linhagem de senhores corruptos e exploradores, aquelas terras tinham sido muito prósperas, e Eric queria garantir que voltassem a ser. Pelo menos nisso ele sentia que Bethia concordava com ele.

Mas, ainda assim, ela não tinha oferecido seu apoio. Isso não fazia o menor sentido. Eric não entendia por que a posição da esposa o deixava tão aborrecido, até mesmo magoado. Ele estava certo. A luta era justa. Isso devia ser suficiente para apaziguá-lo, a despeito do que sua mulher pensasse ou deixasse de pensar.

– Para um homem que teve uma longa noite de amor com a esposa até deixá-la inconsciente, você está com uma carranca e tanto – provocou Balfour ao chegar perto de Eric.

– Quem sabe o que a deixou inconsciente, na verdade, não foram as incríveis habilidades de Eric na cama – retorquiu Nigel, aproximando-se pelo outro lado –, mas ter batido com a cabeça na cabeceira da cama enquanto ele dava prazer tão vigorosamente a ela. – Ele sorriu quando Balfour riu.

– Nossa, que engraçado, estou morrendo de rir. – Eric suspirou e balançou a cabeça. – Eu só estou chateado porque não consegui ganhar o respeito de Bethia.

– Por que acha que ela não respeita você? – perguntou Balfour.

– Ela não me apoia nesta causa.

– Ela já falou ou agiu dessa forma?

– Bem, não, mas... – começou Eric.

– Pela maneira como ela olha para você e pelo modo como age, não tenho a impressão de que ela não o respeita. E você, Nigel?

– Eu também não. – Nigel sorriu. – Você bem que podia ter tentado conversar com ela ontem à noite.

Eric fez uma careta.

– É, era essa a minha intenção, mas fiquei um pouco distraído quando ela me pediu que fizesse amor com ela até que ela se esquecesse do que aconteceria hoje. – Ele deu um sorrisinho diante das risadas dos irmãos, então suspirou e balançou a cabeça. – Na verdade, acho que me deixei levar. Parte de mim queria saber o que ela estava sentindo, mas uma parte ainda maior preferiu não saber.

– Acho que você está se preocupando demais – disse Balfour. – Ela desaprova a batalha, e daí? Isso não quer dizer que ela não respeite você ou seus motivos. Maldie disse que Bethia o defende com unhas e dentes, dizendo que você não é nada parecido com aquele desgraçado do William ou com sir Graham. E de onde foi que você tirou que ela precisa concordar com você em todas as questões só porque é sua mulher?

– Não é bem isso. Eu não espero que ela concorde com tudo o que eu disser. E nem quero, na verdade. Mas é que eu passei metade da vida trabalhando por este momento. Cada carta enviada, cada petição feita, cada visita à corte, cada aliança firmada contribuíram para isso. Eu não era nem homem feito ainda e já estava lutando por este direito. Faz parte do reconhecimento, eu acho. Esgotei todas as tentativas de vencer por meios pacíficos. Acho que eu queria que Bethia entendesse tudo isso, queria que ela estivesse inteiramente ao meu lado no clímax desses treze anos de trabalho.

– E talvez ela esteja, sim, assim que ficar claro que sua luta não tirou sua vida nem a de outros homens por quem ela tem afeto.

– Não se preocupe tanto – falou Nigel. – Concentre-se em derrotar sir Graham da maneira mais rápida e eficiente possível. Deixe de lado essa questão de Bethia por enquanto; de toda forma, ela estará à sua espera em Donncoill. Por mais que desaprove tudo isso, sei que ela vai estar esperando você de braços abertos, ansiosa pelo seu retorno. Sir Graham, por outro lado, estará esperando você com espadas e flechas.

Eric encarou os homens armados que guarneciam as ameias da fortaleza de Dubhlinn e praguejou. Durante todo o trajeto, ainda acalentava a esperança de que sir Graham fosse ceder de forma pacífica. Na última mensagem que tinha enviado não havia nem três dias, dera uma derradeira chance para que ele obedecesse ao rei e cedesse as terras. Até mesmo listara todos os seus aliados. Então o sujeito sabia muito bem quantos clãs estavam contra ele e ainda assim se recusava a ouvir a voz da razão. Estava claro que sir Graham pretendia se agarrar com unhas e dentes a Dubhlinn, mas ele havia explorado tanto aquele lugar ao longo dos anos que Eric duvidava que Beaton tivesse dinheiro para pagar por mercenários. Eric não tinha como culpar Bethia por questionar a sanidade da história toda.

– Ele vai lutar – disse Nigel, olhando de cara feia as fortificações e tentando avaliar seu estado. – Entrar lá não vai ser fácil.

– Não, mas precisamos conseguir – respondeu Eric. – Se investirmos primeiro, e com vigor, quem sabe os mercenários não decidem que não vale a pena morrer por causa dele?

– É – concordou Balfour. – Vale a pena tentar. Mas tem que ser mesmo uma investida breve. Não gosto de usar soldados como isca. Se não virmos nenhum sinal de fraqueza, vou ordenar que recuem.

– Combinado – falou Eric.

Ele concordava com Balfour. Havia quem mandasse seus soldados se chocarem contra as muralhas para morrer, até que o senhor pudesse usar a pilha de cadáveres para escalar os muros, mas Eric achava isso desprezível.

A primeira investida contra os muros de Dubhlinn foi mesmo brutal. E também terminou bem rápido, quando uma chuva de flechas assolou os soldados. Felizmente houve poucas baixas, pois os homens eram bem treinados e sabiam usar seus pesados escudos. Uma habilidade que, infelizmente, não servia para escalar as altas muralhas.

Em seguida, tentaram usar armas de cerco. As escadas fechadas evitavam as flechas mortais, mas não protegiam os soldados de fogo, água fervendo ou óleo escaldante. Perderam mais alguns homens até que, enfim, ordenou-se a retirada. Eric não se arrependia de sua conduta, mas sabia que sir Graham veria seu receio em arriscar a vida dos homens como uma fraqueza e que usaria isso a seu favor.

– Acho que teremos que sitiá-los – disse sir David, aproximando-se dos irmãos Murrays, que esquadrinhavam as vigorosas muralhas de Dubhlinn. – Se não podemos derrotá-los, teremos de vencê-los na base da paciência.

– Eles estavam bem preparados para o ataque – disse Eric. – Talvez também estejam para evitar o sítio.

David olhou à volta, para campos que claramente haviam passado muito tempo sem plantio, e perguntou:

– Como?

– Pois é – resmungou Nigel, também olhando ao redor. – Dubhlinn está muito mais descuidada do que imaginei. Tem certeza de que quer mesmo este lugar?

– Este lugar é meu.

Eric xingou baixinho. Tirou o capacete e correu os dedos pelos cabelos empapados de suor.

– Ao recusar a determinação do rei, sir Graham está cometendo traição. Ele já é um homem morto – completou ele.

– Podemos alertar o rei e deixar o exército real arrancá-lo daí.

– Ainda assim, teríamos que manter o cerco para que o traidor não fuja enquanto os soldados não chegam. Eu já lutei no exército do rei. Sei que não têm o menor cuidado com vidas inocentes nem com a terra. Não vão considerar culpados apenas sir Graham e seus soldados, mas todas as pessoas do clã: as que lutaram ao lado dele e as que passaram o conflito todo escondidas feito covardes, rezando para sobreviver.

– Nem todas são covardes – falou Bowen, aproximando-se na companhia de uma mulher grisalha e gorducha. – Esta senhora aqui se chama Leona Beaton. Ela é aia em Dubhlinn desde mocinha.

– Sim, senhor – confirmou a mulher. – Comecei meu treinamento com sete anos de idade, então já se vão quarenta anos passados atrás dessas muralhas malditas.

– Então a senhora era criada na época da minha mãe? – perguntou Eric.

– Se o senhor é sir Eric, eu era, sim.

Eric desculpou-se pela falta de educação e enfim apresentou a si mesmo e os companheiros. Então prosseguiu:

– Então a senhora esteve aqui durante todo o ocorrido.

– Estive, sim, senhor. Eu era só uma garotinha quando seu pai matou nosso ex-senhor e estava aqui quando os Murrays mataram aquele demônio, que Deus me perdoe.

Eric sabia que o fato de sua petição ter sido oficialmente aceita se devia mais ao apoio que conseguira angariar entre os clãs. Muitas pessoas ainda questionavam a legitimidade da decisão. Aquela mulher, no entanto, falava como se soubesse bem a verdade e Eric sentiu o sangue ferver de entusiasmo nas veias. Contar com o apoio de uma mulher que era Beaton de nascença e que tinha sido testemunha ocular dos males praticados pelos senhores ajudaria a silenciar as vozes em contrário.

– A senhora disse que sir William Beaton era meu pai. Diz isso só porque agora o rei decidiu me dar a posse das terras?

– Não, garoto. Por todos esses anos, eu sempre soube a verdade. Eu fui criada da sua mãe. Beaton nunca ficou ciente disso, mas eu sabia bem do caso que sua mãe teve com o antigo senhor dos Murrays. Também soube quando terminou. A chance de você ser filho daquele desgraçado era mínima. Além do mais, estive no quarto logo depois que você nasceu e vi sua marca de nascença, a que indica claramente que você é filho de Beaton. – Ela enxugou uma lágrima com as costas da mão e prosseguiu: – Foi a última vez que vi você e sua mãe com vida.

– Então você sabe da minha marca? Sabe que essa é a marca dos Beatons?

– Sei. Tive o azar de ver essa marca em seu pai em mais de uma ocasião, embora às vezes ele tentasse esconder. O sujeito tratava todas as pobres mulheres deste castelo como se fossem vacas reprodutoras. Tive três filhas daquele desgraçado, duas ainda estão vivas. O parentesco de sangue as privou de terem o mesmo destino que eu, mas o pai nunca fez nada para protegê-las de seus homens. Essa situação brutal tomou a vida de uma das minhas meninas e quebrou as emoções e a vivacidade das outras duas, além de tê-las deixado com dois filhos bastardos.

– Sinto muito por todo o mal que a senhora e sua família sofreram – falou Eric, sabendo muito bem que não tivera parte em nada daquilo, mas sentindo, mesmo assim, uma pontada de culpa por ter o mesmo sangue que os homens que cometeram tais crimes. – Mais meias-irmãs – murmurou ele, com um sorriso triste.

– Ah, sim, só no castelo são oito, e mais um punhado na vila. E mais umas tantas tias e sobrinhas. Sinto muito por não ter conseguido salvá-lo, garoto. Eu bem que tentei. Quando fiquei sabendo do que tinha acontecido, fui procurá-lo, mas os Murrays já tinham encontrado você. Não contei a ninguém sobre você ser filho legítimo de seu pai, eu admito. Pensei que você estaria melhor onde estava, ainda mais depois que sua mãe e a parteira foram assassinadas. Mas, quando soube que você estava lutando por seus direitos, eu quis ajudar. Meu plano era ir pessoalmente ao rei para dizer que você estava falando a verdade, mas não pude.

"Sir Graham sabe muito bem que está em um trono roubado e prendeu todos nós aqui dentro, ninguém podia sair. Quem saía era considerado traidor, e ele descontava toda a raiva na família da pessoa. Uma vez uma mulher passou dois dias fora, tinha ido visitar a família. Sir Graham pegou o marido e os dois filhos pequenos dela, matou os meninos na frente do pai e depois tirou a vida do pobre sujeito também. Eu não podia colocar a vida das minhas filhas em risco, muito menos dos meus netos. Não tive coragem.

"Aquela pobre mulher ficou em choque por horas na praça de armas, olhando para os corpos do marido e dos filhos, até que cortou os pulsos, deitou-se ao lado deles e morreu também. Eu já estava convencida de que não teria fim o reinado de horror a que estamos submetidos aqui em Dubhlinn, mas aí veio a notícia de que o rei tinha dado as terras a você, de que você seria nosso novo senhor. Desde então estou aqui esperando pelo momento de ajudar."

A história deixou Eric tão chocado e tão comovido que ele precisou de um instante para perguntar:

– Como?

Dona Leona sorriu.

– Levarei vocês para dentro das muralhas do mesmo jeito que saí.

– Será que podemos confiar nela? – sussurrou Nigel, seguindo a mulher pelo bosque escuro.

Eric também tinha suas dúvidas, mas não a ponto de recusar a ajuda. Tiveram que esperar até o anoitecer e usaram as torturantes horas de espera para delinear bem os planos. Eric, Nigel e David juntaram cerca de vinte homens e, deixando o comando com Wallace, Peter e Balfour, seguiram com dona Leona. Estavam arriscando a vida, mas Eric achou que valia a pena seguir os próprios instintos. Algo lhe dizia que podia confiar naquela mulher.

Na beirada do bosque, ainda bem longe das muralhas de Dubhlinn, dona Leona parou. Para a surpresa de Eric, segurou um toco de árvore atingido por um raio e, com a ajuda de Nigel, o levantou. Era uma passagem secreta. Erguendo a lamparina à sua frente, Leona desceu alguns degraus da escada estreita e então gesticulou para que a seguissem. Eric hesitou brevemente, mas a seguiu. O fato de sir Graham (ou, quem sabe, até mesmo seu pai) ter construído um túnel absurdamente longo para que ele e uns poucos homens escolhidos pudessem fugir o deixava mais confiante. E sir Graham não confiava em ninguém. Eric achava que ele jamais teria revelado um segredo tão útil e tão estratégico a uma mera criada, uma simples mulher, por mais que pudesse ganhar algo com isso.

– Onde vai dar esse túnel? – sussurrou Eric, chegando mais perto de dona Leona.

– Nos aposentos do próprio senhor – respondeu ela, no mesmo tom.

– Não parece um lugar muito prudente para desembocarmos.

– No momento, é o melhor lugar. Já sobrevivi ao reinado de terror de três Beatons, sir Eric. Um dia, durante uma das muitas batalhas em que nosso senhor se meteu depois de comprar briga com os vizinhos, eu o vi se afastando da luta quando tudo indicava que perderíamos. Aquilo me deixou intrigada, e logo imaginei que o desgraçado tinha algum jeito secreto de sair. Levou anos, mas finalmente encontrei este buraco. E também sei que, durante uma batalha, os senhores Beatons sempre ficam ao lado de seus homens, a não ser quando sentem vontades luxuriosas. Quando isso acontece, eles agarram uma pobre coitada qualquer, arrastam-na para o quarto e depois correm de volta para as muralhas. Em todo o caso, eu aposto que a saída do túnel estará livre.

Uma vez dentro dos aposentos do senhor, Eric se sentiu mais confiante. Mandou o soldado mais jovem retornar a Balfour com ordens, além de escoltar dona Leona de volta em segurança até os Murrays. Só faltava uma coisa.

– Dona Leona – falou Eric quando o jovem soldado começava a conduzi-la de volta ao túnel –, e a sua família? Se a senhora descrever as suas filhas, podemos tentar protegê-las.

– Já cuidei disso, milorde. No instante em que decidi ajudar, tirei minhas filhas e os bebês de Dubhlinn usando este mesmo túnel. Elas estão em um casebre no alto das montanhas com minha prima, Margaret. Se vocês vencerem, elas voltarão. Se não, elas vão fugir, comigo ou sem mim.

– Uma mulher que sabe o que fazer para sobreviver – murmurou Nigel enquanto dona Leona entrava no túnel. – Por que será que não fugiu deste lugar infernal até agora?

– Talvez tenha decidido ficar para me ajudar. Ou então tenha pensado que não chegaria muito longe antes que as ausências dela e da família fossem notadas. Com a batalha e a inevitável desordem que virá depois, dona Leona terá tempo de fugir para muito, muito longe – respondeu Eric. – Agora vamos abrir esses portões.

Ao sair da alcova de Beaton e atravessar o castelo, Eric soube que estavam sendo constantemente vigiados. Vez por outra, via uma aia ou um criado pelo canto do olho, mas ninguém os denunciou. Estava muito claro que sir Graham não conquistara a lealdade, muito menos o amor, de seu povo. Ele estava prestes a pagar caro por sua arrogância e sua crueldade.

Como todas as atenções estavam voltadas para aqueles que estavam do lado de fora da muralha, os homens de sir Graham foram derrotados sem a menor dificuldade. Ninguém esperava um ataque vindo de dentro. Alguns Beatons se renderam a Eric e seus companheiros sem piscar. Um jovem esbelto chamado Pendair Beaton até os ajudou a abrir os portões para os demais.

Aberto o caminho, Balfour conduziu o restante dos homens para dentro da praça de armas de Dubhlinn com rapidez e muito barulho. Urrando no afã da batalha, eles se jogaram sobre os soldados de sir Graham com uma fúria que deixou Eric de cabelos em pé. Sempre que o avistava, Eric fazia de tudo para chegar até sir Graham. Beaton se esforçava para atravessar a batalha e voltar para dentro do castelo, com certeza ansioso para usar o túnel que não era mais secreto e fugir.

Eric olhou para o castelo, tentando imaginar qual seria a melhor rota para impedir o avanço de sir Graham, e congelou ao ver o homem que subia correndo as escadas. Era sir William Drummond, quase chegando às portas do castelo. Despertando de seu estupor, Eric correu na direção dele, com a vaga noção de que Bowen e Peter protegiam sua retaguarda.

Um urro da mais pura raiva escapou de sua garganta quando William desapareceu castelo adentro. Eric subia aos tropeços os degraus escorregadios de sangue enquanto sir Graham chegava à porta, mas não foi rápido o suficiente para trancá-la. Eric empurrou a porta com força, fazendo o homem cambalear, mas permaneceu de pé para encarar o recém-chegado. Eric viu William subir a escada atrás de sir Graham. Tentou se acalmar, ciente de que não poderia ceder ao impulso de largar tudo para persegui-lo. Sir Graham era um guerreiro habilidoso e estava firmemente plantado no caminho entre Eric e o homem que ele tanto queria matar.

– Drummond, seu covarde – gritou sir Graham –, volte aqui e lute!

– De jeito nenhum, é por sua conta! – respondeu William por cima do ombro. – Você disse que era capaz de derrotar esse moleque e eu acreditei. Disse que me livraria dos obstáculos que me impedem de acabar com aquela vagabunda. Mas não cumpriu a promessa e perdeu a batalha. Não vou ficar aqui para morrer com você.

E assim William sumiu escada acima.

Peter foi atrás dele e Bowen permaneceu ao lado de Eric. Deixando de lado a decepção e o ódio, Eric se forçou a se concentrar em sir Graham.

Sabia que tinha perdido William outra vez, sabia muito bem que Peter não conseguiria pegá-lo, mas sua luta com sir Graham era um assunto mais urgente.

– Foi muita burrice da sua parte se associar àquele louco – falou Eric, preparando-se para duelar com sir Graham.

– Ele disse que conseguiria convencer os Drummonds. Talvez não a se tornarem aliados, mas ao menos a não lutarem contra mim.

– Ele não tinha a menor chance de convencer os Drummonds de nada. Ele matou a filha deles.

– Ah, sim, fiquei me perguntando se isso teria acontecido. Ainda assim, o sujeito foi útil atormentando você, e ele até que teve uma boa chance de dar cabo da sua mulherzinha. O que muito teria me agradado. Valia o risco.

– Você devia ter abandonado Dubhlinn enquanto podia.

Eric deu uma investida com sua espada, estudando a defesa de sir Graham e notando o cansaço evidente em seus movimentos.

– Dubhlinn é minha. Já faz treze anos que eu sou o senhor destas terras.

– Você não é senhor de nada. Não pode governar uma terra que não lhe pertence.

– Esta terra é minha!

– Já que você a ama tanto, vou enterrar o que restar de você aqui.

A luta foi curta, mas intensa. Sir Graham era habilidoso, mas estava destreinado. Ficou desleixado e suas forças estavam embotadas pela bebida e pelos hábitos devassos. Quando enfim Eric cravou a espada no coração do sujeito, não sentiu o gosto da vitória. Queria muito reconquistar Dubhlinn, mas preferia não ter derramado o sangue de um parente, mesmo que ele merecesse morrer. Ajoelhado ao lado do corpo inerte de sir Graham, Eric limpou a espada no gibão do sujeito, quase melancólico. Parecia que os únicos Beatons em que podia confiar eram os pobres, os malnascidos, e as muitas filhas bastardas de seu pai.

– Peter? – chamou Eric ao vê-lo descendo as escadas, e não ficou surpreso quando o homem balançou a cabeça, informando seu fracasso. – William é um desgraçado. Será que nunca vamos conseguir pegá-lo, meu Deus? – resmungou, levantando-se e embainhando a espada. – Peter, Bowen, avisem a todos que sir Graham morreu e que Dubhlinn agora tem um novo senhor.

– Vou ficar aqui com você – protestou Bowen.

– Pode ir, vou ficar bem. Além do mais, assim que todos souberem que o sujeito morreu, aposto que a batalha vai acabar.

– Verdade – concordou Bowen. – Os homens não vão continuar lutando ao saber que perderam qualquer chance de serem recompensados.

Quando Bowen e Peter saíram, Eric foi fazer a ronda no castelo. Ao terminá-la, tinha arrebanhado um pequeno grupo de criados que o seguiam de olhos arregalados, observando tudo a uma distância segura. O parco sinal de simpatia apaziguou um pouco o desgosto de constatar as péssimas condições em que o castelo se encontrava. Ao descer a escada e encontrar seus irmãos esperando por ele, Eric deu um sorriso triste.

– Nada de William? – perguntou Balfour.

Balançando a cabeça, Eric respondeu:

– Nem dele nem de nada.

– Pelo pouco que vi, se é que algum dia houve alguma riqueza por aqui, foi toda levada embora.

– De fato, sobrou muito pouco, e tudo em péssimas condições.

– Você terá muito trabalho.

– Quando vi William aqui, cheguei a pensar que mataria dois coelhos com uma cajadada só. Consegui reconquistar minhas terras, mas sei que precisarei continuar dando duro para que volte a ser o que já foi um dia, e sei também que William continuará atrás de Bethia.

Balfour abraçou Eric de lado, dizendo:

– Uma batalha de cada vez, garoto. Esta você venceu. A hora de William vai chegar. Ele pode desaparecer como um fantasma, mas não passa de um homem. Ele sangra e morre como todos nós.

– E vou mandá-lo para o inferno o mais rápido possível – jurou Eric.

CAPÍTULO VINTE E UM

– Sossegue esse facho, mulher, ou eu vou ter que amarrá-la na cadeira – advertiu Maldie.

Suspirando, Bethia se sentou. Estava no salão principal esperando o retorno dos homens junto a Maldie, Gisele e várias outras mulheres. Tinham feito a mesma coisa no dia anterior, até altas horas. Embora tivesse se recolhido em dado momento, Bethia mal conseguira dormir. Assim, estava sentada à mesa, sem o menor apetite para o desjejum em seu prato, nervosa e desesperada por qualquer notícia. Estava impressionada com a calma aparente das demais. Se não recebesse notícias de Eric em breve, corria o risco de arrancar os próprios cabelos de tanta ansiedade.

– Tem certeza de que não é um mau sinal eles não terem voltado ontem? – perguntou ela a Maldie.

– Absoluta – respondeu Maldie.

– Quando ficou claro que Deus não tinha atendido minhas preces e feito sir Graham se entregar pacificamente, torci para que, pelo menos, a batalha fosse curta.

– E pode muito bem ter sido. Mas, se não foi, isso também não significa muita coisa. Balfour e os irmãos são muito cuidadosos quando a vida dos homens está em jogo, e isso pode atrasar o progresso da batalha. Talvez tenham até decidido fazer um cerco a Dubhlinn.

– Ah, Deus... Pode levar meses. Estarei só pele e osso quando eles voltarem.

– Sim, pode levar meses – falou Maldie, compreensiva. – É melhor do que fazer os homens perderem a vida atacando muralhas muito bem protegidas. Mas, pelo que Eric me disse sobre o estado de Dubhlinn, duvido que consigam suportar um cerco de meses.

– Sir Graham se recusou a devolver Dubhlinn, contrariando as ordens do rei. Duvido muito que um sujeito que cospe na cara do próprio soberano desse jeito e corre o risco de ser acusado de traição seja dobrado por um cerco. E, pelo que já vi de Dubhlinn, o vilarejo não se deixará abalar pela ameaça de fome.

– *Non* – concordou Gisele, com firmeza. – Sir Graham é capaz de deixar seu povo e seus homens morrerem de fome.

– Só que uma hora ele mesmo começará a sofrer de fome e sede – concluiu Bethia. – Dubhlinn é um lugar miserável. Não vi gado algum.

– O que quer dizer que foi tudo vendido ou comido – falou Maldie. – Ou ele foi burro de vender tudo para forrar os bolsos de dinheiro ou consumiu com voracidade tudo que foi possível conservar do rebanho. A verdade é que, nessa época do ano, não dá para ter certeza, mas Eric disse que parecia que ninguém cultivava nada havia tempos naqueles campos malcuidados. Acho que o castelo não deve estar bem abastecido.

– E o povo de lá?

– Já aprendeu há muito tempo como se proteger. Há muito, muito tempo. E todos também já sabem que não vale a pena perder a vida lutando por um senhor daqueles. Para eles, que diferença faz quem governa? Os últimos três senhores só trouxeram miséria e sofrimento. Aquelas pessoas sabem se esconder, e muito bem.

– Quando passamos por lá, pareciam ser muito poucas.

– De fato, devem ser bem menos do que nos tempos do meu maldito pai, mas duvido que tenham morrido na batalha. Aposto que são a crueldade e a fome, impetradas pelo próprio senhor, que vêm minando a gente de Dubhlinn.

Bethia sorriu de repente e olhou para Maldie com uma leve expressão de repreensão.

– Você não está sendo muito sutil, Maldie. Já entendi que está tentando me fazer enxergar como a remoção de sir Graham será benéfica para Dubhlinn, não precisa desses subterfúgios. Eu já sei que Eric será melhor para todos.

– É estranho, sabe? Dubhlinn quase virou ruínas, o clã foi reduzido a um punhado de pessoas depauperadas e apavoradas que vivem escondidas, cuja única chance de sobrevivência é o suposto bastardo do senhor anterior... Os Beatons serão salvos pelo homem que se recusa a levar o nome adiante, que é o verdadeiro herdeiro de Dubhlinn, embora tenha sido largado para morrer quando bebê. Para ser sincera, não entendo por que Eric não sente vontade de simplesmente colocar o lugar todo abaixo.

– E depois cuspir nas ruínas – acrescentou Gisele, levantando-se bem devagar. – Vou me deitar.

– Está se sentindo mal? – perguntou Maldie.

– *Non*, só não dormi bem de ontem para hoje. – Gisele sorriu e, acompanhada de uma aia ansiosa que a seguia bem de perto, começou a se dirigir para a saída do salão principal. – Sei que parece que eu durmo muito, mas só deito este corpanzil na cama e fico rezando para pegar no sono. Por favor, me acordem quando Nigel voltar.

– De jeito nenhum, ele que assuma esse risco sozinho... ou não.

– Ela está bem mesmo? – perguntou Bethia quando Gisele saiu, satisfeita com a distração momentânea.

– Está, sim. É que o último mês é difícil para ela, sempre foi. Ela fica enorme, e os bebês são muito ativos – comentou Maldie, sorrindo. – A pobrezinha fica desconfortável sentada, andando e até deitada. E ainda por cima tem o sono agitadíssimo, por isso vive cansada. Ela não vai ficar nada triste quando chegar a hora de parir.

Bethia alisou discretamente o ventre ainda rígido e notou que Maldie sorria para ela.

– Será que eu também estarei muito desconfortável em alguns meses?

– Cada mulher se comporta de uma forma na gravidez, mas, uma vez que você entende quanto sofre ou deixa de sofrer, é fácil encontrar outra mulher com quem se lamentar... – Maldie e Bethia trocaram um sorriso cúmplice. – Ou com quem aprender. Quando você vai contar a ele?

– Ah, boa pergunta. – Bethia suspirou e balançou a cabeça. – Sei que você me avisou, mas eu não imaginava que seria tão difícil encontrar o momento certo. Quando ele voltar – Bethia respirou fundo para controlar a onda repentina de medo que sentiu por Eric –, e quando eu souber o que vai acontecer, vou escolher o melhor momento. Nem que eu tenha que amarrá-lo para que ele não tente me tocar ou dizer coisas doces ao pé do ouvido que me distraiam. – Sorriu ao ouvir a risada de Maldie. – Ele não vai demorar a perceber, e mais uma vez você tem razão, é melhor eu falar antes que ele adivinhe.

– Vocês estão precisando muito de um tempo a sós, sem estarem cercados por parentes ou lutando com alguém.

– Sim, mas agora o problema com sir Graham terminou e resta apenas William. – Bethia estremeceu à menção daquele nome, detestando notar o medo que tinha se infiltrado em seu coração. – É difícil admitir, mas quero muito ver aquele homem morto.

– Será a única forma de se livrar dele e, por mais triste que seja, você não tem motivo para se sentir culpada. O sujeito selou o próprio destino no instante em que decidiu sair matando gente para tomar terras que não eram dele.

Antes que pudesse responder, Bethia se deu conta de um certo alarido que crescia ao longe. Logo reconheceu o som de vozes animadas. Trocou um breve olhar com Maldie, depois saiu correndo do salão, todas as mulheres vindo logo atrás. Quase atropelaram o pajem que tinha sido enviado para dar a boa notícia. Ao chegar às portas do salão principal, Bethia já havia disparado. Os homens tinham voltado e ela estava desesperada para saber se Eric estava ferido ou não. Tudo bem se voltasse com uma ou duas cicatrizes, ou mesmo que ficasse um pouco coxo – desde que estivesse vivo. Antes de nutrir qualquer esperança, tinha que ver com os próprios olhos que ele estava bem e respirando.

Já na praça de armas, Bethia teve que parar. O caos reinava. O lugar estava apinhado de soldados, cavalos e mulheres à procura de seus maridos. Bethia viu Eric apeando diante do estábulo e voltou a correr. Não conseguiu controlar o impulso de tocá-lo e foi difícil não xingar e não bater em todas as pessoas em seu caminho.

No instante em que passou pelo último obstáculo entre ela e o marido, Eric enfim se virou para ela. Bethia se atirou nos braços dele com tanta força que ficou sem ar e fez com que ele perdesse o equilíbrio. Colou o ouvido ao peito dele, estremecendo de alívio ao ouvir o coração batendo forte.

– Bethia, você está bem? – Eric sorriu para Maldie, que abraçava Balfour. – Acabou, garota.

– Você está machucado? – Ela o soltou, examinando a blusa de linho limpa e o *kilt* sem nenhuma mancha. – Nem parece que você lutou uma batalha.

– Estou bem, assim como todos os outros homens sobre os quais você deve estar prestes a me perguntar. Tomamos o castelo na calada da noite. Uma mulher, uma Beaton, nos ajudou a entrar na surdina. Como tivemos que esperar amanhecer para cavalgar para casa, tive tempo de me lavar e trocar de roupa – explicou. – Precisei matar sir Graham.

Abraçando-o com força outra vez, Bethia assentiu.

– Eu sei, você não teve escolha.

Eric sorriu, abraçando-a pelos ombros e seguindo para o castelo. Quando ela corria em sua direção, tudo que Eric vira na esposa fora um alívio puro e indisfarçável. E ao ouvi-lo confessar que matara sir Graham, ela só dera de ombros como se aquilo não passasse de uma necessidade desagradável. Eric não achava que Bethia poderia ter mudado de ideia de forma tão brusca em tão pouco tempo, então começou a acreditar que a tinha julgado mal.

Ela o abraçou com força, acariciando o peito dele, às vezes pousando a palma sobre o seu coração. Eric começou a se perguntar se, de tão preocupado com os sentimentos dela em relação à batalha com sir Graham, ele não teria deixado de notar várias coisas. Bethia gostava dele. Ficava evidente no toque dela, no modo como o olhava. Estava claro que tinha passado horas e horas de preocupação com sua segurança e que não fazia a menor questão de esconder a satisfação por ele ter voltado a salvo.

Quando chegaram às portas do castelo, Eric já estava quase convencido de que Bethia o amava, e que não era vaidade sua. Seria bom ter uma esposa que o amasse, pensou. Não teria que se preocupar com o que aconteceria quando, enfim, a paixão esfriasse. Ela ficaria ao seu lado para sempre, estariam unidos pelos fortes laços do amor. Até lhe ocorreu que convinha analisar direitinho por que ele queria tanto que Bethia o amasse, por que ficava tão eufórico ao pensar nisso, e por que sentia tanta necessidade de marcá-la como sua. Decidiu que precisava dedicar um tempo a analisar os próprios sentimentos. Estava prestes a entrar no salão principal quando Bethia segurou com força o braço dele.

– Eu ia tomar uma cerveja para tirar da garganta a poeira da estrada – falou ele, tentando ler a expressão de Bethia e arregalando os olhos, surpreso, ao reconhecer o brilho cálido no semblante dela.

– Já deixei um vinho excelente nos nossos aposentos.

Bethia se surpreendeu ao notar a rouquidão na própria voz e o calor nas veias, pois ainda nem tinha dado um beijo no marido.

– Ótimo. Com sorte, conseguiremos ter um tempinho para bebê-lo.

Eric pegou a mão dela e começou a subir a escada.

Bethia não entendia bem o porquê, mas sabia que seu corpo estava tomado por um calor e um desejo incontrolável de ter Eric em seus braços. Não reclamou da velocidade com que Eric subia os degraus, embora tivesse que dar uma corridinha para acompanhar seus passos largos. Na verdade, até queria ter pernas maiores, para chegar mais rápido. Ficou chocada ao notar que não queria nem esperar até chegar ao quarto.

No instante em que Eric a puxou para dentro de seus aposentos e fechou a porta, Bethia se atirou nos braços dele e beijou-o com toda a ânsia que ardia dentro dela. Afobado, ele colou as costas à parede ao lado da porta e correspondeu na mesma intensidade. Bethia começou a abrir o cordão da camisa dele, procurando sinais de ferimentos em cada centímetro de pele antes de beijá-lo.

– Cama... – tentou dizer Eric, mas a ajudou a abrir seu *kilt*.

– Precisa? – perguntou Bethia, tirando a camisa dele.

– Nah... – Ele começou a abrir o vestido dela, grunhindo quando ela beijou o peitoral dele e envolveu a ereção dele com seus dedos longos e finos. – Do jeito que estou, eu nem sei onde fica a cama.

Bethia sorriu, e seus beijos foram descendo pelo abdômen dele. Eric estava lindo daquele jeito, nu, só com as botas de couro de veado. Bethia estava espantada com o próprio comportamento desvairado, mas também estava excitada. Uma excitação que aumentou ainda mais quando ela se ajoelhou diante de Eric, envolveu seu membro ereto com os lábios e ele começou a gemer.

O ato durou pouco, pois ele logo a pegou e a pôs de pé, provocando um leve gemido de surpresa. Eric a despiu com tanta pressa que se ouviram alguns sons de costura rasgando, mas Bethia não estava nem aí para as roupas. Deixando-a só de combinação, colocou-a contra a parede, então se ajoelhou, levantando a peça até a cintura, e começou a retribuir os beijos íntimos. Bethia gemeu e estremeceu de prazer. Estava desesperada demais para suportar muito tempo aquela tortura, por mais deliciosa que fosse. Apesar dos pedidos dela, ele a levou ao clímax assim mesmo, e depois continuou estimulando-a daquela forma inebriante. De repente, ficou de pé, tomou-a nos braços e pôs as pernas dela ao redor da cintura dele. Bethia roçou no membro ereto com sofreguidão. Gemendo de prazer, Eric a penetrou. Foi rápido, bruto e voraz. Bethia adorou; gritou o nome dele quando uma segunda onda de prazer envolveu seu corpo inteiro e o segurou com ainda mais força enquanto Eric também se entregava ao clímax.

Levaram um instante para recompor algum sinal de calma. Eric saiu de dentro dela, sorrindo ao ver que ela parecia lamentar, e a levou para a cama. Deitou-se com a cabeça encostada nos seios dela e ficou passeando os dedos pelas coxas da esposa, distraído.

– E então, garota? Satisfeita por eu não ter quebrado nada? – perguntou ele quando, enfim, conseguiu falar.

Exaurida, Bethia acariciou os cabelos dele.

– Estou, sim, marido. Muito bem – brincou ela, dando dois tapinhas em sua cabeça.

Ele riu da provocação.

– Você é tão pequena e levinha, tão fácil de levantar... – Eric grunhiu de leve quando ela deu um soquinho em seu braço. – Ora, coração, estou falando sério.

– Então quer dizer que você gosta do fato de eu ser *mignon*? – Bethia deu um leve sorriso, satisfeita e achando um pouco de graça.

– Gosto, sim. E muito.

– Que bom. Acho que eu nunca vou ficar muito maior que isso. – Estremeceu de prazer ao ouvi-lo rir contra o peito dela. – Então quer dizer que agora Dubhlinn pertence a você?

– O castelo é meu. Deixei Peter, Bowen e mais alguns homens protegendo-o.

– Acha que teremos mais problemas?

– Não. Os poucos que se atreveram a sair de seus esconderijos ficaram satisfeitos ao ver que eu tinha vencido. Depois de tantos anos sob o jugo cruel dos senhores Beaton, que eram gananciosos e não se importavam com o povo, vou levar algum tempo para reconquistar a confiança deles.

Bethia suspirou e aquiesceu, alisando as costas quentes dele.

– Mas eles aceitaram que você é o senhor por direito?

– Eles conhecem minha história e já sabem que o rei me declarou herdeiro legítimo. – Eric se apoiou nos cotovelos, sorriu para ela e deu um beijinho na ponta de seu nariz. – E uma mulher chamada Leona, que foi criada da minha mãe, está contando a Deus e o mundo que eu não sou bastardo coisa nenhuma. Parece que ela viu a marca dos Beatons no meu ombro quando nasci, e sabia que meu pai tinha a mesma marca.

– E ela nunca disse nada? Porque se ela tivesse se manifestado desde o início, talvez você tivesse sido poupado disso tudo.

– É, mas aí eu provavelmente teria sido criado pelo meu pai. – Eric assentiu quando Bethia exclamou, surpresa. – Ela foi me procurar quando soube que tinham me abandonado para morrer, mas, quando viu que eu estava com os Murrays, preferiu se calar. Achou que eu estaria mais seguro e, embora ela não tenha dito com estas palavras, acho que sentiu que seria melhor se eu não fosse atraído para a escuridão que reinava em Dubhlinn. Ela até cogitou ir ao rei para testemunhar a meu favor. – Eric contou a forma como sir Graham lidara com aqueles que considerava traidores, depois a beijou para tentar amenizar o horror.

– Ela estava certa, foi mesmo melhor que você tenha sido criado aqui. Talvez ela tenha nutrido alguma esperança de que, algum dia, você viesse a se tornar o homem do qual Dubhlinn tanto precisa.

Ele a beijou em agradecimento pelo comentário. Então suspirou, preparando-se para dar as más notícias.

– William estava lá.

Bethia sentiu o pavor se alastrar pelas veias e, por um instante, segurou Eric com mais força. Demorou mais do que gostaria, mas aos poucos foi conseguindo dominar o pânico. Detestava se sentir assim, e odiava William por levá-la a passar por isso.

– Ele fugiu de novo... – disse ela, baixinho, já sabendo a resposta.

– Infelizmente, sim. Eu vi quando ele correu na direção do castelo e sabia que ele estava indo para a mesma passagem secreta que nós tínhamos usado para entrar na fortaleza, mas sir Graham se colocou no meu caminho. Enquanto eu enfrentava um inimigo, o outro fugiu.

– Então era lá que ele estava escondido. Mas o que Beaton queria com ele?

– William deu um jeito de convencê-lo de que era capaz de dobrar os Drummonds. Sir Graham também disse que William nos infernizava tanto que só isso já lhe dava motivo para conceder proteção e abrigo a ele.

– Nós temos uns inimigos muito esquisitos. Bem, eu tenho.

– William também é meu inimigo, Bethia. Ele quer fazer mal à minha mulher e merece morrer por isso. Quero acabar com ele usando minhas próprias mãos, mas aceito a morte do desgraçado até se ele cair do cavalo e quebrar aquele pescoço feio.

Eram palavras sombrias e vingativas, mas Bethia ficou comovida com o que havia por trás delas. Talvez Eric estivesse começando a gostar um pouco dela. Teria sido muito melhor se não tivessem passado seu pouco tempo de casados olhando para todos os lados, com medo do inimigo à espreita, mas ela ficou satisfeita com aquele traço de carinho. Faria de tudo para que aquilo só aumentasse.

– Então vamos para Dubhlinn? – perguntou ela.

– Você não é muito sutil para mudar de assunto, hein, coração?

Ela deu um breve sorriso, mas logo ficou séria.

– Não há muito a dizer sobre William Drummond. Ele quer me ver morta, talvez ainda queira ver James morto, e eu não ficarei nada surpresa se ele quiser o mesmo destino para você. Nós o caçamos e ele nos caça. Um dia, vamos matá-lo. Não há muito que dizer e, para ser sincera, só o fato de pensar nele faz meu sangue gelar.

– Nós vamos para Dubhlinn – respondeu Eric, sorrindo para ela. – Há muito trabalho a fazer por lá, coração.

– Isso eu já sabia, desde antes de virmos para cá.

– Mas dentro das muralhas reinam o mesmo descaso e a mesma aridez.

– Isso é triste. Se sir Graham não fosse tão ganancioso, poderia ter tido um bom castelo, terras férteis e bastante dinheiro. Mas preferiu encher os bolsos de riquezas mais rápido do que o povo era capaz de produzir.

– Vou tirar uns dias para reunir tudo o que eu puder mandar para lá. Isso vai nos ajudar um pouco.

Ela o beijou, dizendo:

– Não se preocupe. Eu não preciso de muita coisa.

– Ah, mas seu marido precisa.

– Ah, é? De quê?

Eric se levantou de um salto e deu uns tapinhas na barriga.

– Comida, para começar.

– Na verdade, eu também estou com fome. – Bethia se levantou e começou a se vestir. – Levaremos o James de uma vez?

– Sim – falou ele, vestindo o *kilt*. – Em Dubhlinn ele estará tão seguro quanto aqui, ainda mais porque, quando chegarmos, Bowen e Peter já terão fechado de vez a passagem secreta. Quando o desgraçado estiver morto, poderemos reabri-la.

– Aposto que Bowen e Peter ajudaram muito na batalha.

– Ao contrário do seu pai, que lhes negou esse privilégio por tanto tempo, eu logo os farei cavaleiros – falou ele, e então riu quando ela veio correndo beijá-lo. – Nossa, eu devia ter provocado você um pouquinho mais... Esperado para ver o que você me daria em troca.

– Agora já era. – Ela começou a rumar para fora do quarto. – Você nunca vai saber se eu sou boa em implorar. – Eric logo a alcançou, dando-lhe o braço, e ela prosseguiu: – Então é melhor começar logo a fazer as malas.

– Isso mesmo. Pense também nas coisas que você precisa para ter uma vida confortável em Dubhlinn.

– Não é melhor esperar chegar lá para ver o que já tem e o que está faltando?

– Acredite, Bethia, lá está faltando *tudo*.

– Ah, céus. Então a excursão para buscar ervas que eu e Maldie tínhamos planejado para amanhã será ainda mais importante.

Assim que acabou de dizer a frase, Bethia começou a contar e não chegou a cinco antes que ele começasse a reclamar, e muito.

CAPÍTULO VINTE E DOIS

– Qualquer um olhando de fora diria que estamos nos preparando para um ataque – resmungou Maldie para Bethia e Grizel, fitando os seis homens armados que as acompanhavam.

Bethia sorriu e balançou a cabeça.

– Eric é muito superprotetor.

– Errado ele não está, mas eu gosto de reclamar. Além do mais, tenho certeza de que todos esses homens estão bem chateados por terem que nos acompanhar na tarefa de colher ervas medicinais. Mas William ainda está à espreita, e quer sua cabeça.

– Eu sei. Mas será que você poderia ser menos, hum... detalhista quando fala dele?

Grizel soltou umas risadinhas, e Bethia teve que sorrir também.

– Ah, sim. Me desculpe. Balfour vive dizendo para tomar mais cuidado com o que eu digo. Acho que fiquei impressionada com o drama da coisa. – Olhando ao redor, Maldie suspirou, satisfeita. – Parece que a primavera já está chegando. Esta época do ano me deixa feliz, quase boba.

– Entendo bem – falou Bethia, e Grizel também concordou. – Acho que isso explica por que Gisele chegou a pensar em vir conosco, embora eu acredite que todos os cavalos se recusariam a carregá-la daquele jeito.

Rindo, Maldie comentou:

– Pobre Gisele, está imensa... E você, mocinha, vai ter que contar logo a Eric – disse baixinho, para que nenhum dos homens ouvisse. – Fico surpresa por ele ainda não ter percebido as mudanças no seu corpo... e principalmente o fato de você não o ter afastado nenhuma vez por conta das regras.

– Decidi contar quando chegarmos a Dubhlinn.

– Parece um lugar apropriado para dar a notícia.

– Não deve demorar muito mais. Passei a semana inteira convencendo Eric a me deixar dar esse passeio. Sinceramente, eu achava que, a esta altura, nós já teríamos ido embora. Às vezes penso que Eric vai exaurir as reservas de Donncoill, de tantas coisas que já enviou para Dubhlinn.

– Pois é, mas o lugar está decadente. Precisa de recursos, dinheiro e de muito trabalho.

– Não quero nem pensar no que encontraremos ao entrar no castelo. Os arredores pareciam muito dilapidados e estéreis, mesmo para esta época do ano. Eric disse que o castelo está tão ruim quanto.

– É verdade. Os Beatons exauriram mesmo o lugar, tomaram todo o dinheiro e desperdiçaram vidas em incursões e batalhas sem propósito. – Maldie apontou para as árvores adiante. – Já estamos chegando a um dos melhores lugares para encontrar as plantas necessárias. Ainda não é a época do ano ideal, mas não sairemos de mãos vazias. Você terá ervas e poções para curar uma cidade inteira.

Bethia assentiu e pôs o cavalo num trote mais acelerado para acompanhar Maldie. Quando passaram pelas árvores, Bethia sentiu um arrepio na espinha. Olhou para as mulheres que estavam com ela e depois para sua comitiva, e logo relaxou. Não tinha motivo de preocupação. Ali não havia nenhum vilarejo onde William pudesse se esconder. Ele não tinha como se aproximar dela, a não ser que ela fizesse algo bem estúpido, mas não tinha a menor intenção de se pôr em risco. Tocou de leve a barriga que já ia ganhando um leve volume. Havia muitas coisas em jogo.

Depois de desmontar e esperar pacientemente os homens fazerem uma varredura da área, Bethia e as duas companheiras começaram a procurar as plantas. Nas semanas anteriores, Bethia e Grizel tinham aprendido muito com Maldie. Quase não precisavam mais conferir com ela se determinada planta era mesmo aquela de que precisavam.

Ao examinar um musgo para ver se estava no ponto de ser colhido, Bethia sentiu o corpo se retesar. Olhou ao redor para se certificar de que estava perto o suficiente dos outros, bem à vista de todos. Decidiu que estava dando importância demais aos seus medos e voltou a atenção ao musgo. Mas, para seu horror, uma mão enorme e suja arrancou-o da terra e o estendeu para ela.

– William – falou, baixinho, sabendo que precisaria deixar o pavor arrefecer por mais um instante antes de conseguir gritar. – Não estou sozinha.

– Eu estou vendo. Duas vadiazinhas e meia dúzia de Murrays borra-botas.

– Fuja logo, William. Quem sabe você ainda consegue se salvar.

– Fugir para onde? Sou um fora da lei, por culpa do seu marido. Não existe lugar onde eu esteja a salvo. Até aquele paspalho do Beaton falhou comigo. Posso ter passado bastante tempo escondido lá, mas foi só eu começar a me acomodar que o idiota fez o favor de ser morto.

– Ele tentou roubar o que não era dele, igualzinho a você.

A voz de Bethia foi ficando mais alta enquanto ela lutava para se acalmar. Mesmo que ninguém tivesse visto que ela conversava com alguém, Bethia se preparava para soltar um berro que chegaria até Donncoill.

– Dunncraig era minha!

Ela arregalou os olhos diante do urro de William e logo ouviu os homens de Donncoill gritando e correndo na direção dela. Àquela altura, no entanto, já tinha compreendido que o desgraçado não se importava mais se seria pego ou não. Quando viu a lâmina na mão dele, soube que sua guarda não chegaria a tempo. Bethia gritou, cobrindo o ventre com as mãos, no instante em que ele lançou a adaga. A lâmina cravou-se no ombro direito dela, causando tamanha dor que a fez cair de joelhos. William fez menção de sacar a espada, e ela tentou se arrastar para trás. Nesse momento, um Murray entrou na frente dela e, com um golpe poderoso e certeiro da espada, decepou a cabeça de William de uma só vez.

– Não olhe. – Maldie se ajoelhou diante de Bethia e a puxou, virando seu rosto para o outro lado.

– Ele está morto – falou Bethia, balançando-se bem de leve. Então sentiu Grizel atrás dela, firmando suas costas.

– Está. Robbie, arrume um saco. Vamos levar a cabeça para Donncoill, Eric há de querer vê-la.

– Nossa, que sanguinária.

Maldie sorriu, mas logo se pôs a examinar a adaga cravada no ombro de Bethia.

– Vocês passaram muito tempo caçando esse desgraçado – disse ela. – Eric vai querer ter certeza de que ele está morto, embora deva ficar decepcionado por não ter podido matá-lo com as próprias mãos.

– Eu vivo desapontando Eric...

– Você merece um tapa por dizer uma coisa dessas, Bethia. Mas acho que já está sentindo tanta dor que não ia fazer diferença.

Bethia começou a rir, mas logo gemeu de dor.

– É grave?

– Bem, não atingiu seu coração, o que deve ter deixado William muito irritado.

– Acho que ele já estava cansado de me caçar. Nem tentou se esconder ou fugir, só pensava em me matar.

– Ele era louco – falou Maldie. – Não dá para tentar entender as ações de um homem que não bate bem do juízo. Bethia, eu vou extrair a adaga...

– Vai doer muito?

– Infelizmente, sim. Reze para desmaiar no primeiro jorro de dor.

– Eu vou perder o bebê? – perguntou Bethia, enfim, dando voz ao medo que se apossara dela no instante em que William lançara a adaga.

– Vou fazer de tudo para que isso não aconteça.

– Não diga nada a Eric.

Maldie não respondeu. Apenas segurou o cabo da adaga com força e o puxou. Bethia abriu a boca para gritar, mas sua visão escureceu antes mesmo que conseguisse puxar o ar. Grizel cambaleou ao receber o peso do corpo débil de Bethia, mas segurou firme enquanto Maldie estancava o sangramento.

– Eric vai ficar possesso – lamentou-se Robbie, voltando para perto das mulheres.

– Possesso? – resmungou Maldie, enfaixando a ferida. – Possesso é pouco. Vamos voltar logo para Donncoill para que eu possa cuidar direito disso aqui.

Ao avistar o retorno do grupo a Donncoill, o sangue de Eric gelou. O cavalo de Bethia vinha sozinho. Ao ver Robbie trazendo seu corpo inerte, ele sentiu pavor. Pensou que William havia conseguido o que tanto queria e só quis berrar de ódio. Balfour parou ao lado dele e pôs a mão em seu ombro. Era tanto um gesto de conforto quanto uma ordem para que esperasse até saber o que tinha acontecido. Quando Robbie parou diante dele e atirou uma saca ensanguentada aos seus pés, Eric finalmente começou a se desvencilhar do aperto do medo.

– O desgraçado está morto – anunciou Robbie. – A cabeça dele está aí dentro do saco. Pegue aqui a moça. Ela está viva.

Robbie começou a baixar Bethia e Eric correu para pegá-la. Seu pavor arrefeceu um pouco ao notar que o ferimento era no ombro, embora parecesse que ela tinha perdido bastante sangue. Estava pálida e frágil demais para um ferimento daqueles.

– Como ele conseguiu chegar até ela? – indagou Balfour.

– Nós vasculhamos o bosque todinho, mas não vimos nem sinal dele. E então, num piscar de olhos, ele estava na frente dela tentando matá-la. – Robbie balançou a cabeça. – O sujeito nem tentou se esconder ou fugir, mas cheguei até ele antes mesmo que conseguisse desembainhar a espada para terminar o serviço.

– Eric – falou Maldie, parando ao lado dele, juntamente com Grizel, que estava muito pálida. – Temos que levar Bethia depressa para o quarto. Tenho que limpar melhor esse ferimento, depois suturá-lo.

– Eric? – chamou Bethia, abrindo os olhos combalidos e o encarando. – Sinto muito.

– Acho bom sentir mesmo – respondeu ele, surpreso ao notar a calma na própria voz. Levando-a castelo adentro, ele continuou: – Você não tinha nada que ter levado a adaga daquele desgraçado no ombro. – Ela sorriu de leve, e ele ficou um pouco mais tranquilo.

– Agora vem a parte mais engraçada. Olhando bem para o ombro, notei que fui ferida com minha própria adaga.

– Ah, aquela que você perdeu no dia em que matamos os filhos dele.

– Isso. E sabe o que mais é engraçado?

– Para uma pessoa que quase morreu, você está achando muita graça nas coisas.

– Nem tanto, porque está doendo um bocado. Enfim, é só que eu reparei nas unhas dele. Estavam podres.

– Deus do céu, garota! – resmungou Eric, rindo.

Quando ele a pôs na cama, Bethia tornou a desmaiar. Maldie foi buscar as coisas de que precisava e Eric ajudou Grizel a despir a esposa. Quando Maldie voltou, afastou-o da cama para limpar e suturar a ferida de Bethia, mas ele não saiu de perto. No instante em que a agulha de Maldie penetrou a pele de Bethia, ele voltou a ser necessário, porque foi preciso segurar a esposa com firmeza. A cada grito de dor, cada passada da agulha em sua carne macia, Eric sentia no coração uma pontada tão aguda quanto a da adaga que a ferira.

Terminada a sutura, Eric se afastou para que as duas mulheres pudessem lavar Bethia e vestir uma camisola nela. Ele foi tomar uma bela caneca de vinho e não ficou nada surpreso ao constatar que suas mãos tremiam.

Arrastou uma cadeira para perto da cama, onde Maldie forçava Bethia a tomar uma poção, sentou-se e tomou a mão da esposa. Grizel já estava de saída, e ele mal teve tempo de agradecer.

– Ela está tão pálida – comentou ele, olhando para Maldie do outro lado da cama.

– É por causa da hemorragia e da dor.

– Ela vai morrer? – sussurrou ele.

– Não. Ela morrer significaria que aquele maldito teria vencido, e você acha que eu ia permitir uma coisa dessas?

Eric sentiu-se reconfortado pelas palavras da irmã e sugeriu que ela fosse comer e descansar. E então, sentado ali, vendo Bethia dormir, foi assimilando aos poucos todo o pavor que sentira.

Ele a amava. Na verdade, era um tanto desconcertante que tivesse precisado de um evento tão dramático para se dar conta disso. A descoberta, no entanto, deixou tudo muito claro. Ficou explicada a sensação de posse que nutria desde o início por ela. Ficou explicado o ódio que sentia ao ver como era maltratada pelos pais. Também ficaram claras a enorme necessidade que ele tinha do apoio dela ao lutar por Dubhlinn e a vontade de saber o que ela pensava. Eric vivia se perguntando se ela nutria algum sentimento mais profundo do que a paixão, e enfim entendeu o motivo pelo qual vivia buscando esses vestígios. Era tudo obra do coração.

Ele só precisava de uma chance para se declarar. Nesse momento, sorriu da própria covardia porque, conhecendo-se muito bem, sabia que, se ela sobreviesse, ele iria hesitar. Podia ter entendido, enfim, o que sentia no fundo do peito, mas, antes de se declarar de corpo e alma, queria saber se era correspondido.

Quando amanheceu, Bethia estava com uma febre altíssima. Eric ajudou Maldie a lavá-la com água gelada, empurrar-lhe poções goela abaixo e segurá-la para que as convulsões não fizessem os pontos se romperem. A batalha de Bethia pela vida exigia toda a força e a atenção dele. Ele a confortava e beijava quando ela chorava, revivendo algum trauma em sua mente febril, e conversava com ela quando ela enfim dormia. Depois de uma hora pavorosa ouvindo Bethia reviver a criança maltratada que fora, Eric ergueu o rosto e viu que Maldie chorava.

– Os pais dela são dois desgraçados, não são? – perguntou Maldie, enxugando as lágrimas com a manga do vestido.

– São, sim. Passaram a vida toda transformando-a na sombra da irmã.

– Acho que foi pior do que isso. Acho que ela viveu à sombra da irmã e teve que passar a vida inteira ouvindo que não servia nem para isso. E Sorcha, a pessoa que deveria ter sido mais próxima dela, que deveria tê-la apoiado mais, nunca fez nada para mudar essa situação.

– Nunca. – Eric suspirou. – Acho que Bethia está começando a enxergar isso. Ela está mais forte agora, mais confiante, mas acho que essas cicatrizes vão demorar um pouco a sarar.

– Pode ser, mas ter um marido bonito como você esquentando a cama dela vai ajudar bastante. – Maldie deu um sorriso triste. – Vocês, Murrays, têm mesmo um fraco por mocinhas sofridas, hein?

– Talvez nós só saibamos observar o tesouro que há por baixo de todo esse sofrimento.

Maldie chegou mais perto e beijou a face dele.

– Agora vou descansar um pouco junto do meu moreno. Se houver o menor sinal de mudança, mande me chamar. Ah. – Ela apontou para a bandeja de comida que Grizel tinha levado. – E veja se come alguma coisa, ou vou acabar tendo que cuidar de você também.

Na tarde do quarto dia, Eric ouviu Bethia praguejar. Inclinou-se, já pronto para lidar com mais um delírio febril, mas os olhos dela estavam nítidos e sãos. Hesitante, pôs a mão na testa dela. Estava fresca. Respirou fundo várias vezes para conter as emoções e as lágrimas que ameaçavam vir à tona. Daquele jeito, além de passar vergonha, ele só ia assustar Bethia.

– Por que estou toda molhada? – perguntou Bethia, estremecendo ao sentir a garganta seca arranhando.

Eric a ajudou a beber uns goles de hidromel e contou:

– Você passou quatro dias ardendo em febre, garota.

– Meu Deus – disse ela, enfraquecida pelo simples ato de beber. Às pressas, ele afofou os travesseiros e ela voltou a se largar na cama. – Agora tudo faz sentido. Quando acordei da primeira vez, não entendi por que meu ombro doía tanto. Bem, pelo menos William morreu e essa situação terrível chegou ao fim.

Bethia notou como estava se sentindo desconfortável. Queria trocar de camisola. Também precisava se aliviar. Olhou para Eric, envergonhada, sabendo que não podia lhe pedir que a ajudasse com suas necessidades, mesmo que talvez ele mesmo tivesse cuidado de tudo isso enquanto ela estivera inconsciente. Bethia também queria conversar com Maldie. Estava apavorada só de pensar nos danos que uma febre de quatro dias poderia ter causado à criança em seu ventre.

– Será que você poderia ir buscar a Maldie? – perguntou ela.

Adivinhando o que ela queria, Eric sorriu e disse:

– Está com vergonha, Bethia? Pois saiba que, enquanto você estava doente, eu, seu maravilhoso marido, fiz...

– Se você vai me contar quantas vezes você violou minha privacidade, pode parar – falou ela, fazendo uma careta. – Agradeço muito todo o cuidado – acrescentou ela –, mas não quero ouvir as indignidades que passei enquanto estava inconsciente.

Ele riu e beijou de leve os lábios ressecados dela.

– Vou buscar Maldie e Grizel.

Quando elas chegaram, Bethia estava à beira do desespero. Não achava que tinha perdido o bebê, mas também não conseguia senti-lo. No instante em que as duas entraram, sem Eric, ela começou a tentar se sentar.

– Maldie – disse ela, segurando com força a mão da cunhada. – E o bebê?

– Ah, então é por isso que você está tão transtornada. – Segurando Bethia com firmeza, Maldie a transportou para uma cadeira, de modo que Grizel pudesse trocar a roupa de cama. – Você não perdeu o bebê. Nas poucas ocasiões em que Eric não estava prestando atenção, eu examinei o seu ventre e senti o neném se mexendo. Hoje de manhã mesmo ele chutou bem forte.

– Graças a Deus – disse Bethia, enquanto Maldie a ajudava a chegar à latrina. – Eu estava com tanto medo. Então agora ele só está quietinho...

– Mas saiba que, se você está sentindo o bebê mexer, e eu mesma pude senti-lo quando toquei em sua barriga, você não tem mais muito tempo antes que Eric descubra.

Bethia não soube nem o que responder enquanto Maldie e Grizel tiravam a camisola dela, limpavam-na e lhe vestiam roupas limpas. Quando ela se acomodou outra vez na cama, estava exausta demais até mesmo para tomar o caldo que Maldie oferecia. O machucado e a febre de quatro dias haviam drenado todas as suas forças. Toda aquela movimentação deixara seu ombro dolorido, por isso Bethia aceitou tomar a poção amarga que Maldie fizera para aliviar a dor e ajudá-la a dormir. Bethia entendia a importância de ingeri-la naquele momento, mas decidiu que era a última vez que o faria. Tinha medo de que fizesse algum mal ao bebê.

– Descanse, garota – falou Maldie quando Grizel saiu levando as roupas sujas. – É isso que vai deixar você boa, forte o suficiente para contar a Eric que ele será pai.

Bethia deu um sorriso fraco.

– Vou contar assim que for possível. Pena que não vou conseguir saber exatamente o que ele sente por mim antes de lhe dar a notícia.

– O pobre coitado passou dia e noite ao seu lado, quase não se lembrava de comer e só descansava quando os irmãos vinham forçá-lo. Eu não tenho como garantir que ele ama você, porque isso só o coração dele sabe e, mesmo sendo irmã dele, ele não me disse nada. Mas posso jurar que não foi só por puro dever que ele ficou acampado naquela cadeira. Isso, sim, eu garanto.

– Bem, isso deve bastar.

O sorriso de Maldie trazia um traço de simpatia e compreensão.

– Sei que isso pode ser difícil, porque você claramente ama aquele pateta, mas talvez seja o momento de se arriscar. Confie em mim, e Gisele lhe diria a mesma coisa; às vezes os homens são uns covardes na hora de assumir o que sentem.

– Balfour e Nigel demoraram a se declarar?

– Absurdamente. E às vezes eles são muito lerdos até para se darem conta dos próprios sentimentos. Estou ouvindo passos. Pelo peso dos pés enormes, deve ser seu marido – comentou Maldie.

Logo depois, a porta se abriu e Eric entrou.

– Pés enormes? – resmungou ele, com uma cara ofendida.

– Na verdade, eu acho que ele tem pés muito bonitinhos – disse Bethia, e então corou ao se dar conta do que tinha confessado.

Eric sorriu e deu um beijo na bochecha dela.

– Obrigado, coração.

– Bem, a coisa está ficando sentimental demais para mim. Eric, volto em uma hora, e aí você irá direto para cama. Precisa de descanso tanto quanto Bethia – ralhou Maldie, já saindo do quarto.

– Não sei se você sabe – comentou Eric, sentando-se na cadeira e pegando a mão de sua mulher –, mas houve um dia em que meu irmão era o senhor deste castelo... – Eric riu quando Bethia deu uma risadinha sonolenta. – Maldie mandou você tomar uma poção, não foi?

– Mandou. Fiquei com o ombro doendo depois que elas tiveram que me mexer para trocar a camisola. Esse remédio faz com que eu durma mesmo que não queira e não gosto muito disso – queixou-se Bethia.

– Você precisa descansar, mas eu entendo bem. Já tive que tomar esse veneno umas duas vezes e é terrível. Assim que a sonolência começa, ficamos completamente impotentes, é impossível controlar o sono mesmo que a gente não queira dormir. – Eric beijou a mão de Bethia. – Fiquei com tanto medo, achei que perderíamos você.

– James ficou sabendo?

– Mais ou menos. Ele é novinho demais para entender o perigo que você correu, mas sentiu que havia alguma coisa errada. Eu só o trouxe para ver você uma vez, e mesmo assim só para provar que eu estava falando a verdade, que você estava mesmo doente e precisava ficar de cama. Mais tarde, depois que você descansar, vou trazê-lo e mostrar que você está melhorando.

Mesmo sentindo-se prestes a perder a guerra contra o sono, Bethia lutou para continuar de olhos abertos.

– Nunca dá para saber o que uma criança dessa idade consegue perceber e entender. Eles não dizem nada...

– Grizel tem ficado com ele. Na verdade, ele é que tem se agarrado a ela.

– Ah, pobrezinho. Ele deve estar com medo. Talvez, de alguma forma, ele associe essa situação ao que aconteceu aos pais, que ficaram doentes e nunca mais apareceram. Ou então ao momento em que foi afastado de sua babá.

– Durma, meu amor. Descanse, e depois trarei o pequeno aqui para que se acalme. Mas para isso é preciso que você esteja forte.

– Eu sei. Um bom cochilo vai ajudar muito. Tudo o que eu quero é poder sorrir para ele, para que saiba que estou mesmo melhorando. Acho que só isso já basta.

Eric acariciou os contornos delicados do rosto de Bethia, ainda mais frágeis por conta da doença. Sorriu ao ver que ela adormeceu em segundos.

– Também acho. Para mim, já é mais do que suficiente.

– Quando é que você vai contar a ela?

Apesar do susto, Eric olhou primeiro para Bethia, para ver se ela tinha despertado, e então se virou de cara feia para Balfour, dizendo:

– Você não bateu à porta.

– Achei que não estaria interrompendo nada. – Cruzou os braços sobre o peito largo. – E estava certo, vocês estavam só conversando sobre o garoto. Então vou perguntar outra vez: quando você vai contar a ela?

– Contar o quê?

Pelo olhar ofendido de Balfour, Eric soube que não tinha chegado nem perto de despistar o irmão.

– Não sei... talvez que você está doente de amor por ela?

– Não sei se eu teria usado essas palavras. Cego, talvez, por um tempo.

– E agora só um pouquinho apavorado – provocou Balfour.

– Está reconhecendo os sintomas?

– Você sabe que sim. Tanto eu quanto Nigel. Escute bem, você sempre foi o irmão inteligente, não comece a agir como se não fosse. Conte logo a ela.

– Estava esperando que ela me desse algum indício de que sente o mesmo.

Balfour balançou a cabeça e disse:

– Ela se deixou seduzir, Eric. Você quer indício maior? – Balfour ergueu a mão quando Eric fez menção de falar. – Sim, já sei, desde garoto você sempre conseguiu seduzir as mulheres só com um sorriso, mas sabemos que Bethia não é dessas garotas bobas. Para ter permitido que você dormisse com ela, Bethia com certeza considera você muito mais do que só um rostinho bonito. E eu acho que você sabe disso.

– Sim, eu sei, mas tenho medo de estar enganado. Chega de conselhos, Balfour. Eu vou contar a ela. William morreu e Dubhlinn é minha. Nossos problemas acabaram. Mas me deixe escolher a hora e o lugar, sim?

– O que você quer é tempo para reunir coragem.

– Também. – Eric sorriu para o irmão. – É estranho como uma mocinha tão pequena pode ser capaz de fazer um cavaleiro tremer nas bases.

– Se isto serve de consolo, saiba que você não é o primeiro a se sentir assim e com certeza não será o último.

CAPÍTULO VINTE E TRÊS

*B*ethia esperou a porta se fechar atrás de Eric para tentar sair da cama com cuidado. Nada aconteceu. Não sentiu tontura, seu estômago não se revirou (muito pelo contrário, apenas roncou de fome), e ela não começou a suar frio. Desde a chegada a Dubhlinn, cerca de uma semana antes, ela não enjoara nenhuma vez. Teve que reprimir a vontade de sair dançando de alegria pelos aposentos enormes, mas não disfarçou um sorriso radiante quando Grizel entrou no quarto. A criada olhou para ela com desconfiança.

– Você está bastante alegre – comentou, deixando perto da cama a grande bacia de água quente que trazia consigo. – O que está tramando?

– Quatro meses. – Bethia sorriu e foi fazer sua higiene.

Grizel ficou confusa por um momento, mas logo entendeu e revirou os olhos.

– Ah, sim – disse, trocando a roupa de cama. – Vejo que está contando direitinho.

– É claro que sim, mas não tenho tanta certeza, porque ainda nem está aparecendo.

– Quando começar vai ser muito rápido.

– Eu sei. Agora, com quatro meses, acho que dá para ter um pouco mais de segurança.

– Segurança?

– Isso, mais segurança de que o bebê vai mesmo vingar. Já faz duas semanas que não tenho enjoos e sinto os movimentos aqui dentro com tanta intensidade que eu não poderia ter a menor dúvida de que existe vida aqui. – Deu uma risadinha quando Grizel veio para perto e pôs a mão em sua barriga. – Logo James terá com quem brincar. – E então, lembrando-se de todas as crianças que moravam em Dubhlinn, acrescentou: – Bem, alguém do próprio sangue.

Grizel riu, e disse:

– Criança é o que não falta neste castelo, não é? E afinal, quando você vai contar ao seu marido?

– Hoje à noite. – O sorriso de Bethia vacilou e ela ficou tensa de repente. – Acho que ele vai gostar da notícia. – E então, diante dos palavrões que Grizel soltou, disse: – E isso é jeito de falar com a esposa do senhor?

– Não, mas eu nunca fui muito boa em me pôr no meu lugar. Na verdade, nem você. – Grizel deu um sorriso, mas logo voltou a ficar séria. – Garota, você está sendo muito injusta com seu marido. Muito mesmo. Depois de tudo o que aconteceu na corte, como você ainda duvida dele?

– Na corte? O que aconteceu lá foi um monte de mulheres se jogando aos pés dele, muitas, inclusive, ex-amantes. Por que isso deveria me deixar mais segura?

– Porque seu lindo maridinho nunca nem olhou para elas.

– Ele não é "inho" – foi só o que Bethia conseguiu responder.

– Bethia, perto de você, só os garotos que ainda não têm barba são "inhos". – Grizel ignorou a careta de Bethia e prosseguiu: – Durante aquelas poucas semanas, Eric teve mais tentações do que a maioria dos homens tem durante a vida inteira, mas ele nunca deu motivo para você duvidar dele.

– Eu sei, sei que deveria ficar feliz por isso. Eric é um homem muito honrado e respeita os votos – falou Bethia, sentando-se na cama, mas logo se assustou ao ver a expressão nada amigável no rosto de Grizel. – E agora, o que foi que eu disse de errado?

– Eu não disse nada – falou a outra em um tom irônico que fez Bethia estremecer.

– Nem precisava, sua expressão já diz tudo.

– Que expressão?

– Essa de quem está com vontade de bater com a cabeça na parede.

– É, às vezes você me dá mesmo vontade de fazer isso, mas na verdade eu fico querendo bater a *sua* cabeça na parede.

– Grizel, você já deu uma boa olhada no meu marido?

Bethia se irritava com o fato de ninguém parecer entender as incertezas que a assolavam.

– Já, e ele é um dos homens mais bonitos que eu já vi. Só de olhar para ele o coração das garotas deve bater mais forte.

– Exatamente. Agora olhe só para mim.

Grizel puxou Bethia, pondo-a de pé, e começou a ajudá-la a se vestir.

– Você é bonita.

– Você diz isso porque é minha amiga e me vê com um olhar mais generoso que os demais. Meus olhos têm cores diferentes, meu cabelo fica no meio do caminho entre o ruivo e o castanho, e eu sou tão pequena e mirrada que parece que esqueci de crescer.

– E seu marido gosta do que vê, com certeza. Ou então você não estaria grávida agora. – Sorriu ao ver Bethia ruborizar. – Sei que você não vai gostar do que eu vou dizer, mas acho que os últimos meses serviram para abrir seus olhos. Por sua vida inteira você se deixou convencer por seus pais e sua irmã que você não valia muita coisa. Não estou dizendo que fizeram isso de propósito, mas que fizeram, fizeram. Já passou da hora de parar de se ver através dos olhos deles, porque agora você já sabe que isso não é verdade. O seu marido não enxerga o que eles viam. Ele olha para você e vê uma mulher que o deixa louco de vontade de fazer amor.

– De fato, ele parece estar sempre querendo. – Bethia começou a rir quando Grizel gargalhou tanto que teve de se sentar na cama. – Eu reconheço que o jeito como minha família me tratava era... era errado. Eles não deviam ter me rejeitado, não deviam ter me tratado como se eu fosse menos do que a sombra de Sorcha. Mas isso não faz de mim uma mulher bonita, só significa que eu não sou tão imprestável quanto eles achavam.

– Garota, você é muito mais bonita do que Sorcha, muito mais. Não, só me escute. – Grizel levantou a mão quando Bethia fez menção de protestar. – Não estou falando de beleza de rosto e de corpo, embora isso também não lhe falte, estou falando do seu coração. Quando Sorcha foi embora de Dunnbea, quantas pessoas foram junto dela? No seu caso, mais de vinte pessoas largaram tudo para segui-la. Bowen e Peter estavam muito confortáveis em Dunnbea, mas trouxeram a família toda para ficar aqui ao seu lado. Se Wallace não fosse o herdeiro de Dunnbea, tenho certeza de que ele também teria feito isso. Inclusive, ele passa muito mais tempo aqui do que lá. Sorcha talvez fosse a maior beldade do mundo, mas nunca, nunca inspirou esse tipo de lealdade.

– Mas as pessoas a amavam.

– Amavam o que viam por fora. Tirando Robert, que era tão ruim quanto ela, e seus pais idiotas, desafio você a me apontar uma única pessoa que tivesse dito que a amava ou jurado lealdade a ela. E então, tem algum nome para me dizer? Nenhum, nem o seu.

Por mais que lhe doesse, Bethia teve que admitir que Grizel tinha razão.

– Acho que nem tudo foi culpa dela – disse, porque foi tudo o que conseguiu dizer.

– Concordo. Sorcha foi criada para ser uma mulher bonita, e só. Os seus pais rasgavam elogios à aparência dela, mas nunca fizeram nada para nutrir o que ela era por dentro. Ninguém a ensinou a amar, ou a se importar com qualquer pessoa além de si mesma.

– Eu acho que ela amava Robert. E James.

– Tanto quanto era capaz de amar, talvez. E digo mais: quando finalmente sua irmã notou que o filho estava em perigo, a quem ela recorreu? Não foi aos seus pais, muito menos a todos aqueles cavaleiros fortes e charmosos que eram tão encantados com a beleza dela. Ela recorreu a você. Sorcha sabia que você, mesmo rejeitada pelos seus pais, era a única pessoa que poderia proteger e criar o filho dela. No fim, ela reconheceu o seu valor. Custa admitir que seu marido também reconhece?

– Assim você vai me fazer chorar.

– Você está grávida, meu bem. Grávidas choram por praticamente tudo.

Ambas riram.

– Então você acha que Eric gosta de mim?

– O que eu acho ou deixo de achar não vai fazer diferença, porque você passou muito tempo duvidando de si mesma. Mas, ainda assim, tenho certeza. Ele não consegue ficar um minuto longe de você. Para não falar no desespero que o homem sentiu enquanto você estava correndo risco de vida. Só isso já diz muita coisa. Ele gosta de você, garota, e não é pouco. Então, quando contar a ele sobre o bebê, acho que você também deveria se declarar. Diga a ele quanto você o ama. – Grizel se levantou, pegou a escova e começou a pentear os cabelos de Bethia. – A resposta dele pode acabar de vez com todas as suas inseguranças.

– Não é nada fácil entregar o coração a um homem sem saber se ele vai aceitá-lo, ou mesmo se tem alguma intenção de entregar o próprio. – Bethia suspirou. – Tenho medo de confessar o que sinto e só ouvir de volta um "obrigado".

– Acho que ele vai responder com muito mais do que isso, inclusive com palavras que lhe fariam muito bem, mas a escolha é sua.

Bethia tomou o desjejum sozinha no salão principal. Quando terminou a refeição, com as palavras de Grizel ainda ecoando em sua cabeça, foi procurar o marido. Estava ficando muito angustiada com o nó de incerteza e medo em seu peito. Não gostava de agir de forma tão covarde.

Ao passar perto dos estábulos, avistou Bowen consertando um cabresto e decidiu ir até ele.

– Você viu Eric?

– Ele está na vila de novo, há muitas coisas para consertar – respondeu Bowen, balançando a cabeça. – Para quem queria tanto manter a posse destas terras, aqueles Beatons malditos não fizeram nada para conservá-las.

– Sim. Agora que estão menos desconfiadas, as pessoas parecem felizes com o novo senhor.

– Elas sabem reconhecer um bom homem. – Bowen olhou para a barriga de Bethia. – Quando você vai contar?

– Você já sabe? – Bethia o encarou, boquiaberta.

– Ah, garota, eu venho de uma família enorme, eu mesmo tenho cinco filhos. Reconheço de longe o ar de uma mulher grávida.

– Eric não percebeu.

– Eu acho que você é especialista em esconder certas coisas dele.

Ela suspirou e disse:

– Ele é tão bonito...

Bowen riu e aquiesceu, depois perguntou:

– E isso incomoda você, não é?

– Sim, um pouco. Bowen, você acha que ele gosta de mim? – perguntou ela de repente, corando diante do olhar de repreensão que recebeu em troca.

– Garota, às vezes você é muito lerda. Ele se casou com você.

– Porque foi obrigado.

– Eu o liberei antes do casamento. – Diante do olhar de surpresa dela, Bowen sorriu. – Eu jamais deixaria você se casar com um homem que fosse tratá-la mal. Perguntei a ele se queria mesmo aquilo, e ele disse que sim. Dei a ele a chance de escapar, mas Eric não quis.

Bethia ainda estava pensando na revelação de Bowen quando Eric voltou da vila. Seguiram juntos para o quarto das crianças para ver James, e Eric foi lhe contando, empolgado, todos os planos que tinha para o vilarejo. Pedia a opinião dela e a escutava com interesse. Na verdade, Bethia se deu conta de que sempre tinha sido assim: ele a ouvia e argumentava com ela como se a considerasse em pé de igualdade. Acostumada a ser tratada assim por Bowen, Peter e Wallace, a princípio ela não notara; só que Eric não era um soldado comum, muito menos um amigo de infância. Ele era um nobre e fora criado para ser um senhor. Era surpreendente que ele a tratasse desse modo.

Assim que Eric começou a brincar com James, Bethia perdeu todo o medo da reação dele à notícia do bebê. Eric amava crianças e tratava James como se fosse seu filho. Ela sempre soubera, mas a falta de autoconfiança apagara isso. Eric ficaria felicíssimo com a notícia de que seria pai e Bethia sabia bem que ele não se importaria se o bebê fosse menino ou menina, ou uma criança bonita ou feia, o que lhe dava certo alívio.

Mais confiante, Bethia passou o resto do dia observando Eric com olhos bem atentos. Notou a frequência com que ele a tocava, como se não pudesse passar um segundo sem fazer isso. Ele a procurava inúmeras vezes para debater planos. Observou também que as crianças o adoravam e que os adultos sentiam-se muito à vontade ao consultá-lo a respeito de alguma dificuldade. Por mais que tenha procurado, Bethia não encontrou no marido nenhum indício de descontentamento.

No fim do dia, sentia-se burra e envergonhada. Chamou-se de idiota e até de coisas piores enquanto se preparava para dormir. Assim como seus pais e muitas outras pessoas, ela só tinha enxergado a beleza de Eric. Isso deixara pensamentos e sentimentos em segundo plano e acentuara sua insegurança. Os homens que vinham discutir as defesas do castelo não o procuravam por ele ser bonito. Os aldeões que vinham falar sobre reparos e negócios não recorriam a ele por ele ser bonito. As crianças que viviam atrás dele ou que corriam para ele em busca de consolo agiriam da mesma forma se ele tivesse três olhos e a pele coberta de pústulas. Todas essas pessoas viam aquilo que ficara claro para o coração de Bethia, mas, ao contrário dela, não se deixavam cegar pela beleza dele.

Sir Eric Murray era um homem muito bom. Era lindo por dentro também, e era por isso que ela o amava. Era por isso que as pessoas de diversas origens que agora moravam em Dubhlinn o amavam e respeitavam. Talvez o sentimento que ele nutria por ela não fosse tão intenso, mas dava para ver que Eric gostava dela, confiava nela. Algo que seus pais nunca tinham feito. Entregue às próprias dúvidas, Bethia não tinha sido capaz de estender a ele a mesma cortesia. Agora achava até que ele gostava bastante dela. A dedicação de seus cuidados durante sua convalescença era um forte indício, porém, mais uma vez, ela fora enganada pela própria falta de confiança. Se existia um homem que merecia saber que era amado, esse homem era Eric, e ela decidiu que já tinha passado da hora de se declarar.

Quando Eric entrou no quarto, Bethia ficou observando o marido se preparar para dormir. Ela sorria enquanto ele se limpava, tirava a roupa e se deitava de costas na cama, os braços cruzados atrás da nuca. Se o homem tinha algum defeito, era a total falta de modéstia. Ainda vestindo a combinação fina de linho, ela se sentou ao lado dele e simplesmente o observou enquanto escovava o cabelo. Como sempre, aquele corpo esbelto fazia o sangue de Bethia ferver, mas ela lutou para controlar seus desejos. Tinha um assunto importante a tratar.

– O que foi? Por que você está me olhando desse jeito? – perguntou ele, também lutando contra o impulso de enterrar os dedos naquele lindo cabelo macio dela.

– É que eu não estou muito acostumada a ter um homem desses nu na minha cama – brincou ela.

Ele deu um sorriso, mas estava sério.

– Você passou o dia inteiro meio estranha.

– Passei?

– Passou. Não parava de me encarar, como se estivesse esperando que eu fosse desaparecer de repente.

Embora tivesse tentado ser discreta, Bethia não viu motivo para negar.

– É, eu estava mesmo observando você, realmente observando. Afinal, eu ainda não tinha feito isso direito, não é? Por algum motivo, até agora eu fui incapaz de ver além do seu rosto bonito e do seu corpo atraente.

Eric se deitou de lado, cedendo ao desejo de tocá-la, e deixou os dedos correrem pela coxa dela. O jeito como Bethia estava sentada na cama, de pernas cruzadas, deixando à mostra as lindas coxas, indicava que ela ia perdendo pouco a pouco a vergonha, e ele ficou satisfeito. Também pareceu que ela estava prestes a ter uma conversa franca sobre seus sentimentos, o que o deixou um pouco nervoso. Pela primeira vez na vida, Eric sentia-se inseguro diante de uma mulher. Bethia não era previsível, algo que ele gostava, mas naquele momento teria preferido dispor de algum indício do que ela sentia por ele além do óbvio desejo. Bethia tinha as mãos pequenas postas sobre o coração e essa visão o deixava vulnerável. Ele não estava gostando nem um pouco dessa nova sensação.

– E o que exatamente você queria ver? – perguntou ele.

– Você, Eric. Você sabe que não é só pela sua beleza que eu estou aqui, não sabe? – perguntou ela, baixinho, tímida de repente, insegura sobre como expressar o que precisava e queria dizer.

– Sei, sim, garota. Eu sei muito bem avaliar quem está ao meu lado só pela minha aparência. Na verdade, às vezes parece que você tem medo da minha beleza, parece que preferiria que eu fosse um homem mais comum. – Eric sorriu diante da expressão culpada no rosto de Bethia. – É estranho pensar que, pela primeira vez na vida, meu rosto bonito está mais para uma maldição do que para uma bênção. Mas entenda, coração, é só um rosto. Um pedaço de carne que pode ser ferido, marcado, quebrado e enfeado. Por ora, por que não posso ficar feliz com o fato de minha esposa me achar agradável aos olhos? Você é muito agradável aos meus.

Eric acariciou de leve as faces ruborizadas dela.

– Obrigada, mas, quando tivermos um filho, espero que ele ou ela tenha a sua beleza.

– Ah, meu bem, você é tão bonita... Eu adoraria ver o seu rosto em um dos nossos filhos.

– Bem, talvez você não tenha que esperar tanto assim.

Bethia sorriu quando Eric se sentou na cama de supetão e segurou os ombros dela, pois sua expressão indicava, mais do que qualquer palavra, que a notícia era bem-vinda.

– Você está grávida?

– Estou. Já faz quase quatro meses. Logo você verá a quem nosso bebê puxou.

Eric a abraçou com força e a puxou para baixo, deitando-a na cama. Sorrindo, ela não resistiu. Fazer amor era a melhor forma de comemorar aquela notícia maravilhosa. E talvez, pensou ela enquanto tirava a combinação, ela até encontrasse a coragem necessária para se declarar.

Eric alisou a barriga dela e pousou a mão em seu ventre, beijando-a de forma sedutora.

– Eu devia ter percebido – sussurrou ele, deslizando os dedos até os seios dela. – Estou louco de vontade de fazer amor com você...

Bethia franziu a testa diante do traço de hesitação na voz dele.

– Bem, eu é que não vou recusar.

Ele sorriu e a beijou na boca enquanto seus dedos brincavam com os mamilos entumescidos dela.

– Não quero machucar o bebê.

Eric fez menção de se afastar, mas ela o envolveu com os braços e as pernas, prendendo-o com firmeza.

– Você não vai – afirmou.

– Mas meu amor, você é tão pequenininha...

– Suas cunhadas não são muito maiores do que eu, e duvido que seus irmãos as deixem em paz durante as gestações.

Algo na postura firme de sua esposa pequena sugeria que ela tentava segurá-lo à força, o que o levou a sorrir. Bethia tinha razão. Liberto daquele repentino temor pela saúde dela, ele sabia que não haveria problema em fazerem amor. Decidiu, no entanto, continuar hesitando por mais um tempinho. Ver o que Bethia faria para que ele mudasse de opinião seria divertido e delicioso.

– Mas as esposas dos meus irmãos não foram arrastadas de castelo em castelo, muito menos perseguidas e feridas por um desvairado.

Eric fechou os olhos e segurou um gemido de prazer quando as mãos macias de Bethia começaram a acariciar suas costas.

Bethia beijou as clavículas dele e sentiu que aquilo era um jogo, que os protestos dele não eram sinceros, e ela estava mais do que disposta a brincar também. No instante em que Eric relaxou, ela o empurrou de costas e montou nele. Pôs as mãos em seus ombros, empurrando-o de leve contra a cama. Sabia que Eric era capaz de se libertar em um instante, sem a menor dificuldade, mas ele não se mexeu.

– Enquanto todas essas coisas aconteciam comigo, eu já estava grávida – falou ela, beijando o peitoral largo e descendo pelo abdômen definido. – Nada é capaz de arrancar este fruto da árvore.

Bethia olhou em seus olhos quando Eric a segurou pelos cabelos com um pouco de força.

– Você podia ter perdido o bebê com o ferimento e a febre.

Eric falou com a voz rouca. Percebeu que o perigo que ela correra fora ainda maior do que ele imaginara. Se Bethia tivesse sofrido um aborto espontâneo, era muito provável que não tivesse sobrevivido.

– É, mas o bebê continua firme e forte. – Assim que ele soltou seus cabelos, ela beijou as pernas fortes dele. – Eu estou muito bem, Eric. Até a febre já passou.

Eric queria perguntar por que ela demorou tanto para contar sobre o bebê, mas então a língua dela roçou de leve em seu membro. Ele gemia de prazer enquanto ela o estimulava com a boca. Tentou se concentrar para prolongar aquela carícia deliciosa, mas, no instante em que ela envolveu a ereção dele com a boca inteira, ele perdeu o controle. Com um leve grunhido de desejo, ele a pegou por debaixo dos braços e puxou-a para cima.

– Monta no seu homem, meu bem – pediu ele, com a voz rouca e vacilante de prazer quando ela enfim o pôs para dentro. – Ah, coração... – gemeu ele quando ela começou a se mexer –, não existe nenhum lugar melhor no mundo inteiro.

Bethia gritou o nome dele diante da força do próprio clímax. Mal registrou que, agarrando-a pelas ancas e segurando-a com firmeza, ele gemeu junto com ela. Ainda trêmula, Bethia deitou-se sobre o corpo dele, satisfeita de prazer, quando ele a abraçou e começou a beijar de leve seus cabelos e seu rosto.

Ainda com o sangue quente, ela o beijou ao pé do ouvido e sussurrou:

– Eu te amo, Eric Murray.

Bethia arregalou os olhos quando o corpo inteiro dele estremeceu de repente. Ele a pegou pelos braços e a pôs sentada na cama com tanta rapidez que a cabeça dela chegou a pender para trás. Xingando baixinho, ela esfregou a nuca dolorida pelo tranco que ele lhe causara sem querer.

– O que você disse? – indagou Eric.

– Bem, agora que você quase torceu meu pescoço, eu não sei se quero repetir – resmungou ela.

– Repita.

Ela o fitou por um instante. Ele a encarava sem vacilar. Para sua surpresa, ela viu nos olhos dele um traço de incerteza e o brilho da esperança. Para estar assim tão interessado nas emoções dela, ele mesmo precisava sentir algo. Talvez Eric não fosse dizer que também a amava, mas era claro que estava ansioso para ouvir outra vez o que ela dissera. Por ora, era melhor do que nada. Ela se contentaria.

– Eu te amo, Eric – repetiu ela, e então arfou de susto quando ele a tomou nos braços. – Se você agir com tamanha sofreguidão toda vez que eu disser isso, acho que só direi com muita parcimônia. Tenho medo de você acabar quebrando meu pescoço.

Eric estremeceu com uma risada, postando-se por cima dela. Não ficou nada surpreso ao ver sua mão trêmula quando afastou a mecha de cabelo que caía no rosto dela. Seu coração batia forte, feito um animal enfurecido se debatendo dentro da gaiola. Ficara feliz ao saber que ela estava grávida, mas nada se comparava à euforia que sentia diante daquelas três palavras.

– Quando você se deu conta, garota? Foi hoje? Por isso você estava me olhando daquele jeito? – perguntou ele.

– Não... Como eu já disse, eu só estava tentando ver você com os olhos bem abertos e os meus medos menos ferozes. Você já era dono do meu coração, Eric. Eu já sabia que não era apenas por causa da sua beleza, mas, depois de enxergar aquelas verdades horríveis sobre minha família, comecei a ter medo de ser mais parecida com eles do que eu gostaria. – Bethia correu o dedo pelo semblante perfeito de Eric. – Eu amo admirar esse seu rosto bonito, mas finalmente me dei conta de que não foram seus olhos ou seu sorriso que me conquistaram, e sim o homem que você é. Se a próxima batalha tirar sua beleza, é claro que vou ficar um pouco triste, mas sei que você continuará sendo o único dono do meu coração. Eu soube que o amava no instante em que você adoeceu depois que atravessamos aquele rio. Senti muito medo de perder você e sabia que, se isso acontecesse, eu ficaria destruída.

Bethia sorriu, aceitando o beijo dele.

– E por que você só me contou agora?

– Porque eu não sabia se as minhas palavras seriam bem recebidas.

– Como você é boba, coração – disse Eric com tanto carinho que não restou nenhum traço de insulto em suas palavras.

– Eu sei. Você tem razão. Às vezes, fico muito incomodada com sua beleza. Não consigo entender por que um homem tão bonito resolveu ficar comigo.

– Porque ele te ama.

Bethia piscou, atônita, sem conseguir se mexer, muito menos falar. Mal era capaz de acreditar. Seu desejo mais profundo se realizara, de repente, sem aviso. Por fim, com um leve gemido, beijou Eric. Tentou se conter, mas foi impossível. As lágrimas começaram a rolar.

– Desde quando? – perguntou ela, sorrindo, aceitando os beijos em suas faces úmidas.

– Acho que já faz bastante tempo, mas admiti para mim mesmo quando tive medo de que você morresse.

– Mas você nunca disse nada...

– Ah, minha linda esposa, eu tinha medo de que você não acreditasse. E também havia suas reservas sobre minha missão para reaver a herança.

Eric beijou os dedos que ela pousou em seus lábios para silenciá-lo.

– Eu de fato tinha minhas reservas, mas nunca achei que você e William tivessem qualquer semelhança. O mesmo em relação a sir Graham.

– Eu já sabia disso. Depois que eu destronei Beaton, a forma como você me recebeu de volta me mostrou que não questionava o meu direito de fazer o que fiz. Não sei por que eu não disse nada. Sou um covarde. Eu só não sabia se você sentia o mesmo, e não queria me declarar antes de descobrir. Mas, se eu tivesse falado, poderia ter ajudado você a superar mais cedo a sua insegurança, e...

– Mas você tinha medo de que eu respondesse com incredulidade, ou que talvez dissesse só um "obrigada". Por mais que me doa, admito que não era improvável que isso acontecesse. Eu mesma precisava entender o que sentia. É claro que eu já sabia que minha família me tratava mal, me dei conta disso quando chegamos a Donncoill, mas levei mais tempo para entender direito a perversidade dos atos deles. O último passo para sair da sombra de Sorcha tinha que ser dado por mim. Precisei criar coragem para amar você mesmo que você não me amasse.

Eric a beijou de leve.

– Ah, coração, eu retribuo esse amor dez vezes mais. – Eric sorriu quando ela franziu a testa e fez menção de retrucar. – Vai tentar discutir comigo para ver quem é que ama mais?

– Vou, e a discussão pode levar um bom tempo.

– Anos e anos. Nossa vida inteira.

– Pois então eis aqui uma promessa, meu belo cavaleiro. Juro que vou amar você para sempre. Pode me prometer o mesmo?

– Com muito gosto, e para sempre.

– Para sempre – sussurrou ela, com os lábios colados aos dele.

EPÍLOGO

Yule – 1445

— James, não sente em cima da sua prima.

Bethia reprimiu um sorriso ao tirar o menino risonho de cima de Bega. A delicada filha de Gisele sabe uns palavrões bem cabeludos, pensou ela.

– Bethia, acho que, desta vez, nossa menina vai ganhar – disse Eric.

Bethia olhou para o marido e depois trocou um olhar exasperado e bem-humorado com Maldie e Gisele. A filha delas, Sorcha, já aprendia a engatinhar, enquanto o filho de Gisele, Brett, mal começava a tentar andar, embora fosse cinco meses mais velho. Nigel e Eric gostavam de fazer as crianças apostarem corrida, e alguns homens até apostavam dinheiro na brincadeira. Bethia não achava isso lá muito certo, mas eles e as crianças se divertiam.

Bethia pôs James no chão e foi se sentar ao lado de Eric, já pronta para pegar a filha quando ela chegasse ao fim da corrida. Olhou à volta do salão principal. Toda a família de Eric estava em Dubhlinn, comemorando o primeiro feriado de *yule* do casal em sua nova casa: Balfour e Maldie com seus sete filhos, Nigel e Gisele com as quatro crianças, e até mesmo alguns parentes franceses da família dela. Peter e Grizel também estavam lá, assim como Bowen, a esposa e seus filhos. Os primos de Wallace e Gisele, sir Guy e sir David, divertiam-se com a brincadeira das crianças. Os pais de Bethia não estavam presentes, mas ela finalmente não se importava mais. Aquela era a sua família, pensou, acariciando a mão do marido.

Nesse momento, Sorcha chegou engatinhando. Eric gargalhou e abraçou a filha, depois sorriu para Nigel, cujo filho ficou de pé e cambaleou os últimos passos até os braços abertos do pai.

– A menina é ligeira – falou Eric.

– Ela só ganhou porque ele não decide se engatinha ou se anda.

– Quando os dois conseguirem andar, apostamos corrida outra vez.

– Eric! – repreendeu Bethia, rindo e pegando no colo a filha.

– É brincadeira, coração.

Se não tivesse visto o olhar que ele trocou com Nigel, ela até poderia ter acreditado. Mas decidiu que não valia a pena discutir naquele momento. Sorcha começou a anunciar para Deus e o mundo que estava com fome, e, embora já estivesse quase desmamando, ainda ansiava pelo leite materno. Corando de leve, Bethia pediu licença e correu com a filha para o quarto.

Acomodando-se nos travesseiros sobre a cama, Bethia deu de mamar à filha e suspirou, satisfeita. Tinha achado que seria menino, mas não ficara nem um pouco desapontada. Nem mesmo ao perceber que a menina também tinha os olhos de cores diferentes. A pequena Sorcha era uma linda mistura do pai e da mãe. Bethia acariciou os cachos louro-acobreados da filha, admirando os traços que já prometiam uma beleza delicada, e sorriu. Ela e Eric sabiam fazer filhos bonitos, pensou, orgulhosa.

– Que sorriso é esse? – perguntou ele, entrando no quarto e deitando-se ao lado dela na cama.

– Estava só aqui pensando que nós fazemos uns bebês bonitos.

– Isso é verdade, coração – disse ele, sorrindo de volta, depois acariciou os cachos sedosos da filha e beijou Bethia no rosto.

– Mas eu tinha quase certeza de que ia ser menino.

– Não se preocupe. Você ainda vai me dar um filho. E se não der, não tenho do que reclamar. Já perdi a conta de quantos sobrinhos ganhei e, além do mais, nós temos James. Se nossas filhas forem tão bonitas quanto esta aqui, passarei a vida espantando conquistadores e pretendentes.

Bethia pôs a filha no ombro, esfregando suas costinhas, e inclinou-se para beijar Eric. Apesar da felicidade por ter gerado uma criança saudável, temera que Eric se decepcionasse por não ter tido um filho homem. Mas o amor e o orgulho que ele sentia pela filha eram óbvios.

– Por que isso? – perguntou ele.

– Porque eu te amo e porque você me deu uma família maravilhosa.

Eric riu e disse:

– Talvez meio grande demais...

Mesmo do quarto dava para ouvir a algazarra no salão principal.

– Nunca, isso é tudo o que eu sempre quis – falou ela, baixinho –, desde o instante em que notei que minha própria família era toda errada. E esta Sorcha aqui vai crescer dando valor a isso. Assim como James.

– Isso mesmo, meu bem, uma família. Isso eu sempre poderei oferecer. Uma família e todo o amor que você quiser. Isso eu prometo.

– E eu prometo o mesmo a você, a esta pequena, a James e a todos os outros bebês que Deus quiser nos dar.

Beijaram-se, mas o momento foi interrompido de repente quando Sorcha começou a chorar tão alto que fez a mãe pular e chacoalhar a filha, que começou a rir. Eric deu uma gargalhada e pegou-a no colo.

– Sabe – sussurrou ele, a caminho da porta –, o filho de Nigel nunca deu um urro tão alto quanto esse. Rá! Mais uma competição para a minha filhinha.

– Eric! – gritou Bethia, fechando o vestido enquanto corria atrás do marido, que ria.

CONHEÇA OS LIVROS DE HANNAH HOWELL

O destino das Terras Altas
A honra das Terras Altas
A promessa das Terras Altas

Para saber mais sobre os títulos e autores da Editora Arqueiro,
visite o nosso site e siga as nossas redes sociais.
Além de informações sobre os próximos lançamentos,
você terá acesso a conteúdos exclusivos
e poderá participar de promoções e sorteios.

editoraarqueiro.com.br